50 große Kriminalromane | **Joan Aiken** – Die Kristallkrähe • **Boris Akunin** – Fandorin • **Eric Ambler** – Topkapi • **Jakob Arjouni** – Kismet • **Raymond Chandler** – Der große Schlaf • **Agatha Christie** – Tod auf dem Nil • **Leif Davidsen** – Der Augenblick der Wahrheit • **Friedrich Dürrenmatt** – Das Versprechen • **James Ellroy** – L.A. Confidential • **Jörg Fauser** – Der Schneemann • **Dick Francis** – Rufmord • **Doris Gercke** – Weinschröter, du mußt hängen • **Jean-Christophe Grangé** – Die purpurnen Flüsse • **Graham Greene** – Unser Mann in Havanna • **Dashiell Hammett** – Der Malteser Falke • **Josef Haslinger** – Opernball • **Veit Heinichen** – Gib jedem seinen eigenen Tod • **Patricia Highsmith** – Venedig kann sehr kalt sein • **Chester Himes** – Die Geldmacher von Harlem • **Arnaldur Indriðason** – Todeshauch • **P. D. James** – Was gut und böse ist • **Dan Kavanagh** – Duffy • **Hans Werner Kettenbach** – Minnie oder ein Fall von Geringfügigkeit • **Stephen King** – Carrie • **John le Carré** – Der Spion, der aus der Kälte kam • **Stanislaw Lem** – Der Schnupfen • **Donna Leon** – Venezianisches Finale • **Ross Macdonald** – Der blaue Hammer • **Jean-Patrick Manchette** – Nada • **Henning Mankell** – Die fünfte Frau • **Petros Markaris** – Nachtfalter • **Val McDermid** – Die Erfinder des Todes • **Ian McEwan** – Unschuldige • **Ulf Miehe** – Ich hab noch einen Toten in Berlin • **Margaret Millar** – Liebe Mutter, es geht mir gut ... • **Brian Moore** – Hetzjagd • **Magdalen Nabb** – Tod in Florenz • **Ingrid Noll** – Die Apothekerin • **Liaty Pisani** – Der Spion und der Schauspieler • **Bernhard Schlink, Walter Popp** – Selbs Justiz • **Leonardo Sciascia** – Der Tag der Eule • **Tom Sharpe** – Puppenmord • **Georges Simenon** – Maigret und die junge Tote • **Gunnar Staalesen** – Die Schrift an der Wand • **Jason Starr** – Top Job • **Martin Suter** – Die dunkle Seite des Mondes • **Robert van Gulik** – Richter Di bei der Arbeit • **Fred Vargas** – Die schöne Diva von Saint-Jacques • **Barbara Vine** – Die im Dunkeln sieht man doch • **Charles Willeford** – Miami Blues | **Ausgewählt und präsentiert von der Feuilletonredaktion der Süddeutschen Zeitung | 2006**

Süddeutsche Zeitung Kriminalbibliothek

Hans Werner Kettenbach

Minnie
oder
Ein Fall von Geringfügigkeit

Hans Werner Kettenbach

Minnie
oder
Ein Fall von Geringfügigkeit

Roman

Süddeutsche Zeitung Kriminalbibliothek

Bibliografische Information Der Deutschen Bibliothek
Die Deutsche Bibliothek verzeichnet diese Publikation in der Deutschen Nationalbibliografie;
detaillierte bibliografische Daten sind im Internet über http://dnb.ddb.de abrufbar.

Der vorliegenden Ausgabe liegt die Textfassung des im Diogenes Verlag erschienenen Buches zugrunde.
Lizenzausgabe der Süddeutschen Zeitung GmbH, München für die **Süddeutsche Zeitung Kriminalbibliothek** 2006

Titelfoto: Roger Wright/Getty Images
Autorenfoto: Regine Mosimann, Diogenes Verlag
Klappentext: Ralf Hertel
Umschlaggestaltung und Layout: Eberhard Wolf, Julia Wolf
Projektleitung: Klaus Füreder
Produktmanagement: Thi Nga Tang
Satz: vmi, Manfred Zech
Herstellung: Hermann Weixler, Thekla Neseker
Druck und Bindearbeiten: Ebner & Spiegel, Ulm
Printed in Germany
ISBN-10: 3-86615-271-X
ISBN-13: 978-3-86615-271-7

1

Lauterbach spürte die Müdigkeit, als er auf den Gehsteig trat. Er stellte den Koffer und die Reisetasche ab, lockerte die Krawatte. Die Luft lag schwer und warm und regungslos in der engen Straße. Die Menschen, die Autos bewegten sich in ihr wie auf dem Grund eines trägen Gewässers. Ein glühender Sonnenstreifen auf dem Dachrand der Häuser gegenüber.

Einen Augenblick lang glaubte er, zu Hause zu sein, an einem späten Nachmittag im Hochsommer. Er schüttelte den Kopf, zog sein Notizbuch heraus. Freitag, der 4. September. Er sehnte sich nach einem frischen Windzug, einem Vorboten des Herbstes, der zu Hause vor der Tür stand. Vielleicht war es schon kühl im Rheintal, kühl und klar.

Der Neger, der ihm den Leihwagen an den Gehsteig brachte, ließ die Augen wandern. Während er den Koffer und die Reisetasche einlud, sah er Lauterbach an: »Wollen Sie noch weit heute?«

»Weiß noch nicht.«

»Welche Richtung?«

»Atlanta. Vielleicht.« Lauterbach ärgerte sich über sich selbst. Warum gab er diesem Menschen überhaupt Antwort? Das rote T-Shirt war verschwitzt und fleckig. Die Bartstoppeln mindestens eine Woche alt. Lauterbach suchte nach einem halben Dollar.

»Atlanta? Oh, Mann! Da wird's Ihnen warm werden. Warum bleiben Sie nicht in Nashville? Hat's Ihnen nicht gefallen?«

Lauterbach gab ihm einen Dollar: »Danke.«

Der Neger kam hinter ihm her, hielt ihm die Wagentür auf. »Überlegen Sie sich's noch mal. Ich kann Ihnen ein paar gute Adressen geben.«

Lauterbach stieß sich das Knie am Lenkrad. Er griff nach unten und suchte den Hebel, um den Sitz zurückzuschieben. Der Neger langte, ehe er es verhindern konnte, in das Auto hinein. Lauterbach roch den Schweiß. »Hier, Sir. Genau zwischen

Ihren Beinen.« Der Neger lachte glucksend. »Die Stelle können Sie gar nicht vergessen.«

Lauterbach zog die Tür zu. Der Neger sprach gebückt durchs offene Fenster, er lehnte sich mit dem Ellbogen auf die Tür. »Ich wette, Sie haben gar nicht mitbekommen, was in Nashville alles los ist. Hier laufen die Mädchen zu Hunderten herum. Wollen alle ins Schallplattengeschäft, verstehen Sie? Für einen Burschen wie Sie sind die alle zu haben. Ich kenne eine Menge von ihnen.«

Lauterbach sah den Neger starr an. »Jetzt lassen Sie's mal gut sein, okay? Ich arbeite im Schallplattengeschäft, verstehen Sie? Sie brauchen mir nichts zu erzählen.«

»Was sagen Sie, das ist ja Spitze!« Der Neger schlug mit der flachen Hand auf die Wagentür. »Sie müssen mir ein Autogramm geben. Sind Sie etwa Sänger? Nein, ich wette, Sie machen Liedtexte. Stimmt's?«

Lauterbach sagte scharf: »Ich bin Rechtsanwalt. Und jetzt verschwinden Sie endlich.«

Der Neger trat einen Schritt zurück, hob beide Arme: »Oh, Mann, warum erschrecken Sie mich so. Rechtsanwalt! Ich hab doch nichts verbrochen, oder?«

Lauterbach ließ den Motor an und fuhr ab. Er sah in den Rückspiegel. Der Neger sprang auf den Gehsteig und ging zurück in seine Garage, mit wiegenden Schritten, pendelnden Armen. Er legte einen hüpfenden Wechselschritt ein, um einer Frau, die auf hohen Absätzen ihre Einkaufstüten balancierte, auszuweichen, wich erst im letzten Augenblick aus und grinste über die Schulter.

Lauterbach zog die Brauen zusammen und sah auf die Straße. Er hielt nach einer Parklücke Ausschau, nahm die erste, die er fand, und schlug den Stadtplan auf. Während er in dem Gewirr dünner Linien den Weg zum Highway suchte, hob er plötzlich den Kopf. Er schnüffelte. Ihm schien, als röche er noch immer den Schweiß.

Er warf den Plan neben sich auf den Sitz, stieg aus, zog das Jackett aus und hängte es an den Haken hinter dem Fahrersitz. Er zögerte, aber er gab den Gedanken auf, einen Kleiderbügel aus dem Koffer zu holen.

Eine Weile blieb er neben dem Wagen stehen, rieb sich Stirn und Nacken trocken, rollte die Hemdsärmel hoch. Er legte einen Arm auf das Dach des Wagens und sah die Straße hinab.

Die nächste Querstraße mußte schon Church Street sein. Dort ging es nach links zwischen den steinernen Blumenkästen, den spiegelnden Schaufenstern der Fußgängerzone hinunter zum Fluß. Am Ufer Fort Nashborough, die verkleinerte Nachbildung, originalgetreu natürlich, der ersten Siedlung. Ein paar Blockhäuschen, umgeben von einem Palisadenzaun, der die Indianer hatte abhalten sollen.

Oder war das nicht am Fuß von Church Street? Er wußte es nicht mehr. Die Erinnerungen, die Bilder schoben sich schon übereinander. Seine Geschäftspartner hatten ihm das historische Schaustück nur im Vorüberfahren gezeigt, auf dem Weg in ein Schallplattenstudio. Zur Besichtigung hatte die Zeit nicht gereicht.

Er wischte sich über die Stirn. Es war ein mörderisches Pensum gewesen für eine Woche. Die Feilscherei um Verträge, Lizenzen, Tantiemen, von früh bis spät. Er hatte sich nicht übers Ohr hauen lassen, Wallraf würde zufrieden sein. Aber er spürte die Anstrengung in allen Knochen.

Und jeden Abend hatten sie ihn in einen anderen Schuppen geschleppt, Country Music, sie wollten dem Gast aus Deutschland etwas bieten, und über Tag auch noch ein paarmal in die Studios, und er hatte angestrengt lächelnd, applaudierend so tun müssen, als interessiere ihn diese Katzenmusik, auf die Wallraf so wild war, weil sich groteskerweise auch in Mitteleuropa immer mehr Verrückte fanden, die das Gejammer hören wollten und gutes Geld dafür bezahlten.

Nashville – Music City USA. Du meine Güte.

Drei Morde hatte es in den sechs Tagen gegeben, die er hier verbracht hatte. Und nicht zuletzt diesen Banküberfall, er hatte geglaubt, er träume, aber es war kein Traum gewesen, kein Fernsehfilm, sondern Church Street, Nashville, an einem funkelnden Septembermorgen.

Er war aus dem Coffee Shop gekommen, in dem er gefrühstückt hatte, und während er sich noch auf der belebten Straße umschaute, hatte es ein paarmal bösartig scharf geknallt, die Menschen waren zusammengeschreckt, einige waren in die Eingänge der Läden gesprungen, andere wie erstarrt stehengeblieben.

Nur als Schemen hatte er sie wahrgenommen, die vermummten Gestalten, die aus der Glastür der Bank gegenüber herausgestürzt kamen und sich im Sprinttempo ihren Weg bahnten, eine Frau war umgerannt worden, sie schrie gellend auf, die Schemen verschwanden hinter der Straßenecke. Als die Sirenen der Streifenwagen sich näherten, war schon alles vorbei gewesen. Einhundertzehntausend Dollar, das Fernsehen hatte ausführlich berichtet, die Zeitungen. Von den Tätern, von der Beute keine Spur.

Lauterbach schüttelte den Kopf. Der Himmel mochte wissen, warum Sie so stolz waren auf ihre Stadt. Und nicht einmal der Himmel konnte wissen, warum es sogar hier noch Leute gab, die meinten, die Polizei gehe zu hart vor.

Es war Zeit, diese Stadt zu verlassen. Eine Woche Urlaub, das mußte doch reichen, um einen Platz zu finden, an dem es noch halbwegs geordnete Verhältnisse gab.

Ein Mädchen ging vorüber, die blonden, straff nach hinten frisierten Haare schimmerten. Lauterbach richtete sich auf und sah sie an. Sie streifte ihn mit einem Seitenblick. Er sah ihr nach. Sie blickte nicht zurück.

Er stieg ein und schlug die Tür des Wagens zu. Er verstellte den Rückspiegel und betrachtete prüfend sein Gesicht, strich mit dem Handteller die dunklen Haare glatt, fuhr mit zwei Fingerspitzen über die dichten Augenbrauen. Er rückte das Gesicht näher an den Spiegel heran. Die Augen blickten müde, kein Zweifel. Die Lider waren ein wenig geschwollen.

»Los jetzt. Raus hier.« Er stellte den Rückspiegel wieder ein, warf einen Blick auf den Stadtplan und fuhr aus der Parklücke hinaus.

Als er in die Auffahrt zum Highway abbog, versank die Stadt hinter ihm, die Hitze der verstopften Straßen, das Gedränge, die vielstimmigen Hupen des späten Freitagnachmittags. Die Hochhäuser wichen zurück, ihre scharfen Konturen lösten sich auf und verschwammen im Horizont. Bis hinaus in die Außenbezirke noch die emsigen, rauschenden Ströme der Autos, sechs, manchmal acht nebeneinander. Dann verästelten sie sich, der erste bog ab und blieb zurück, nach einer Weile wieder einer.

Als Lauterbach den Highway nach Georgia erreichte, wurde es ringsum still. Durch das Felsentor im Süden der Stadt begleitete ihn niemand mehr. Abendsonne auf der zerklüfteten östlichen Flanke der Schlucht, das gelbe Gestein leuchtete. Und dahinter dann die dunkle Ebene. Gewitterwolken türmten sich hoch hinauf in den riesigen Himmel.

Auf den Schildern der Ausfahrten, die unter der wachsenden Kuppel immer winziger wirkten, erschienen biblische Namen: Antioch, Smyrna. Namen, die von einer knorrigen Vergangenheit sprachen: Old Hickory Boulevard. Einer dieser Orte, hinter deren Wegzeichen eine andere, geheimnisvolle Welt sich zu verbergen schien, trug den Namen des Schöpfers selbst, der göttlichen Vorsehung: Providence.

Lauterbach geriet in einen absonderlichen Schwebezustand. Er spürte, daß die Wirklichkeit sich von ihm ablöste, wie eine morsche Kruste, deren Risse und Sprünge sich verbreitern, hier fällt ein Stück heraus, dort das nächste.

Er glaubte, wie ein großer Vogel aus dem Abendlicht des Felskamms auf die düstere Ebene hinunterzusegeln. Er hielt seine Schwingen weit ausgebreitet, nur hin und wieder bewegte er sie, tat einen ruhigen Schlag, um sich über die Spitzen der schwarzen Bäume, einen Wiesenzaun hinwegzuheben. Das sanfte, strömende Geräusch, das seine Ohren füllte, es war nicht der Motor, es waren nicht die Reifen seines Autos. Es war der Flugwind, der durch seine Schwingen strich.

Er fuhr sich heftig übers Gesicht, drückte Daumen und Zeigefinger in die Augenwinkel. Es mußte die Müdigkeit sein.

Als er das Grenzschild passierte, auf dem *Rutherford County* stand, fuhr weit vor ihm ein Blitz herunter, zerbarst vor dem schwarzen Himmel in ein Gewebe aus bläulich glühenden Fäden. Lauterbach kniff die Augen zusammen. Der zweite Blitz schlug näher ein, andere folgten schneller und schneller. Grell flackernde Lichter, so weit man sehen konnte. Und dann brach von einer Sekunde zur anderen der Regen herein wie ein Wasserfall, der Bäume und Sträucher und Straße unter sich begrub.

Lauterbach nahm den Fuß vom Gaspedal, er fuhr immer langsamer. Er suchte nach dem Schalter für die Scheibenwischer, fand ihn, aber die Wischer vermochten nichts auszurichten gegen die Wasserwand, die sich auf die Frontscheibe legte. Lauterbach konnte den Straßenrand nicht mehr erkennen, nicht einmal mehr die Markierung seiner Fahrspur.

Er biß auf die Zähne, als von hinten mit blendenden Scheinwerfern einer dieser beängstigenden, riesigen Lastwagen sich heranschob, sich neben ihn setzte, ihn überholte und noch mehr Wasser auf seine Scheiben warf. Er versuchte, sich an das breite Band der Rücklichter anzuhängen, aber er gab es auf, als sein Auto im Kielwasser zu schlingern begann.

Er war schon entschlossen, auf den Randstreifen hinauszusteuern und einfach anzuhalten, als aus dem Dunkel ein hohes, breites Schild heranschwamm, von bleichen Lichtern eingerahmt. Er fuhr im Schrittempo daran vorbei, bewegte stumm die Lippen, während er mit vorgerecktem Kopf die Aufschrift entzifferte: *Pete's Motel, Drinks, TV, Einzelzimmer 12.95, nächste Ausfahrt, 2 Meilen.*

Er fühlte sich so erleichtert, als wäre er aus Lebensgefahr gerettet worden. Die Vorstellung füllte ihn aus, sich in ein Zimmer zurückziehen, auf einem Bett sich ausstrecken, einen Schluck trinken und irgendeinen belanglosen Film ansehen zu können, während draußen das Unwetter tobte. Seine Nackenmuskeln entspannten sich.

Der Plan, noch an diesem Abend über hundert Meilen zu fahren, war ohnehin völlig verrückt gewesen. Chattanooga lief ihm nicht weg, Atlanta auch nicht. Er hatte eine ganze Woche Zeit, Urlaub, Freizeit ohne Termine. Niemand erwartete ihn. Er konnte herumstreunen, wo und wie es ihm gefiel.

Er würde sich ins Bett legen, noch einen Whisky trinken oder zwei, ausschlafen und morgen früh weiterfahren. Wahrscheinlich war der Himmel bis dahin auch wie der blau. Es konnte ja nicht ewig so gießen.

Er fand die Ausfahrt, manövrierte langsam eine düstere Steigung empor, auf der das Wasser in Sturzbächen ihm entgegenschoß. Auf der Anhöhe hielt er an, unter einer einsamen Straßenlampe. Eine Querstraße, sie verlor sich auf beiden Seiten in der Finsternis. Er wußte nicht, ob er nach rechts oder nach links abbiegen mußte. Von Pete's Motel keine Spur. Kein Schild, gar nichts.

Lauterbach bewegte stumm die Lippen. Er entschied sich, nach rechts zu fahren. Der dunstige Lichtkreis der Straßenlampe verschwand im Rückspiegel. Die Straße wand sich, stieg ab, in ein dunkles Loch hinein. Nur noch stürzendes Wasser im Scheinwerferlicht. Lauterbach ahnte rechts und links den dichten Wald.

Er überlegte, was er tun könnte, wenn er in diesem menschenleeren Abgrund eine Panne hätte. Der Motor konnte stehenbleiben. Er konnte den Straßenrand verfehlen und in den Graben rutschen, in einen Bach vielleicht.

Panik flog ihn an. Er kämpfte sie mühsam hinunter.

Auf der nächsten Anhöhe glaubte er, ein Licht zu sehen. Er

fuhr langsam weiter, Hoffnung kam in ihm auf. Das Licht verbreiterte sich. Er erkannte eine Kette von Glühbirnen unter einem Vordach, es war das Motel. Als er in die Einfahrt abbog, lockerten sich seine Lippen, er lächelte, schüttelte den Kopf.

Ein eingeschossiger Bau, winkelförmig. An dem einen Ende des Winkels die Rezeption, mattes Licht hinter blinden Fenstern. Lauterbach fuhr dicht an das Vordach heran, blieb einen Augenblick sitzen. Er starrte die schmale Tür an, deren Farbe abblätterte, die Müllsäcke, die gleich neben dem Eingang lagen.

Auf der Tür pappte ein Schild, große Buchstaben von Hand: *Keine Hunde!* Darunter ein zweites Schild, ebenfalls von Hand geschrieben: *Kochen in den Zimmern verboten!*

Er schüttelte den Kopf. »Ganz egal, ich fahre keinen Schritt weiter.« Er griff hinter sich nach dem Jackett, sprang unter das Vordach. Die Eingangstür klemmte, er hatte Mühe, sie zu öffnen.

2

Hinter dem Tresen war niemand zu sehen. Ein Schlüsselbrett, voll von Schlüsseln.

Eine dunkle Stimme sagte: »Hi!«

Lauterbach wandte sich um. Auf dem zerbeulten Ledersofa in der Ecke, unter der trüben Stehlampe saß eine Frau, rotblonde Haare, rund um den Kopf toupiert, ein blaßgrünes, kurzes Trägerkleid, nackte Beine, übereinandergeschlagen, rote Schuhe, nicht mehr ganz neu, mit hohen Absätzen. Sie hielt ein Glas in der Hand.

Sie winkte ihm mit dem Glas zu, lächelte ihn an. »Herzlich willkommen. Ich hab schon gedacht, ich bin heute nacht der einzige Gast in dieser Bruchbude. Das nenn ich eine angenehme Überraschung. Und dann auch noch ein so gut aussehender Mann.«

Lauterbach sagte: »Wo finde ich jemanden, der mir ein Zimmer gibt?«

»Sie müssen rufen. Die Glocke haben sie vergangene Woche versetzt.« Sie rief: »He, Chum! Heb deinen Arsch hoch! Kundschaft!«

Jemand hustete. Ein Bett knarrte. Der Schnurvorhang neben dem Schlüsselbrett wurde zur Seite geschoben. Ein langer, dürrer junger Neger kam herein. Er bückte den Kopf unter den Schnüren. Er sah Lauterbach nicht an. Er schob ihm mit knochigen, dunklen Fingern ein Anmeldeformular über den Tresen.

Lauterbach hängte sich das Jackett über die Schultern und füllte das Formular aus. Er trug in sauberer Druckschrift den Namen ein, auch den Doktortitel. Autonummer? Er wollte schon hinausgehen und sie ablesen, als ihm der Autoschlüssel einfiel. Er sah auf den Anhänger und schrieb sorgfältig die Nummer ab, die er fand, *MVA 221030*.

Die Frau sagte: »Woher kommen Sie, John Travolta?«

Er sah die Frau irritiert an: »Meinen Sie mich?«

»Klar, wen denn sonst? Hat Ihnen noch keiner gesagt, daß Sie aussehen wie John Travolta? In seiner Glanzzeit, meine ich. Vielleicht sogar noch ein bißchen besser.« Sie trank einen Schluck. »Ihre Augenbrauen sind anders, wissen Sie. Stärker. Ich mag Ihre Augenbrauen.«

Lauterbach zog die Kreditkarte heraus. Die Frau sagte: »Seien Sie doch nicht so finster, Johnny-Boy. Seien Sie nett. Sagen Sie mir, woher Sie kommen.«

Der Neger sagte: »Keine Kreditkarten.«

Lauterbach sah ihn an: »Wieso denn das nicht?«

Der Neger sagte: »Keine Kreditkarten.«

Die Frau stand auf und kam an den Tresen: »Hier kommen Sie nur mit Bargeld rein. Der Chum kann nicht schreiben, verstehen Sie? Der kann nur Bargeld zählen.«

Der Neger sagte: »Halt's Maul.«

Sie reckte dem Neger das Glas entgegen, löste den Zeigefinger und visierte ihn damit an: »Du sagst mir nicht, wann ich das Maul halte, du nicht, Chum! Ich bin hier ein zahlender Gast, kapierst du?«

Lauterbach zog sein Portemonnaie heraus. Erzählte einen Zehn-Dollar-Schein und drei Ein-Dollar-Scheine ab und legte sie vor den Neger auf den Tresen. Der Neger sah das Geld an und sagte: »Vierzehn fünfundneunzig.«

Lauterbach sagte: »Auf dem Schild an der Autobahn steht zwölf fünfundneunzig.«

Der Neger sagte: »Altes Schild.«

Die Frau lachte. Lauterbach überlegte einen Augenblick,

dann nahm er die drei Ein-Dollar-Noten zurück und legte eine Fünf-Dollar-Note auf den Tresen. Der Neger steckte das Geld in die Hosentasche. Er nahm einen Schlüssel vom Brett und legte ihn auf den Tresen: »Nummer zwei. Kochen verboten.« Er wandte sich ab und verschwand durch den Schnurvorhang.

Die Frau sah Lauterbach an und lächelte: »Und wie geht's jetzt weiter, Johnny-Boy? Ich heiße Sally. Seien Sie nett und sagen Sie mir, woher Sie kommen und wer Sie sind.«

Lauterbach sagte: »Entschuldigen Sie mich bitte, ich bin sehr müde.« Er wandte sich ab und ging. An der Tür hielt er ein. Er zögerte, dann deutete er auf ihr Glas und sagte: »Wo bekommt man so etwas?«

Die Frau lachte. »So gefallen Sie mir schon viel besser, Johnny-Boy.« Sie trank einen Schluck, lächelte ihn an: »Das bekommen Sie bei dem Chum.« Sie rief: »He, Chum! Komm raus mit der Flasche. Mister Travolta möchte einen Drink.«

Der Neger schob sich gebückt durch den Vorhang, in der einen Hand eine Whisky-Flasche, in der anderen ein Glas. Er sagte: »Glas oder Flasche?«

»Wieviel kostet ein Glas?«

»Zwei fünfzig.«

»Wieviel?«

»Zwei fünfzig.«

»Und wieviel die Flasche?«

Der Neger hielt die Flasche gegen die Lampe. Sie war zu zwei Dritteln voll. »Zwanzig Dollar.«

»Das kann doch nicht Ihr Ernst sein.«

Die Frau lachte. Der Neger wandte sich ab und bückte den Kopf. Lauterbach sagte: »Moment mal!« Der Neger blieb stehen. Lauterbach zog sein Portemonnaie heraus: »Das ist Wucher, was Sie da machen. Verstehen Sie das?«

Die Frau sagte: »Nein, das versteht er nicht, Johnny-Boy. Seien Sie nicht ärgerlich. Der Stoff ist ganz gut, den er da hat.«

Lauterbach überlegte einen Augenblick, dann sagte er: »Geben Sie mir die Flasche.«

Die Frau sagte: »He, Johnny-Boy, jetzt sind Sie aber über Ihren Schatten gesprungen! Wollen Sie vielleicht doch eine kleine Party machen?«

Der Neger stülpte das Glas über die Flasche, schob sie über

den Tresen, steckte den Zwanzig-Dollar-Schein in die Hosentasche und verschwand.

Lauterbach nahm die Flasche und ging zur Tür. Die Frau sagte: »Du kleiner, mieser Drecksack. Einen Schluck hättest du mir wenigstens abgeben können.«

Lauterbach versuchte, als er ins Auto stieg, dem strömenden Regen auszuweichen. Aber seine Haare wurden naß, sein Nakken, die Hand, die die Flasche hielt. Er blieb einen Augenblick sitzen, überlegte. Dann manövrierte er mit einer Hand, sehr langsam, sehr vorsichtig, den Wagen rückwärts vor den zweiten Eingang neben der Rezeption.

Er stieg aus, schloß gebückt die Autotür ab, spürte, wie das Wasser in seinen Nacken lief. Er sprang unter das Vordach, stellte die Flasche ab, rieb sich Gesicht und Nacken und Hände mit dem Taschentuch trocken, sah hinaus in das dunstige Licht der Glühbirnen.

Er schloß den Kofferraum auf, holte Koffer und Reisetasche heraus.

Der Zimmerschlüssel paßte nicht.

Lauterbach sah auf den Schlüssel. Es war ein alter Schlüssel, ein Rundeisen mit Bart. Er sah auf den Anhänger, es war die Nummer zwei. Er versuchte es noch einmal. Er bekam den Schlüssel ins Schloß hinein, aber er ließ sich nicht drehen.

Lauterbach richtete sich auf, stemmte beide Hände in die Seiten, sah voller Wut zur Rezeption. Er wollte schon unter dem Vordach zurückgehen, als er die Nummer auf der Zimmertür sah. Es war Nummer elf. Nummer zwei lag am anderen Ende des Winkelbaus.

Er sah hinaus in den Regen. Dann schüttelte er den Kopf. Er ließ das Auto stehen. Er stopfte die Flasche mit dem Glas in die Reisetasche, nahm Tasche und Koffer auf und trug sie unter dem Vordach hinüber zu seinem Zimmer. Vor Nummer eins stand ein altes, riesiges Auto. Sallys Wagen vermutlich.

Die Dusche gab nur ein dünnes Rinnsal ab, aber der Fernsehapparat funktionierte. Lauterbach inspizierte die Bettlaken. Sie waren grau, aber ohne Flecken. Er zog seinen Schlafanzug an, probierte alle Kanäle des Fernsehapparats aus und entschied sich für ein Programm, das so aussah, als sei es ein Kriminalfilm. Er legte sich ins Bett.

Als er sich den zweiten Whisky eingeschenkt hatte, klopfte es an der Tür. Lauterbach glaubte zuerst, er habe sich getäuscht, aber dann klopfte es wieder. Er stand auf, zögerte einen Augenblick. Er vergewisserte sich, daß die Kette festsaß. Dann öffnete er die Tür einen Spaltbreit.

Es war Sally. Sie stand an den Türrahmen gelehnt, das leere Glas in der Hand. Sie lächelte matt. »Ich wollte mich entschuldigen. Seien Sie mir nicht böse, Johnny-Boy. Ich hab's nicht so gemeint. Ich hatte schon einen kleinen getrunken. Ich vertrag nicht viel, wissen Sie. Und ich war so schrecklich enttäuscht, als Sie gingen.«

Lauterbach sagte: »Das ist okay. Schlafen Sie gut.«

Ihre Mundwinkel glitten nach unten. Ihre Augen wurden groß. Sie sah plötzlich sehr ängstlich aus. Sie fing an zu weinen. »Johnny-Boy, ich fühl mich so einsam. Ich hab schreckliche Angst, Johnny-Boy.«

Lauterbach sagte: »Sie sind betrunken. Das geht vorüber.«

»Nein, nein, wirklich nicht, Johnny-Boy. Ich hab doch nur einen ganz kleinen getrunken.«

»Gehen Sie schlafen. Das wird Ihnen guttun.«

Sie schluchzte auf. Plötzlich streckte sie eine Hand durch den Türspalt, die Finger bewegten sich, irrten umher. »Bitte, bitte, Johnny-Boy, ich halt das nicht aus, ich hab so gottverdammte Angst, so gottverfluchte, beschissene Angst. Darf ich nicht zu dir reinkommen, Johnny-Boy?«

»Hören Sie jetzt auf damit. Ich will schlafen. Sie sehen doch, daß ich schon im Bett gelegen habe.«

»Das macht doch nichts. Ich leg mich zu dir, wenn du magst. Du wirst es nicht bereuen. Ich will kein Geld dafür. Ich bin keine Nutte, verstehst du, Johnny-Boy.«

»Haben Sie nicht gehört, was ich gesagt habe?«

»Und wenn du nicht magst, setz ich mich in den Sessel. Du kannst ruhig schlafen, Johnny-Boy, ich werd ganz still sein. Nur laß mich nicht allein, bitte. Laß mich bei dir bleiben, Johnny-Boy, bitte.« Sie sah ihn aus großen Augen an, die Mundwinkel zitterten.

Lauterbach sagte: »Nein, verflucht noch mal!« Er packte ihre Hand und schob sie durch den Türspalt, schloß die Tür. Er ging zurück zum Bett, blieb stehen. Dann nahm er die Whisky-Flasche und öffnete die Tür wieder. Sally stand da, regungslos, den Blick gesenkt.

Lauterbach sagte: »Gib mir das Glas.«

Sie hob das Glas, hielt es in den Türspalt. Er goß das Glas

voll Whisky. Sie sah auf das Glas. Immer neue Tränen flossen über ihre Wangen.

Lauterbach sagte: »Und jetzt hau ab. Und komm nicht wieder.« Er schloß die Tür, verriegelte sie.

3

Licht legte sich auf seine Augenlider, drang in seinen Schlaf. Das Licht bewegte sich, es wurde immer heller. Lauterbach öffnete die Augen.

Das Licht kam durch den zerschlissenen Fenstervorhang, es näherte sich. Lauterbach hob den Kopf vom Kissen. Er hörte ein schwaches Motorengeräusch. Ein Auto fuhr langsam an den Eingang seines Zimmers heran. Er fürchtete einen Augenblick, das Auto werde sich unter das Vordach schieben, die Wand durchbrechen, unter einstürzenden Steinen vorrollen bis an sein Bett, immer näher die grellen Scheinwerfer.

Der Motor wurde abgestellt. Die Scheinwerfer erloschen. Türen klappten. Stimmen. Männerstimmen. Ein Mädchen lachte.

Lauterbach stand auf. Er ging ans Fenster, hob den Vorhang ein wenig. Die Glühbirnen unter dem Vordach brannten nicht mehr. In der Dunkelheit konnte er nur ein paar Schemen erkennen. Knirschende Schritte auf dem Beton des Vorplatzes.

Die Schritte gingen weiter. Dann hämmerte jemand gegen die Tür nebenan. Lauterbach hörte eine saftige, tiefe Männerstimme: »He, Sally! Tu nicht so, als ob du schläfst. Wir sind's. Die Party kann anfangen.« Das Mädchen lachte. Eine andere Männerstimme sagte: »Nun mach schon auf, Sally.«

Die Tür wurde geöffnet, und sofort begann ein wildes Gewirr von Stimmen. Ab und zu ein Gelächter, dann wieder klang es wie ein heftiger Streit. Er konnte nicht verstehen, was da gesprochen wurde, aber die Stimmen durchdrangen die dünne Wand, sie waren nicht zu überhören, sie wollten nicht verstummen.

Lauterbach ballte die Fäuste. Er setzte sich auf den Rand des Betts. Er sah auf die Uhr. Kurz vor Mitternacht.

Dieses Weib. Sie hatte nicht aufgegeben. Sie hatte sich andere Gesellschaft besorgt. Fünf oder zehn Minuten nachdem er sie vor seiner Tür hatte stehenlassen, hatte er sie in ihrem Zimmer sprechen hören. Sie hatte telefoniert. Dann war ihre Zimmertür ins Schloß gefallen. Er hatte das Licht gelöscht, war aufgestanden, hatte durch den Vorhangspalt hinausgeschaut.

Sie war langsam an seinem Fenster vorbeigegangen, mit unsicheren Schritten, das Glas in einer Hand, in der anderen eine große Tasche. Sie war unter dem Vordach weitergegangen, bis an das andere Ende des Winkelbaus. Sie war im Halbdunkel hinter seinem Auto verschwunden.

Er hatte sich wieder hingelegt. Nur noch das bläuliche Flakkerlicht des Fernsehapparats. Nach einer Weile hatte ihn der Gedanke beunruhigt, daß sie sich an seinem Auto zu schaffen machen könne. Er hatte wieder hinausgesehen. Sie war aus der Rezeption herausgekommen. Gleich darauf waren die Glühbirnen unter dem Vordach erloschen. Dunkel. Strömender Regen.

Er hatte gewartet, den Kopf an den Vorhang gebeugt. Schließlich hatte er ihre langsamen Schritte gehört. Dann ihre Zimmertür. Dann ihre Stimme, von Pausen unterbrochen. Sie hatte wieder telefoniert. Er hatte das Ohr an die Wand gelegt, aber es war nicht zu verstehen gewesen, was sie sagte. Er war zu seinem Bett zurückgegangen, war stehengeblieben. Er hatte eine Weile auf das Fernsehbild gestarrt. Dann hatte er den Apparat ausgeschaltet und sich hingelegt. Er war sehr schnell eingeschlafen.

Die Stimmen nebenan, die leiser geworden waren, schwollen wieder an. Lauterbach ballte die Fäuste. Er würde das keine Minute länger hinnehmen, er würde sich beschweren.

Er stand auf, tat einen Schritt, hielt ein, überlegte. Er schnaufte. Bei wem beschweren? Dieser Neger in der Rezeption würde wahrscheinlich nicht einmal den Telefonhörer abheben.

Der Gedanke, er könne gegen die Wand hämmern, *»Ruhe da drüben!«* rufen oder hinausgehen und an Sallys Tür klopfen, verursachte ihm Unbehagen. Die saftige Männerstimme klang ihm im Ohr. Leute, die mit einer Frau wie dieser Sally Umgang hatten. Schlägertypen, wahrscheinlich Gangster. Er flüchtete sich in den Gedanken, daß es unter Niveau sei, mit solchen Leuten zu streiten. Verlorene Zeit. Die Mühe nicht wert.

Er warf sich ins Bett. Er rollte sich in die Decke ein, zog das Kissen übers Ohr. Er hörte die Stimmen noch immer. Eine Weile quälte ihn noch der Haß auf dieses Pack, die hilflose Wut. Dann schlief er ein.

Es war noch dunkel, als ein heftiger, dumpfer Schlag ihn jäh aus dem Schlaf riß. Er fand sich im Bett sitzend, sein Puls jagte.

Irgend etwas mußte nebenan zu Boden gefallen sein, oder gegen die Wand. Irgendein schweres Gewicht. Ihm war, als hätte er zugleich mit der Erschütterung ein splitterndes Geräusch gehört.

Er fuhr sich über die Stirn. Sie war naß von Schweiß. Schweiß bedeckte seine Brust. Er lauschte. Er hörte nur seinen Herzschlag. Hatte er nur geträumt?

Plötzlich setzten wieder die Stimmen ein, nicht sehr laut, aber unüberhörbar. Eine Frauenstimme hob sich ab, sie steigerte sich, erstarb dann.

Lauterbach sah auf die Uhr. Zwei Minuten vor sechs. Er warf die Decke zurück. Es hatte keinen Sinn mehr. Dieses Pack würde wahrscheinlich erst schlafen, wenn der Tag angebrochen war.

Er duschte, brauchte lange, bis er unter dem dünnen Strahl den Seifenschaum vom Körper gewaschen hatte. Der Spiegel war blind und fleckig, er mußte den Kopf vorbeugen, um sich sauber rasieren zu können. Er wählte ein sandfarbenes Sporthemd aus, nahm den Anzug vom Bügel und legte ihn sorgfältig zusammen. Er zog die braunen Jeans an und die leichte Lederjacke.

Es war still nebenan, als er die Tür hinter sich ins Schloß zog. Vor seinem Eingang, neben Sallys Auto, stand ein großes, dunkelbaues Coupé, ziemlich neu. Er trug den Koffer und die Reisetasche hinüber zu seinem Auto. Er ging quer über den Vorplatz. Es regnete nicht mehr. Der Himmel war klar. Im Norden entdeckte Lauterbach einen verblassenden Stern.

Als er abfuhr, sah er im Rückspiegel eine Bewegung. Ihm schien, als wäre Sallys Tür geöffnet worden.

Lauterbach fuhr mit offenem Fenster. Er fuhr hinab in die Schlucht, in der ihn gestern abend die Furcht vor einer Panne gepackt hatte. Er roch den dichten Nadelwald zu beiden Seiten der Straße. Als er die Steigung zum Highway hinauffuhr, glaubte er zu spüren, daß die Luft wärmer wurde. Hier und da schimmerte noch Feuchtigkeit auf der Straße, aber sie begann zu trocknen.

Auf der anderen Seite des Highways sah er das hochbeinige Schild eines Restaurants. Die Glühbirnen setzten scharf umgrenzte, helle Punkte in das breit gestrichene Rot-Blau des Morgenhimmels.

Als Lauterbach ausstieg, roch er den Speck und die Würstchen, die Bratkartoffeln und den Kaffee. Der Hunger überfiel ihn. Er bestellte Rühreier mit Speck, nahm außer dem Toast auch noch ein Rosinen-Törtchen. Während er wartete und den Orangensaft trank, blätterte er in seinen Karten und Prospekten.

Vor Chattanooga lag rechts der Straße ein See, im Norden der Stadt ein anderer, vor Atlanta ein dritter. Es las die Namen, sie lösten vage, angenehme Vorstellungen in ihm aus. *Woods Lake. Elk River.* Und Namen, die offenbar indianischen Ursprungs waren. *Chikamauga Reservoir. Allatoona Lake.* Er sah stille Gewässer, die dunkelgrünen Fichten. Ein großer Vogel schrie. Der Himmel endlos blau, ein paar kleine, zerzauste weiße Wolken.

Zwei Männer kamen herein. Sie gingen an ihm vorbei, kamen zurück, blieben stehen, gingen wieder an ihm vorbei. Lauterbach drehte sich um. Sie hatten sich an den übernächsten Tisch gesetzt. Er sah einen Rücken in einer fleckigen Jeans-Jakke, blonde, ungepflegte, lange Haare.

Er ließ die Karte neben sich ausgebreitet, während er aß. Ab und zu beugte er den Kopf hinunter, um einen Namen entziffern zu können, legte den Finger auf die dünne Linie einer Nebenstraße und hielt sie fest, während er die nächste Gabel nahm. Er mußte ja nicht auf geradem Weg nach Chattanooga fahren. Vielleicht konnte er rund um den Woods Lake fahren, nahe dem Ufer.

Er ließ sich von der Kassiererin zwei Äpfel geben, legte sie ins Handschuhfach. Die Morgensonne war über den flachen Kamm im Osten hervorgekommen. Als Lauterbach auf den Highway fuhr, spürte er den würzigen Hauch, den die Wärme aus den Gräsern und Büschen hervortrieb.

Nach einer halben Stunde aß er den ersten Apfel. Er hatte das Radio eingeschaltet. Country Music, aber dieses Mal empfand er keinen Widerwillen. Das war Tennessee, ein schönes Land, die sanften Hügel, die Wälder. Und diese Musik gehörte dazu.

Er fuhr mit einer Hand, hielt in der anderen den Apfel. Ab und zu sah er in den Rückspiegel. Der große alte, schmutzige Wagen, der schon einmal ziemlich nahe hinter ihm gewesen war, fiel zurück. Lauterbach sah auf den Geschwindigkeitsmesser. Nein, er fuhr nicht zu schnell, die Nadel stand auf fünfundfünfzig Meilen.

Er fragte sich, ob dieser Highway immer so leer sein mochte. Dann fiel ihm ein, daß es Samstagmorgen war, sehr früh noch am Samstag. Er lehnte sich zurück, schob die Hand in die enge Hosentasche, zog das Taschentuch heraus, um sich die Finger abzuwischen. Er sah in den Rückspiegel.

Der alte Wagen fuhr wieder sehr nahe hinter ihm. Lauterbach sah auf dem Vordersitz zwei Männer. Er stopfte das Taschentuch zurück, beschleunigte sein Tempo ein wenig. Die Nadel stieg auf siebzig Meilen. Der alte Wagen folgte ihm dichtauf.

Lauterbach nahm den Fuß vom Gaspedal. Der alte Wagen kam ihm gefährlich nahe. »Warum überholst du nicht, du Idiot?« Er sah auf den Geschwindigkeitsmesser, beschleunigte, bis er wieder genau fünfundfünfzig Meilen fuhr. Der alte Wagen blieb dicht hinter ihm. Lauterbach starrte in den Rückspiegel. Lachten die beiden Kerle?

Er versuchte, dieses schmutzige Auto zu vergessen, konzentrierte sich auf die Straße. Plötzlich spürte er, daß jemand ihn ansah. Er sah zur Seite. Der alte Wagen schob sich neben ihn. Der Mann auf dem Beifahrersitz wandte ihm das Gesicht zu. Dann wandte er sich ab, sprach mit dem Fahrer und lachte.

Lauterbachs Puls begann schneller zu schlagen. Er sah geradeaus, tat so, als nehme er keine Notiz von den beiden. Sie blieben neben ihm. Nach einer Weile hielt er die Anspannung nicht mehr aus, er beschleunigte. Der alte Wagen hielt Schritt, er fuhr im gleichen Tempo auf der Überholspur, gleichauf mit Lauterbach.

Lauterbach ging mit dem Tempo zurück, auf fünfzig, auf fünfundvierzig Meilen. Er sah in den Rückspiegel. Irgendwann mußte auf diesem gottverdammten Highway ja doch noch ein anderes Auto kommen. Er sah nicht zur Seite. Im Augenwinkel nahm er wahr, daß der alte Wagen sich auf gleicher Höhe hielt.

Nach einer endlos langen Zeit tauchte voraus ein Straßenschild auf. Lauterbach zwang sich, das Tempo nicht zu beschleunigen. Das Schild glitt vorüber: *Jasper – Nächste Ausfahrt.* Er erinnerte sich an den Namen. Er hatte ihn auf der Karte gesehen. Es hatte ausgesehen wie ein etwas größerer Ort.

Er versuchte, seine Muskeln zu entspannen. Als er das Schild der Ausfahrt sah, sehr klein noch, begann er sich zu konzentrieren. Er hielt das langsame Tempo ein, achtete darauf, daß er nicht schneller als fünfundvierzig Meilen fuhr. Der Wagen neben ihm hielt Schritt.

Das Schild der Ausfahrt näherte sich. Lauterbach wartete bis zur letzten Sekunde, dann riß er das Steuer herum, trat das Gaspedal durch, die Automatik ließ den Wagen bocken, die Reifen sprangen über die Graszunge, auf der das Schild eingepflanzt war, sie gewannen den festen Belag der Ausfahrt, der Wagen zog an. Während Lauterbach die Kurve durchfuhr, sah er in den Rückspiegel. Der alte Wagen war nicht mehr zu sehen.

Das Ortsschild wies nach links. Lauterbach bremste nur kurz, schleuderte auf die Straße, die über die Autobahn führte. Die Straße war schmal, sie schlängelte sich in engen Kurven in die Hügel hinein. Der Wagen drohte auszubrechen. Lauterbach fuhr langsamer. Kein Mensch zu sehen.

Nach ein, zwei Meilen beruhigte er sich. Er atmete tief durch. Sein Pulsschlag ging zurück. Er sah in den Rückspiegel, strich die Haare glatt.

Es war zu albern. Wahrscheinlich waren es irgendwelche Lümmel gewesen, die sich einen Spaß mit ihm hatten machen wollen. Seine Nerven hatten ihm einen Streich gespielt. Dieser verdammte Streß. Er hatte den Urlaub nötig nach dieser Woche.

Ein Wald nahm die Straße auf. Lauterbach drehte das Fenster hinunter, atmete tief. Er schaltete das Radio ein, schaltete es aus, versuchte, die Vogelstimmen zu erkennen. Er strich sich wieder übers Haar. Er sah in den Rückspiegel.

Er sah den alten Wagen. Er kam schleudernd aus der Kurve hinter ihm, näherte sich sehr schnell.

4

Lauterbach trat aufs Gaspedal, aber es war zu spät. Der alte Wagen ging fast gleichzeitig mit ihm in die nächste, enge Kurve hinein. Lauterbach sah die schmutzige Motorhaube dicht neben sich. Er bremste, zog das Steuer nach rechts, um den Zusammenstoß zu vermeiden. Der alte Wagen passierte ihn, schleuderte von einer Straßenseite zur anderen, stellte sich quer und blieb stehen, die Vorderräder am Rand des Straßengrabens.

Lauterbach sah, während er seine Reifen kreischen hörte, die beiden Männer auf dem Vordersitz wie in einem Traum herangleiten. Der Beifahrer sah ihm entgegen. Lauterbach glaubte zu sehen, daß der Beifahrer grinste, eine häßliche Fratze, ein Alptraum.

Ihm wurde klar, daß er nur noch eine Chance hatte. Die Tür des alten Wagens öffnete sich, ein Bein in Jeans und Stiefel kam hervor. Lauterbach trat aufs Gaspedal. Er riß seinen Wagen nach links. Die Lücke zwischen dem Straßengraben und dem Kofferraum des alten Wagens war eng, sie schien ihm viel zu eng, aber er fuhr hinein, die Hände um das Lenkrad gekrampft. Das Rad riß an seinen Händen, aber er hielt es fest. Er streifte das Heck des alten Wagens, er hörte das Blech aufknallen und dann den kreischenden Schleifton. Aber er kam durch.

Nach drei Meilen, die er in hohem Tempo zurücklegte, erreichte er Jasper. Bretterbuden am Waldrand. Dann eine Imbißstube. Tankstellen, Stapel von alten Reifen. Das offene Tor einer Werkstatt, davor ein paar verrostete Karosserien. An der Kreuzung ein Restaurant.

Lauterbach bog nach rechts ab. Nach fünfzig Metern fand er neben einem Kramladen einen Parkplatz. Er fuhr bis ans Ende, parkte hinter einem großen Auto. Er stieg aus, blieb eine Weile schwer atmend stehen, sah hinaus auf die Straße.

Er ging vor bis zur Straße, stellte sich hinter ein Schild und beobachtete die Kreuzung.

Ein kleiner Lastwagen, der gemächlich abbog. Drei oder vier Personenwagen, keiner schmutzig-grau.

An der Zapfsäule gegenüber stand ein alter Mann. Er trug eine Mütze mit langem Schirm, eine blaue Latzhose. Er rieb sich mit einem Putzlappen die Hände ab. Er sah Lauterbach an.

Lauterbach überquerte die Straße. Er ließ die Kreuzung nicht aus dem Auge. Als er den Gehsteig erreichte, sagte der alte Mann: »Hi, Fremder. Wie geht's Ihnen an diesem wunderschönen Tag?«

Lauterbach sagte: »Danke. Wie geht's Ihnen?«

Der alte Mann lachte, wiegte den Kopf und sagte: »Gar nicht so schlecht, wissen Sie.« Er rieb sich die Hände ab. Er sah Lauterbach an: »Kann ich was für Sie tun?«

»Ich denke schon. Wo finde ich die Polizei?«

»Die Polizei?«

»Ja. Die Polizeistation.«

»Gibt's hier keine. Wenn Sie was von der Polizei wollen, müssen Sie den Sheriff anrufen. Oder die Highwaystreife. Wenn Sie Ärger auf dem Highway gehabt haben.«

Lauterbach dachte nach.

Der alte Mann sah ihn an: »Haben Sie ein Problem?«

Lauterbach sagte: »Nein, nein. Es hat mich nur interessiert. Danke Ihnen.«

»Keine Ursache.«

Lauterbach ging in Richtung der Kreuzung weiter. Der alte Mann sagte: »Passen Sie auf sich auf.«

»Ja, ja. Danke.«

Lauterbach hielt sich nahe bei den Häusern, den Eingängen der zweigeschossigen Fassaden. Vor der Kreuzung blieb er stehen. Dann trat er ein paar Schritte vor und sah die Straße zur Autobahn hinunter. Ein Traktor mit Anhänger kam aus dem Wald. Aus dem Restaurant gegenüber trat eine Frau, ein Kind an der Hand.

Er wartete eine Weile, dann ging er hinüber zu dem Restaurant. Er warf einen Blick durchs Fenster. Außer einem Mädchen, das gebeugt hinter der Theke stand, die Ellbogen aufgestützt, und in einer Zeitung las, konnte er niemanden sehen.

Er ging hinein, bestellte einen Kaffee, sah aus dem Fenster. Dann ging er zum Telefon. Er schlug das Telefonbuch auf, aber er ließ die Hand darauf liegen und starrte die Wand an. Ein Prospekt, mit Reißnägeln angeheftet. *Campingplatz, Ferienhäuser. Schwimmen, Angeln, Boote. Rufen Sie uns an und sichern Sie sich wunderschöne Ferientage!*

Was sollte er der Polizei sagen? Er hatte sich nicht einmal die Autonummer gemerkt. Er wußte auch nicht den Wagentyp. Zwei Männer. Waren es die gewesen, die in das Restaurant gekommen waren, als er auf sein Frühstück wartete?

Blaue Jeans-Jacke, lange blonde, ungepflegte Haare. War das der Beifahrer gewesen? Ein Bein in Jeans und Stiefel. Aber an das Gesicht erinnerte er sich nur wie an einen teigigen Fleck. Der Fahrer? Nur ein Schemen.

Er schlug das Telefonbuch zu. Er trank den Kaffee, trat langsam vor die Tür, sah die Straße zum Highway hinunter. Sie war leer. Dunst über dem Wald.

Der Gedanke durchfuhr ihn, daß sie in der Zeit, in der er am Telefon gestanden hatte, vorbeigefahren sein konnten. Er kämpfte seine Furcht hinunter.

Er ging zurück zu dem Parkplatz. Bevor er einstieg, sah er

noch einmal um sich. Er wollte schon den Motor anlassen, als ihm der Zusammenstoß einfiel. Er stieg aus und sah sich die rechte Seite der Karosserie an. Eine tiefe Delle in der Tür, und von dort eine Kerbe bis zur Öffnung des hinteren Kotflügels. Er fuhr mit der Fingerkuppe die Kerbe entlang. Die Lacksplitter lösten sich.

Wut trieb ihm das Blut in den Kopf. Er hatte eine Versicherung abgeschlossen, aber einhundert Dollar würde er selbst bezahlen müssen.

Er stieg ein und sah auf die Karte. Nach einer Weile gelang es ihm, sich zu konzentrieren. Es war wahrscheinlich am besten, auf dieser Nebenstraße weiterzufahren. Fünf oder sechs Meilen weiter erreichte sie den Highway, nicht weit von Chattanooga.

Er hielt in der Ausfahrt des Parkplatzes, duckte sich unwillkürlich, als er nach links sah. Dann bog er nach rechts ab.

Nach hundert Metern die letzte Bretterbude. Noch ein Müllhaufen. Dann wieder Wald, die Straße führte in einer Kurve hinein.

Hinter der nächsten Kurve stand ein Mädchen unter den Bäumen. Schwarz, krauses, schwarzes Haar. Sie trug Jeans und ein rotes T-Shirt. Sie sah ihm entgegen, sprang über den Straßengraben, hob den Daumen und winkte in seine Fahrtrichtung.

Lauterbach fuhr vorbei. Er sah im Rückspiegel, daß das Mädchen stehenblieb und ihm nachsah.

Als er auf den Highway kam, fühlte er sich erleichtert. Es gab Verkehr in beiden Richtungen, sehr wenige Autos nur, aber er konnte sie vor sich und hinter sich sehen bis zum Horizont. Er fuhr ein wenig schneller, schloß zu einem breiten, silbergrauen Wagen auf, in dem zwei Männer und zwei Frauen saßen, hielt sich hinter ihnen. Er schaltete das Radio ein.

Als der Highway die Biegung des Tennessee Rivers erreichte, wurde der Verkehr dichter. Lauterbach fuhr langsamer, nahm die Namen auf den Schildern auf und dachte darüber nach. *Moccasin Bend. Nick-a-Jack Reservoir.* Als er die Ausfahrt zum Lookout Mountain sah, überlegte er, ob er sie nehmen und den Berg hinauffahren sollte. Aber der Gedanke, daß es dort oben wieder einsamer werden könnte, hielt ihn ab. Er nahm die erste Ausfahrt in die Innenstadt von Chattanooga.

Er fuhr in ein Parkhaus, verbummelte gut eine Stunde zwischen Chestnut Street und Market Street. Er sah, daß alle Uhren der seinen um eine Stunde voraus waren, erkundigte sich in einer Buchhandlung, in der er Ansichtskarten und eine Zeitung kaufte, und erfuhr, daß Chattanooga schon der östlichen Zeitzone angehört.

Der Buchhändler empfahl ihm, das Hotel im stillgelegten Hauptbahnhof zu nehmen, sehr stimmungsvoll. Historische Erinnerungen an die erste Bahnverbindung des Nordens mit den Südstaaten. Vielleicht könne er ein Bett in den alten Schlafwagen des Chattanoog-Choo-Choo bekommen. Sehr stilvoll, und mit allem Komfort.

Lauterbach holte sein Auto aus dem Parkhaus und fuhr die Market Street hinunter. Rings um den alten Bahnhof Schwärme von Touristen. Sie standen vor den Souvenir-Läden, spazierten über die Bahnsteige, setzten sich auf die zierlichen, geschwungenen Eisenbänke des vergangenen Jahrhunderts, betrachteten den historischen Eisenbahnzug, stiegen auf die Plattformen der alten, sorgfältig renovierten Waggons, fotografierten die urtümliche Lokomotive mit der Glocke auf dem Kessel und dem mächtigen roten Kuhfänger.

Lauterbach fuhr langsam an den Gleisen vorbei. Hinter den Parkplätzen fand er das Hotel, den Neubau, der sich an die alten Bahnsteige anschloß. In den Schlafwagen war kein Abteil mehr frei, aber er bekam ein Zimmer in dem Neubau.

Das Hotel gefiel ihm. Gleich hinter der Empfangshalle ein üppig wuchernder, überdachter Garten, in dem serviert wurde, dahinter das Schwimmbad. Lauterbach gab den Koffer und die Reisetasche ab, setzte sich in den überdachten Garten und bestellte eine Suppe. Er nahm Brot und Butter dazu, trank ein Bier. Die Suppe war gut. Er spürte eine angenehme Müdigkeit.

Er beschloß, einen Mittagsschlaf zu halten und ging auf sein Zimmer. Neben dem Schreibtisch fand er einen Getränkeautomaten, wie er ihn noch nicht gesehen hatte, einen Kühlschrank, der jede Flasche registrierte, die entnommen wurde. Aber der Automat funktionierte nicht. Lauterbach unterdrückte einen leichten Anflug von Ärger, zog sich aus und legte sich ins Bett. Es war sehr still in diesem Teil des Bahnhofs.

Der Schlaf hatte schon den ersten Schleier über ihn gezogen, als das Telefon klingelte. Er öffnete die Augen, sah starr zur Decke. Das Telefon klingelte wieder. Er richtete sich auf, hob den Hörer ab. »Hallo?« Niemand meldete sich. Ein fernes Rauschen in der Leitung. Oder war es ein unterdrücktes Atmen? »Hallo?« Lauterbach lauschte. Dann ließ er den Hörer auf die Gabel fallen.

5

Er brauchte eine Weile, bis er sich davon überzeugt hatte, daß es ganz einfach eine falsche Verbindung gewesen sein mußte. Niemand wußte, daß er in diesem Hotel war. Das Personal ausgenommen, natürlich. Niemand sonst konnte es wissen, nicht wahr?

Er streckte sich wieder aus, sah die Decke an. Er hörte sein Herz schlagen. Er atmete tief durch, versuchte, seine Gedanken einzufangen und auf einen anderen Gegenstand zu konzentrieren.

Er stellte sich einen der Seen vor, die er aufsuchen wollte. Vielleicht konnte er ein kleines Ferienhaus mieten. Gleich am Wasser. Und vielleicht ein Boot dazu. Um eine Landzuge herumgleiten, ganz nahe an den dunklen Nadelbäumen. Das sanfte Geräusch, mit dem das Wasser an den Bootskörper schlägt und nach hinten abläuft, ein kleiner Strudel. Und hinter der Landzunge die nächste stille Bucht.

Er schlief ein.

Es war fast sechs Uhr abends, als er wach wurde. Er fühlte sich benommen. Er blieb auf dem Bett sitzen, mit gesenktem Kopf, strich sich über die Haare. Dann raffte er sich auf. Er zog die Badehose und den Bademantel an, nahm eines der dikken Handtücher vom Regal und fuhr mit dem Aufzug hinunter zum Schwimmbad.

Eine Frau in schwarzem Badeanzug saß auf dem Sprungbrett. Unter der schwarzen Kappe sah der Ansatz der blonden Haare hervor. Lauterbach sprang flach ins Becken und schwamm einige Male hin und her. Dann stemmte er sich am Beckenrand neben dem Sprungbrett empor.

Die Frau war vielleicht fünfundzwanzig Jahre alt, vielleicht ein bißchen älter. Lauterbach lächelte sie an und sagte: »Hi. Darf ich mal?«

»Darf ich mal was?«

»Vom Brett springen.«

»Dürfen Sie.« Sie stand auf und machte ihm Platz. Lauterbach ging dicht an ihr vorüber, er streifte ihren Arm: »Entschuldigung.«

»Kein Problem.«

Sie trat zurück und setzte sich in einen der Klappstühle. Lauterbach nahm einen kurzen Anlauf und sprang mit einem Salto vorwärts ins Becken. Er hatte das Gefühl, daß er gut abgekommen war. Als er auftauchte, hörte er Beifallklatschen. Es war ein dicker, älterer Mann, der am gegenüberliegenden Rand des Beckens stand, Bauch wie ein Faß über der Badehose.

Lauterbach legte sich auf den Rücken, ließ sich schaukeln. Dann schwamm er mit ein paar ruhigen Kraulschlägen zurück zum Sprungbrett, stemmte sich hoch. Er strich das Wasser vom Körper, schleuderte die Tropfen von den Händen, strich das Haar zurück. Die blonde Frau lag zurückgelehnt in ihrem Stuhl, die Beine ausgestreckt. Sie sah ihn an.

Lauterbach lächelte. Ihr Gesicht blieb unbewegt. Er sagte: »Wohnen Sie auch hier im Hotel?«

»Ja.«

»Hübsches Hotel, nicht wahr?«

»Finden Sie?«

Lauterbach lachte. »Finden Sie nicht?« Sie sah ihn an. Er sagte: »Darf ich mich setzen?«

»Natürlich.«

Er setzte sich neben sie, lehnte sich zurück, seufzte wohlig, lockerte mit den Fingerspitzen das Haar.

Er lächelte sie an: »Was gefällt Ihnen nicht an diesem Hotel?«

»Hab ich gesagt, daß mir was nicht gefällt?«

Lauterbach lachte. »Sie sind eine ziemlich komplizierte Frau.«

Sie sah ihn an, unbewegt.

»Das war nicht bös gemeint. Damit Sie mich nicht mißverstehen: Ich mag komplizierte Frauen.«

»Oh, wirklich.«

»Ja. Unkomplizierte Frauen finde ich langweilig.«

Sie nahm die Badekappe ab, schüttelte die blonden, kurzgeschnittenen Haare, lockerte sie mit den schlanken Fingern. Lauterbach sah ihr zu, lächelnd. Sie betrachtete ihre Schulter, strich mit einer Hand darüber.

Er sagte: »Ich will nicht zudringlich sein. Aber ich habe das Gefühl, daß Sie ein Problem haben.«

»Stimmt.«

Er rückte sich in seinem Sessel zurecht. »Wollen Sie es mir nicht sagen?«

»Natürlich. Wenn Sie's wissen möchten.«

»Ja. Ich möchte es wirklich wissen. Es ist nicht Neugierde, verstehen Sie.«

»Was ist es denn?«

Lauterbach lächelte, zuckte die Schulter. »Vielleicht kann man es menschliches Interesse nennen. Oder ein bißchen mehr.«

»Oh, wirklich.«

»Ja.«

Sie schwieg. Lauterbach wartete eine Weile. Dann sagte er. »Sie wollten mir sagen, was Sie für ein Problem haben.«

»Richtig.« Sie sah ihn an: »Ich langweile mich.«

Einen Augenblick wußte Lauterbach nicht, wie er den Faden weiterspinnen sollte. »Sie langweilen sich?«

»Ja. Ich langweile mich schrecklich.«

»Und das ist Ihr Problem?«

»Ja. Finden Sie nicht, daß es ein Problem ist?«

»Doch, doch.« Er lächelte. »Aber dagegen kann man doch etwas tun.«

»Was?«

Er sah sie an. »Wir könnten zum Beispiel heute abend zusammen essen gehen.«

Sie sah ihn an.

Er wartete eine Weile, dann sagte er: »Und morgen früh könnten wir zusammen frühstücken, zum Beispiel. Und dann könnten wir zusammen rausfahren. Ich weiß nicht, ob Sie schon auf dem Lookout Mountain waren. Ich bin zum ersten Mal hier.«

»Oh, wirklich.«

»Ja.« Er lächelte. »Wir könnten sehr viel zusammen tun.«

»Ja. Könnten wir.«

»Und? Werden wir's tun?«

Eins von den Kindern, die im Planschbecken nebenan spielten, kam herüber, ein kleines Mädchen. Sie trug die blonden Haare in ein Zöpfchen geflochten, eine winzige Badehose unter dem runden Bauch. Unter dem Arm hielt sie eine Gummi-Ente. Sie gab der blonden Frau die Ente. »Mami, die Kinder wollen die Luft rauslassen.«

»Warum denn?«

»Sie sagen, dann können wir sie wieder aufblasen.«

»Laß sie hier. Ich werd auf sie aufpassen.«

Das Kind sah Lauterbach an. Lauterbach versuchte zu lächeln: »Hi. Wie heißt du denn?«

Das Kind hängte sich mit beiden Armen über den Schenkel der Frau, rekelte sich, sah unentwegt Lauterbach an.

Es steckte einen Finger in den Mund. Die Frau strich dem Kind über die Haare. Plötzlich wandte es sich ab und lief auf den kleinen, runden Füßen zurück zum Planschbecken.

Die Frau strich sich die Nässe vom Schenkel, betrachtete ihre Hand.

Lauterbach war nicht gesonnen, einen so ungünstig gelagerten Fall aus Höflichkeit zu verlängern. Er räusperte sich. »Es tut mir leid.«

»Was?«

»Ich wußte nicht, daß Sie sich um das Kind kümmern müssen.«

Sie sah ihn an.

Er sagte: »Ich wußte nicht, daß Sie keine Zeit haben.«

»Hab ich das gesagt?«

Er räusperte sich. »Aber Sie können das Kind doch nicht allein lassen?«

»Nein. Werde ich nicht.« Sie lehnte sich in ihrem Stuhl zurück und schloß die Augen.

Lauterbach stand auf. »Es tut mir leid.«

Sie sagte mit geschlossenen Augen: »Kein Problem.«

Er sagte: »Es war nett, Sie kennenzulernen.«

Sie lächelte zum ersten Mal. Sie sagte nichts, sie lächelte mit geschlossenen Augen.

Lauterbach ließ sich ins Wasser gleiten. Er schwamm noch einige Male hin und her. Dann ging er auf sein Zimmer.

Er wählte ein blaues Hemd aus, band die Krawatte, zog den leichten dunkelbauen Anzug an. Er verließ das Hotel durch einen der Ausgänge, die auf die alten Bahnsteige führten.

Blumen in großen Steintöpfen, Springbrunnen. Der angenehme Hauch des sprudelnden Wassers in der warmen Abendluft. Blauer Himmel, der im Osten zu dunkeln begann. Die Kandelaber brannten schon.

Lauterbach stieg auf die Plattform eines der alten Schlafwagen, warf einen Blick in das Innere des Wagens. Dunkles Holz, blitzende Messingbeschläge. Er ging weiter, hinter einer Gruppe von Touristen her.

Ein Mädchen in Shorts, braungebrannte Beine, weiße Tennisschuhe. Sie wandte sich um, schob den Kaugummi von einer Seite auf die andere.

Er wich ihr aus, ging vorbei.

Er stieg auf den Führerstand der alten Lokomotive, betrachtete das komplizierte Fahrgestänge, die dicken, schwarz glänzenden Bolzen und Gelenke und Hebel. Es roch nach Öl. Er blickte durch das große ovale Frontfenster den Dampfkessel entlang, beugte sich vor, um die Glocke sehen zu können.

Am 5. Mai 1880 hatte sich der Choo-Choo zum ersten Mal schnaufend und läutend auf den Weg gemacht, von Cincinnati, Ohio, nach Chattanooga, Tennessee. Hier mußte er angekommen sein, Menschenmassen, Böllerschüsse, Fahnen, rasante Blasmusik, als der Zug einlief und langsam vorrollte bis an den Prellbock.

Lauterbach stieg von der Lokomotive hinunter, betrachtete den Prellbock. Er sah um sich. Zwei Paare, gut angezogen, gingen an ihm vorbei und in das Restaurant in dem alten, hohen Wartesaal. Er trat an den Eingang und warf einen Blick hinein. *Statten Sie der Vergangenheit einen Besuch ab! Lassen Sie sich willkommen heißen in einer Welt viktorianischer Pracht und Eleganz zu familiengerechten Preisen!*

Wucherndes Grün hinter dem Eingang, Blumen an den schlanken, verzierten Säulen. Tellerklappern. Es roch appetitlich. Lauterbach überlegte, ob er seinen Hunger noch ein wenig wachsen lassen solle.

Er spürte, daß ihn jemand ansah.

Auf der Bank neben dem Eingang des Restaurants saß ein junges Mädchen. Schwarz. Krauses, schwarzes Haar. Sehr große Augen. Eine kleine, aber breite Nase. Aufgeworfene Lippen. Ein dünner Hals. Rotes, fleckiges T-Shirt über der flachen Brust. Magere Arme. Sie trug Jeans, zerfranst, und schmutzige Tennis-Schuhe. Einen Arm ließ sie herunterhängen. Mit dem anderen stützte sie sich auf eine dicke blaue Tasche, die neben ihr auf der Bank stand. Die Hand lag offen in ihrem Schoß. Lauterbach sah die blasse Haut der Innenhand, den merkwürdigen Kontrast zur dunklen Haut des Arms.

Sie sah ihn an und sagte: »Möchten Sie Gesellschaft beim Abendessen?«

Lauterbach starrte sie an.

Sie sagte: »Ich hab kein Geld. Ich möcht gern was essen. Haben Sie einen Dollar oder zwei?«

Lauterbach wandte sich ab. Er sah das Leuchtschild der Bar, *Der Goldene Nagel*. Das Messinggitter stand offen. Er ging hinein. Weiße Ballonlampen, das Licht schimmerte auf den getäfelten Wänden. Er setzte sich an die Bar und bestellte einen Bourbon.

An einem der kleinen Tische saß eine Frau, Mitte dreißig vielleicht. Braune, gepflegte Haare, ein dezentes Make-up. Schlanke, weiße Hände, ein schmales, goldenes Armband, ein Ring. Lauterbach sah sie an.

Ein Mann von gut fünfzig kam herein, küßte die Frau und setzte sich neben sie. Sie legte eine Hand auf seine Schulter, lächelte ihn an und küßte ihn auf die Nasenspitze.

Lauterbach trank seinen Bourbon aus und ging. Am Schalter auf dem Bahnsteig kaufte er sich das Ticket fürs Abendessen, einen Papierstreifen, der aufgemacht war wie eine alte Fahrkarte.

Das Negermädchen, die blaue Tasche umgehängt, stand neben dem Prellbock. Sie sah Lauterbach an. Er ging an ihr vorbei.

Lauterbach aß mit großem Appetit. Das Steak war gut, der Salat frisch. Er bediente sich reichlich vom Dessertwagen.

Als er hinausging, stand eine der Kellnerinnen, eine ältere, rundliche Frau, im Eingang. Sie sagte: »Vielen Dank, Sir. Hoffentlich waren Sie mit dem Dinner zufrieden.«

»Danke, es war sehr gut.«

»Kommen Sie bald wieder.«

Lauterbach lachte. »So schnell wird das nicht gehen. Ich fahre morgen weiter.«

»Oh, morgen schon. Wohin reisen Sie denn?«

»Nach Atlanta.«

»Atlanta, wie wunderbar. Dahin wollte ich auch schon immer mal.«

Lauterbach lachte. »Ich auch. Also, gute Nacht.«

»Gute Nacht, Sir.«

Auf der Bank neben dem Eingang saß das Negermädchen. Lauterbach ging vorüber. Er ging langsam den Bahnsteig zurück zum Hotel. Das Wasser der Springbrunnen funkelte im Lampenschein. Süßer, warmer Geruch der Blumen.

Er hörte ein schwaches Geräusch. Er drehte sich um. Sie war ihm gefolgt. Sie blieb gut fünf Schritte vor ihm stehen, stand da, die dicke blaue Tasche an der Schulter, die dunklen Arme hängend. Sie sah ihn an aus ihren großen Augen und sagte: »Können Sie mich nach Atlanta mitnehmen, morgen früh? Ich will nach Atlanta.«

Lauterbach beherrschte nur mit Mühe seinen Zorn. Er sagte: »Hau ab, verstehst du? Hau ab und geh nach Hause.«

»Aber ich bin doch in Atlanta zu Hause. Können Sie mich nicht mitnehmen nach Atlanta?«

»Nein. Nein, verstehst du?«

Sie blieb stehen, sah ihn an.

Er sagte: »Sag mal, was denkst du dir eigentlich? Glaubst du, ich will deinetwegen Ärger bekommen mit der Polizei?«

»Aber Sie bekommen doch keinen Ärger mit der Polizei. Bestimmt nicht.«

»So. Und was glaubst du, was die Polizei sagt, wenn sie mich mit einer Minderjährigen erwischt, die von zu Hause ausgerissen ist?«

»Ich bin nicht minderjährig. Ich bin neunzehn.«

»Du bist nicht einmal sechzehn.«

»Ich bin neunzehn, wirklich.«

»So, neunzehn. Hast du sonst noch eine Lüge, die du loswerden willst?«

»Ich hab nicht gelogen.«

Lauterbach atmete tief ein. Er sagte: »Jetzt hör mal zu. Von mir aus bist du neunzehn oder zwanzig oder dreißig. Das ist mir scheißegal. Und es ist mir scheißegal, ob du lügst oder die Wahrheit sagst. Ich werde dich so oder so nicht mitnehmen, hast du das verstanden? Und jetzt hau ab und belästige mich nicht noch einmal. Sonst werde ich dich zur Polizei bringen. Hast du das verstanden?«

Sie sah ihn an. Dann sagte sie: »Ich hab Hunger.«

Lauterbach fuhr in die Hosentasche, zog sein Portemonnaie heraus, nahm einen Dollarschein, nahm einen zweiten dazu und hielt ihr das Geld hin. Sie tat einen Schritt nach vorn, noch einen, nahm das Geld mit ausgestrecktem Arm. Seine Wangenmuskeln spannten sich, als er die blasse Haut der Innenhand sah.

Er sagte: »Denk daran. Laß dich nicht noch einmal blicken. Ich werde dich zur Polizei bringen, verlaß dich darauf.«

Er wandte sich ab und ging. Im Eingang des Hotels blickte er zurück. Sie stand noch immer auf dem Bahnsteig. Sie sah ihm nach.

Er ging zur Rezeption, holte seine Zimmerkarte heraus. »Guten Abend. Meinen Schlüssel, bitte. Dreihundertsiebzehn.«

Das Mädchen lächelte ihn an. »Guten Abend, Sir.« Sie nahm den Schlüssel aus dem Fach. Lauterbach steckte die Karte ein. Sie sah einen Augenblick auf die Nummer des Schlüssels. Dann sah sie Lauterbach an. »Oh, Mr. Lauderbeck, nicht wahr?«

Er lächelte. »Ja. Ungefähr so. Lauterbach. L-a-u, t-e-r, b-a-c-h.« Er holte seine Zimmerkarte heraus und hielt sie ihr entgegen.

Sie las mit zusammengezogenen Augenbrauen den Namen, lachte, sah ihn an: »Es tut mir leid, Doktor. Es ist ein schwieriger Name, wissen Sie.«

»Ich weiß, Amerikaner sprechen es aus wie Lauderbeck.« Er lächelte. »Es ist ein deutscher Name.«

»Oh, wirklich?« Sie sah ihn an, lächelte. »Können Sie's noch mal sagen, wie es richtig ausgesprochen wird?«

Er sagte seinen Namen, langsam und betont.

Sie lachte. »Meine Güte. Ich werd das niemals lernen.«

Er lächelte. »Vergessen Sie's. Sagen Sie ruhig Lauderbeck. Ich bin daran gewöhnt.«

»Danke, Doktor.«

Er war im Begriff, ihr zu sagen, daß er Wolfgang heiße und daß seine amerikanischen Freunde ihn Wolf nannten, er war im Begriff, sie zu fragen, wie sie heiße, als sie sagte: »Jemand hat nach Ihnen gefragt.«

Er erstarrte. Er sagte: »Nach mir?«

»Ja.« Sie lachte: »Nach Mr. Lauderbeck.«

»Wer war das?«

Sie wurde ein wenig unsicher. »Ich weiß nicht. Er hat seinen Namen nicht gesagt. Er hat nur gesagt, er ist ein Freund von Ihnen.«

»Ein Freund?«

»Ja. Er hat gesagt, er kommt noch einmal wieder. Deshalb hab ich Ihnen auch keine Nachricht ins Fach gelegt.« Sie strich das Haar hinters Ohr zurück. »Hab ich was falsch gemacht?«

»Wann war das?«

»Vor einer Viertelstunde vielleicht.«

»Wie sah er aus?«

Sie zuckte die Schulter. »Ungefähr Ihr Alter. Mittelgroß.«

»Blonde Haare? Lang?«

»Ja. Blonde Haare, ziemlich lang.«

»Jeans-Jacke?«

»Nein.« Sie sah ihn erstaunt an. »Ein Jackett. Und eine Krawatte.«

Lauterbach wandte sich ab. Sie sagte: »Es tut mir leid, Doktor. Ich wußte ja nicht, daß ich keine Auskunft geben sollte. Und er hat gesagt, er ist ein Freund von Ihnen.«

Lauterbach sah sie an. »Haben Sie ihm meine Zimmernummer gesagt?«

»Nein. Das heißt ... Ich weiß nicht. Er stand ja dabei, als ich im Verzeichnis nachsah. Und am Schlüsselfach.«

6

Lauterbachs Gedanken überschlugen sich, als er zum Aufzug ging. Er stand im Aufzug mit gesenktem Kopf, rieb sich die Stirn. Er ging mit gesenktem Kopf den Flur entlang, ging an der Tür seines Zimmers vorbei. Erst als er sich dem Ende des Flurs näherte, merkte er, daß er zu weit gegangen war. Er ging zurück, wollte aufschließen, hielt ein. Er musterte die Tür.

Er hörte sein Herz schlagen. Er drückte langsam, mit gespreizten Fingern, gegen die Tür.

Sie war verschlossen.

Er schloß auf, schaltete das Licht mit ausgestrecktem Arm ein, wartete.

Nichts rührte sich.

Er trat zwei Schritte vor, ließ die Tür offen stehen, schaltete das Licht im Badezimmer ein. Er schob die Tür des Badezimmers auf, mit gespreizten Fingern, mit gestrecktem Arm. Er blieb eine Weile stehen. Dann tat er einen schnellen Schritt in das Badezimmer hinein, riß die Tür zurück, sah dahinter. Nichts.

Er ging langsam ins Zimmer, sah nach allen Seiten. Vor dem Fernsehapparat blieb er stehen. Er spürte den schnellen, dumpfen Pulsschlag in seinen Ohren. Er schüttelte heftig den Kopf, fuhr sich übers Gesicht, atmete ein paarmal tief durch.

Er sah den Fenstervorhang an. Dann schob er den Vorhang

zur Seite, sah dahinter. Er kniete sich und sah unter die Betten. Er stand auf, klopfte die Hose ab, blickte um sich. Er ging zur Tür, wollte sie schon schließen, trat einen Schritt zurück und öffnete den Wandschrank, sah hinein. Dann schloß er die Zimmertür. Er verriegelte sie und legte die Kette vor.

Er setzte sich in den Sessel, legte die Fingerspitzen an die Schläfen. Nach ein paar Sekunden stand er auf, nahm die Flasche, die er in Pete's Motel gekauft hatte, aus der Reisetasche und goß ein Glas halbvoll. Er setzte sich wieder, trank den Whisky in kleinen Schlucken, rieb die Stirn.

Plötzlich stellte er das Glas ab. Er ging zum Kühlschrank, probierte die Automatik aus. Sie funktionierte noch immer nicht. Er ging zum Telefon und wählte die Nummer der Rezeption.

»Rezeption, kann ich Ihnen helfen?«

»Hier ist Dr. Lauterbach.«

»Ja, Doktor?«

»Ich möchte ein anderes Zimmer. Und zwar sofort.« Er räusperte sich. »In diesem Zimmer hier funktioniert der Getränkeautomat nicht.«

»Doktor, ich muß nachsehen, ob ich noch etwas frei habe. Genügt es nicht, wenn ich Ihnen jemanden schicke, der den Automaten repariert? Ich will sehen –«

»Sie sollen mir nicht jemanden schicken, der den Automaten repariert. Schicken Sie mir jemanden, der mein Gepäck abholt. Ich will ein anderes Zimmer, haben Sie das nicht verstanden?«

»Doch, natürlich, Sir. Ich werde nachsehen, ob noch etwas frei ist.«

Es dauerte eine Weile. Als Lauterbach schon im Begriff war, den Hörer aufzulegen und hinunterzufahren, meldete sie sich. »Sir?«

»Ja, bitte?«

»Ich kann Ihnen ein anderes Zimmer geben, eine Etage höher. Aber es hat keinen Getränkeautomaten.«

»Schicken Sie jemanden für mein Gepäck.«

»Sir?«

»Ja, was denn noch?«

»Es tut mir leid, aber ich muß Ihnen natürlich beide Zimmer berechnen.«

»Was müssen Sie?«

»Ich muß Ihnen beide Zimmer zum vollen Preis berechnen, Sir.«

»Sie wollen mich wohl für dumm verkaufen? Das ist unglaublich, hören Sie. Dieses Zimmer hier ist nicht in Ordnung.«

»Es tut mir leid, Sir, aber Sie haben es abgelehnt, daß der Getränkeautomat repariert wird.«

»Haben Sie mir etwa im Ernst angeboten, daß ich mitten in der Nacht hier eine Reparatur vornehmen lasse?«

»Es tut mir leid, Sir. Wenn Sie umziehen, muß ich Ihnen beide Zimmer berechnen.«

»Ich habe weder Zeit noch Lust, mich mit Ihnen zu streiten. Wie heißen Sie?«

»Ich bin Cindy, Sir.«

»Über diesen Fall werde ich mich mit Ihrer Geschäftsleitung unterhalten. Und jetzt schicken Sie jemanden für mein Gepäck. Und zwar sofort, bitte.« Er legte auf.

Er packte den Koffer und die Tasche. Nachdem er sich noch einmal umgesehen hatte, zog er sein Notizbuch heraus, notierte Cindys Namen und die Uhrzeit des Gesprächs, vermerkte als Stichwort »Getränkeautomat«. Er ging zum Kühlschrank und notierte auch den Typ und die Seriennummer. Er überlegte, dann fügte er hinzu: »Cindy: Wahrscheinlich meine Zimmernummer an einen Unbekannten weitergegeben.«

Es klopfte.

Lauterbach schloß die Tür auf, öffnete sie bei geschlossener Kette. Ein schwarzer Junge stand davor, mit einem Kofferkarren.

Sobald Lauterbach die Tür seines neuen Zimmers verriegelt hatte, inspizierte er sämtliche Einrichtungsgegenstände. Er vermerkte in seinem Notizbuch, daß vom Schaltknopf des Fernsehgeräts ein Stück abgebrochen war, der Knopf ließ sich noch schalten, aber die Bruchstelle war scharf. Lauterbach fuhr mit dem Daumen darüber, betrachtete den Daumen.

Er schaltete den Fernsehapparat ein, wählte einen Film, einen Western. Er zog sich aus, goß einen Whisky ein, legte sich aufs Bett. Er stand wieder auf, öffnete vorsichtig die Tür, sah hinaus, nahm dann die Kette ab und sah auf den Flur. Dämmrig und leer. Er verriegelte die Tür wieder, prüfte die Kette.

Nach einer Weile schaltete er den Fernsehapparat aus und löschte das Licht. Er lauschte. Von nebenan hörte er gedämpfte Stimmen, kaum wahrnehmbar, dann Schüsse. Der Western.

Er schlief sehr unruhig, wurde immer wieder wach. Schließlich träumte er, er werde verfolgt, laufe auf einen Abhang zu. Es war das Felsentor im Süden von Nashville, gelbe Abendsonne. Er sah die steil abstürzenden Felsen vor sich, versuchte einzuhalten, aber seine Füße fanden keinen Halt mehr, er fiel ins Leere, überschlug sich, fiel immer tiefer, immer schneller.

Er fuhr hoch, tastete um sich. Es war dunkel. Er fühlte unter der tastenden Hand das Bett, die zerwühlte Decke. Er schaltete das Licht ein und sah auf die Uhr. Viertel vor sechs.

Er saß eine ganze Weile im Bett, die Knie angezogen und gespreizt, die Arme darüber hängend, den Kopf gesenkt. Er versuchte nachzudenken. Sein Gehirn war taub, dumpf.

Schließlich stand er auf, ging ins Bad. Er duschte sehr lange, wechselte am Ende ein paarmal zwischen heiß und kalt. Mit dem Handtuch über den Schultern ging er ans Telefon und bestellte sich ein Frühstück aufs Zimmer. Er zog das fliegerblaue Sporthemd an und die dunkelblauen Jeans.

Während er frühstückte, ließ er den Gedanken fallen, die Rechnung nur unter ausdrücklichem Protest zu bezahlen. Es wäre töricht gewesen, jetzt auch noch Aufsehen zu erregen.

Er zog die Lederjacke an, sah sich noch einmal um. Er stellte den Koffer und die Reisetasche zum Abholen bereit. An der Zimmertür blieb er stehen, mit gesenktem Kopf. Er nagte an der Unterlippe. Nach einer Weile atmete er tief ein.

Er schloß die Tür auf, sah hinaus. Niemand zu sehen. Er zog die Tür leise ins Schloß, ging eilig zur Treppe neben dem Aufzug und stieg eine Etage tiefer. Von der letzten Stufe sah er den Gang nach beiden Seiten entlang. Dann ging er, schnelle, leise Schritte auf dem dicken Teppichboden, in Richtung des Zimmers, das er in der vergangenen Nacht geräumt hatte.

Er hielt sich dicht an der Wand, las im Vorübergehen die Nummern auf den Türen. Je näher er dem Zimmer kam, um so langsamer ging er. Die letzten Schritte tat er sehr langsam, er legte die Hand auf die Wand, als ob er sich im Dunkeln vorantasten müsse.

Als er mit der Hand den Türrahmen berührte, blieb er starr stehen. Er wollte den Kopf vorbeugen, konnte es nicht. Er brauchte es nicht.

Er konnte sehen, daß die Tür nicht im Schloß saß. Sie stand einen Spalt offen.

Ein paar Sekunden lang, eine endlose Zeit lang brachte er es nicht fertig, sich zu bewegen. Der Gedanke, die Tür aufzuschieben und in das Zimmer hineinzusehen, löste Panik in ihm aus. Er hörte sein Herz schlagen. Er biß die Zähne zusammen.

Schließlich gelang es ihm, die Hand von der Wand zu lösen. Er tat einen vorsichtigen Schritt rückwärts, noch einen Schritt. Dann wandte er sich um und ging zurück zur Treppe. Er zwang sich, nicht zu laufen, aber er sah zweimal über die Schulter. Er stieg hinab ins Erdgeschoß.

Von der Treppe versuchte er, die Halle, in der nur wenige Lampen brannten, zu überblicken. Die Sessel, die Sofas waren leer. Am Ende der Halle die Rezeption, wie eine Höhle, aus der ein Lichtschein hervordringt.

Lauterbach durchquerte die Halle, schnell, nach rechts und links blickend. Ein breitschultriger Neger in der Hoteluniform, ein paar Papiere in der Hand, kam aus dem Hinterzimmer der Rezeption und trat an den Tresen, machte sich an einer Schublade zu schaffen. Er sah auf. »Yes, Sir. Wie geht es Ihnen an diesem wunderschönen Sonntagmorgen?« Eine ruhige Baßstimme.

Lauterbach fühlte sich erleichtert. Er bezahlte die Rechnung. Als er vor die Tür des Hotels trat, ruhte der Himmel im Osten auf einem breiten, blaßroten Streifen. Lauterbach zog die kühle Luft ein.

Sobald er die ersten Schritte in Richtung des Parkplatzes getan hatte, zerfiel das Gefühl der Erleichterung. Die Unruhe breitete sich wieder in ihm aus. Bevor er seinen Wagen aufschloß, sah er sich nach allen Seiten um.

Er fuhr zum Eingang des Hotels, schloß den Kofferraum auf, blieb stehen, ging ein paar Schritte auf und ab. Er setzte sich wieder ins Auto, sah in den Rückspiegel.

Seine Unruhe schlug um in Zorn. Er stieg aus, ging schon auf den Eingang des Hotels zu, als die Glastüren auseinanderfuhren. Ein schwarzer Junge, die Augen halb geschlossen, kam mit dem Kofferkarren heraus. Er stellte den Karren hinter Lauterbachs Auto ab, blieb stehen.

Lauterbach sagte scharf: »Willst du das nicht einladen?« Der Junge sah ihn an, klappte mit den Augenlidern. Dann hob er den Koffer und die Reisetasche in den Kofferraum. Er blieb stehen und sah Lauterbach an, klappte mit den Augenlidern. Lauterbach schlug den Deckel des Kofferraums zu, stieg ein und fuhr ab. Der Junge sah hinter ihm her.

Lauterbach wendete auf die Straße zwischen den Gleisen des Bahnhofs und der langen Reihe parkender Autos. Er verlangsamte sein Tempo, musterte die Autos. Er versuchte sich an den Kofferraum, den er gerammt hatte, zu erinnern. Zweimal glaubte er, ihn wiederzuerkennen, aber er wagte nicht anzuhalten, um sich zu vergewissern.

Er sah sie, als er die Ausfahrt zur Market Street fast schon erreicht hatte. Sie kam mit ihrer dicken blauen Tasche aus dem Dämmerschatten des Bahnhofsgebäudes hervor, kam bis zur Mitte der Fahrbahn, blieb stehen und hob den Daumen, winkte in Richtung der Ausfahrt. Über dem roten T-Shirt trug sie eine großkarierte, lange Männerjacke, die ihr viel zu weit war.

Lauterbach trat aufs Gaspedal, fuhr sehr dicht an sie heran, bremste scharf. Sie wich einen Schritt zurück. Er drehte das Fenster hinunter. Sie sah ihn erschreckt an, stumm. Die aufgeworfenen Lippen waren halb geöffnet, die weißen Zähne sichtbar.

Er starrte sie an. Er sagte: »Hab ich dir nicht gesagt, du sollst abhauen?« Sie neigte den Kopf ein wenig zur Seite, kratzte sich mit zwei blassen Fingernägeln die dunkle Wange.

Lauterbach schrie: »Hau ab! Hau ab, verstehst du?«

Sie sah ihn unverwandt an, stumm, aus großen, erschreckten Augen. Sie hob die Tasche langsam hoch, hob den Riemen auf die Schulter. Aber sie blieb auf der gleichen Stelle stehen. Sie fuhr sich mit der Zunge über die Lippen, schloß die Lippen, öffnete sie wieder.

Lauterbach sagte auf deutsch: »Oh verdammt und zugenäht!« Er gab Gas, fuhr durch die Ausfahrt und bog auf der Market Street ab in Richtung des Highway nach Süden.

Er fuhr eine halbe Meile oder ein wenig mehr sehr schnell. Dann verlangsamte er das Ternpo. Kein Mensch auf der breiten Straße. Fabrikgebäude, endlose Reihen von blinden Fenstern. Ein Eisenbahngleis, Lagerhallen, Schrottplätze. Ein paar zweigeschossige Häuser, Kaufläden, die eisernen Jalousien geschlossen.

Er sah in den Rückspiegel. Er fuhr an den Straßenrand und hielt an.

Er saß da ein paar Minuten lang. Manchmal räusperte er sich jäh. Ein andermal griff er plötzlich nach den Straßenkarten, die neben ihm lagen, schob sie auseinander, schob sie wieder zusammen. Er sah immer wieder in den Rückspiegel.

Die Furcht wurde übermächtig. Er fürchtete sich, noch einmal den Verfolgern ausgeliefert zu sein, ohne Hilfe, ohne Beistand. Ihm wurde glühendheiß. Er stieß die Tür auf, stieg aus, sah zurück auf die Straße. Er lehnte sich mit einem Arm aufs Wagendach. Er versuchte, tief durchzuatmen. Ein Ring umklammerte seine Brust.

Plötzlich stieg er ein. Er wendete und fuhr zurück zum Bahnhof. Als er in das Tor einbog, überfiel ihn panische Angst, ein anderer könne sie mitgenommen haben. Er beugte den Kopf vor, sah die Straße zum Hotel hinunter. Leer.

Dann sah er sie. Sie hockte in einem Winkel des Bahnhofsgebäudes. Sie hockte auf der Tasche, die Arme in der viel zu weiten Jacke eng verschränkt. Sie sah ihn an. Große, dunkle Augen, die Lippen halb geöffnet.

Er fuhr an sie heran, lehnte sich hinüber und öffnete die Tür des Beifahrersitzes. Er sagte: »Steig ein.«

Sie sah ihn an. Sie blieb sitzen. Wieder diese Zunge. Die Lippen schlossen sich, öffneten sich wieder. Blendendweiße Zähne.

Er sagte: »Steig ein. Bist du taub?«

Sie stand auf, wandte sich halb ab, kratzte sich auf der Wange. Sie sah die Tasche an.

Er sagte: »Also, was ist? Willst du nun nach Atlanta oder nicht?«

Sie sah ihn an, leckte die Lippen. Dann hob sie die Tasche auf, warf sie auf den Rücksitz und stieg ein. Sie legte die mageren Hände zwischen die Knie und sah durch die Frontscheibe.

7

Noch bevor sie den Highway erreichten, war sie eingeschlafen. Der Kopf war auf die Brust gesunken, das krause schwarze Haar pendelte hin und her.

Lauterbach blähte die Nasenflügel und zog die Luft ein. Es gab keinen Zweifel: Er spürte einen absonderlichen Geruch. Er argwöhnte, daß es Schweiß sein könnte, ein scharfer Schweiß. Er sah zur Seite. Ihre Knie waren auseinandergefallen, die Arme hingen zwischen den Schenkeln hinunter, die Füße in den schmutzigen Tennisschuhen lagen abgewinkelt und verdreht, als gehörten sie ihr nicht.

Lauterbach sah auf den dunklen Nacken. Die Haut war trocken und glatt. Er beugte sich zu ihr hinüber, näherte die Nase ihrer Schulter. Die Jacke stank nach Dreck, erstickend wie Mörtelstaub. Vielleicht waren es auch die Haare. Wahrscheinlich waren es die Haare.

Lauterbach zog sich angeekelt zurück. Er drehte das Fenster halb hinunter, lehnte sich gegen die Tür. Nach einer Weile wurde ihm der Fahrtwind unangenehm. Er schloß das Fenster.

Er sah sie an. Sie war noch tiefer in sich zusammengesunken. Der Kopf hing nach links, ein wenig näher zu ihm herüber.

Lauterbach stieß sie mit zwei Fingern gegen die Schulter. Sie öffnete die Augen, hob den Kopf. Sie richtete sich auf, sah durch die Frontscheibe. Er sagte: »Mach dein Fenster auf.«

Sie drehte das Fenster hinunter. Er sagte: »Nicht so weit.« Sie drehte das Fenster bis zur Hälfte hinauf, sah ihn an. Er sagte: »Okay.« Dann sagte er: »Rück in die Ecke.«

Sie sah ihn verständnislos an. Er sagte: »Du sollst dich rübersetzen, verstehst du nicht?« Er wedelte mit der Rechten: »Rück an die Tür.«

Sie rückte an die Tür, sehr langsam. Sie sah ihn an, mit sehr großen Augen. Die Lippen standen offen. Sie hob die Rechte und schloß sie fest um den Haltegriff unter dem Wagendach.

Er sagte: »Weißt du, warum du da sitzen sollst?« Er sah sie an. Sie schüttelte stumm den Kopf. Er sagte: »Du stinkst.« Sie gab keine Antwort. Er sagte: »Du stinkst wie die Pest. Wann hast du dich das letztemal gewaschen?«

»Gestern abend.«

Er lachte. »Ich möchte wissen, was du unter Waschen verstehst.«

Nach einer Weile löste sie die Rechte vom Haltegriff, schlug den breiten Kragen der Jacke hoch und schlang beide Arme fest ineinander.

Lauterbach sah in den Rückspiegel. Der Highway war leer. Er spürte, wie Ruhe sich in ihm ausbreitete. Ja, mehr als das: Zufriedenheit. Er zog prüfend die Luft ein. Der Geruch war nicht mehr wahrzunehmen. Er glaubte, die Gräser, die Büsche und Bäume neben der Straße riechen zu können. Sie regten sich unter der Morgensonne.

Er griff ins Handschuhfach und holte den Apfel heraus, der am Vortag übriggeblieben war. Er hielt ihr den Apfel hin: »Magst du das?«

Sie sah ihn an. Dann nahm sie den Apfel. Sie sagte: »Danke.« Sie betrachtete den Apfel, rieb ihn an der Jacke und biß hinein. Er hörte die starken weißen Zähne malmen.

Er schaltete das Radio ein. Er sah, daß ihr Knie sich im Rhythmus zu bewegen begann.

Als sie den Apfel aufgegessen hatte, zog sie ein Taschentuch aus der Jacke und wischte sich die Finger ab. Sie wischte jeden Finger einzeln ab und sehr sorgfältig, hielt jeden Finger unter die Augen und betrachtete ihn. Sie steckte das Taschentuch weg, klemmte die Arme zwischen die Knie. Die Knie schaukelten im Rhythmus der Musik.

Plötzlich sagte sie: »Woher kommen Sie?«

»Ich?«

»Ja.«

Lauterbach schwieg eine Weile. Dann sagte er: »Aus Deutschland.«

Sie sah ihn an, stumm. Er sagte: »Weißt du, wo das ist?«

»Ja.«

Er lächelte. »Wo denn?«

»In Europa.«

»Meine Güte, du weißt ja wirklich Bescheid.«

Sie ließ die Knie schaukeln. Sie sagte: »Mein Bruder war da. Mit der Army. In Heidelberg. Kennen Sie das?«

Er lachte. »Ja, stell dir mal vor, das kenne ich.«

»Und in Frankfurt. Kennen Sie das auch?«

»Ja, das kenne ich auch.«

»Es ist sehr schön da. Ich hab die Fotos gesehen. Er hat Fotos gemacht.«

»Was du nicht sagst.«

Sie bewegte sich, zögerte, drückte sich wieder in die Türecke. Sie begann, an einem Fingernagel zu nagen. Er spürte, daß sie ihn betrachtete.

Sie sagte: »Johnny Cash war auch in Deutschland. Mit der Army. Und Kris Kristofferson.« Sie nagte an dem Fingernagel. Sie sagte: »Kennen Sie die?«

Er stieß die Luft durch die Nase. »Ja, ich kenne sie. Du glaubst gar nicht, wie ich die kenne.«

Sie ließ die Hand sinken, starrte ihn an. Sie sagte: »Kennen Sie die wirklich? Ich meine, persönlich?«

Er sagte: »Country Music. Die magst du wohl?«

»Oh ja. Sehr.«

Er nickte, lächelte.

Sie sagte: »Ich schreibe Liedtexte. Und ich singe.«

Er ließ den Kopf zurücksinken, legte die Hand auf die Stirn: »Um Gotteswillen, auch das noch.« Er legte die Hand wieder aufs Lenkrad. Er sah sie an. »Warum lügst du eigentlich andauernd? Schämst du dich nicht?«

»Ich hab nicht gelogen.«

»Okay, okay.« Nach einer Weile sah er sie wieder an. »Und wo singst du, wenn ich fragen darf?«

Sie hob den Finger zum Mund, setzte die Zähne an. Dann sagte sie: »Ich hab in Lebanon gesungen. Wir hatten eine Band, in der High School.«

»Aha. Sehr gut, sehr gut. Zur High School bist du also auch gegangen.«

»Ich war A 1 in Musik.«

»Donnerwetter.«

Sie nagte an ihrem Fingernagel. Sie sah Lauterbach von der Seite an. Sie hielt den Finger vor die Augen, betrachtete den Nagel. Dann ließ sie die Hand sinken, steckte sie zwischen die Knie. Sie sah Lauterbach an und sagte: »Kennen Sie wirklich Johnny Cash persönlich? Und Kris Kristofferson?«

Lauterbach sagte: »Oh, verdammt noch mal.« Er schaltete das Radio aus und sagte: »Hör zu ... wie heißt du?«

»Minnie.«

»Hör zu, Minnie. Ich kann diese Scheiß-Musik nicht ausstehen. Und die Typen, die sie machen, schon gar nicht. Ich verdiene mein Geld mit dieser Musik, okay, aber ich finde sie zum Kotzen. Verstehst du? Und jetzt hör endlich auf mit diesem Mist, ich kann's nicht mehr hören. Hast du das verstanden?«

Sie sah ihn an, stumm.

»Starr mich nicht so an.«

Sie sah durch die Frontscheibe, drückte sich an die Tür. Nach einer Weile zog sie den Kragen der Jacke höher übers Ohr. Sie bewegte sich, zog den Kragen noch höher.

Lauterbach nagte an der Unterlippe. Dann sagte er: »Zieht es dir?« Er sah sie an. Sie nickte, ohne ihn anzusehen. Er sagte: »Mach das Fenster zu.« Sie drehte das Fenster hoch. Sie schlug den Kragen der Jacke herunter.

Er sagte: »Geh nach hinten.« Sie sah ihn an. Er sagte. »Geh auf den Rücksitz.« Er winkte mit dem Daumen nach hinten. Er sagte: »Du kannst dich ja langlegen und schlafen.«

Sie löste sich sehr langsam aus der Ecke. Sie kniete sich auf ihren Sitz, wollte schon einen Fuß darauf stellen. Sie hielt ein, setzte sich wieder, fing an, die Tennisschuhe aufzuschnüren.

Er sah ihr zu. Er sagte: »Die Füße hast du dir bestimmt nicht gewaschen gestern abend?« Sie hielt ein, sah ihn an, schüttelte den Kopf. Er sagte: »Mach schon weiter. Und nimm die Schuhe mit.«

Er sah den glatten, dunklen Fuß, die blassen Zehennägel, als sie über die Lehne stieg. Er wich zur Seite, als sie den Fuß über die Lehne hob.

Er sah in den Rückspiegel. Sie hatte sich auf den Rücksitz gesetzt, sah ihn durch den Spiegel an. Sie sagte: »Darf ich die Jakke ausziehen?«

»Von mir aus.«

Sie zog die Jacke aus, legte sie in die Ecke, klopfte sie zurecht. Sie machte sich ein Kopfkissen. Sie verschwand aus dem Rückspiegel.

Er war schon vier oder fünf Meilen weiter gefahren, sie hatte sich nicht mehr gerührt. Er hatte schon gedacht, sie sei eingeschlafen. Plötzlich sagte sie: »Wie heißen Sie?«

Er schwieg eine Weile. Schließlich sagte er: »Wolfgang.«

Wieder Stille. Dann hörte er, daß sie kicherte. Er wandte sich um. Sie lag da, den Kopf auf der Jacke, die Knie angezogen, und hielt die Hand vor den Mund. Er sah an ihren Augen, daß sie lachte.

Er sagte: »Was gibt es da zu lachen?«

Sie kicherte wieder. Dann sagte sie: »Ich find den Namen so komisch.«

Er sah auf die Straße. »Warum? Was ist komisch daran?«

»Ich weiß nicht.«

»Ist das nicht ziemlich blöde, über etwas zu lachen, ohne zu wissen, warum?«

Sie schwieg. Er dachte, sie wollte nicht antworten. Plötzlich sagte sie: »Es tut mir leid.«

8

Nach einer guten Stunde spürte er Hunger. Vielleicht brauchte er auch nur eine Tasse Kaffee. Er sah nach hinten. Sie lag auf der Seite, die Knie angezogen, und schlief.

An der nächsten Ausfahrt sah er die bunten Schilder. Er fuhr hinaus, fuhr an zwei, drei Restaurants vorbei, nahm das letzte. Er fuhr bis ans Ende des Parkplatzes. Er sah in den Rückspiegel. Sie saß auf dem Rücksitz und sah ihn an.

Er sagte: »Bleib liegen. Ich werd dir was zu essen mitbringen.« Sie sagte: »Ich muß aber mal.«

Er überlegte. Er stieg aus, sah um sich. Dann beugte er sich in den Wagen. »Also, mach schon. Und bleib nicht so lange.« Er öffnete die hintere Tür. Sie stieg aus, auf bloßen Füßen. »Willst du nicht deine Schuhe anziehen?« Sie sah ihn an: »Soll ich?« Er sagte: »Meinetwegen lauf so. Aber beeil dich.«

Er sah ihr nach. Sie ging zum Seiteneingang des Restaurants. Sie ging aufrecht, die Schultern ein wenig zurückgenommen. Die Füße setzte sie leicht nach außen. Die dünnen Arme ließ sie hängen. Sie ging mit schnellen, lautlosen Schritten, aber es sah ganz leicht und mühelos aus.

Er ging auf und ab. Eine Familie kam aus dem Seiteneingang, eine fette junge Frau, zwei Kinder. Sie kamen auf den Wagen zu, der dem seinen am nächsten stand. Lauterbach machte sich an seinem Wagen zu schaffen, er bückte sich hinein, griff nach den Karten, legte sie wieder ins Fach.

Die Familie fuhr ab. Er sah gebückt dem Auto nach, richtete sich dann wieder auf. Er sah auf die Uhr. Es waren mindestens schon fünf Minuten vergangen. Nein, acht oder neun wahrscheinlich. Er preßte die Lippen aufeinander.

Als er wieder auf die Uhr sah, kam sie aus dem Seiteneingang. Sie hüpfte die Stufen hinunter, und plötzlich fing sie an zu laufen, sie kam auf ihren bloßen Füßen auf ihn zugerannt, fing sich mit einer Hand am Wagen ab und lachte ihn an. »Fertig.«

»So, fertig. Kannst du mir mal sagen, was du die ganze Zeit gemacht hast?«

Die Lippen schlossen sich. Die Zunge kam hervor, verschwand wieder. Sie sah auf ihre Hand, mit der sie sich noch immer auf den Wagen stützte. Sie sagte: »Ich mußte mal.«

»Brauchst du dazu immer so lange?«

Sie sah auf ihre bloßen Füße. Sie hob einen Fuß, setzte den großen Zeh auf den Boden und zog einen Strich damit. Sie sagte: »Und ich hab mich gewaschen.«

»Was hast du gemacht? Sag das noch mal.«

»Ich hab mich gewaschen.« Sie sah ihn an.

Er fing an zu lachen. Sie sah ihn unverwandt an. Er brach

das Lachen ab. »Und das schaffst du in ein paar Minuten. Fantastisch, wirklich. Kannst du mir mal sagen, was du dir gewaschen hast? War es die Nasenspitze? Oder das Ohrläppchen?«

»Ich hab mir das Gesicht gewaschen und den Hals.« Sie leckte sich die Lippen. »Und unter den Schultern.«

Er sah, daß das T-Shirt unter den Achselhöhlen feucht war.

»Okay, okay. Steig ein.« Er hielt ihr die Tür auf. Sie stieg ein, setzte sich auf den Rücksitz. Er sagte: »Leg dich lang.«

Sie sah ihn an. Er sagte: »Es muß dich ja nicht jeder sehen. Oder glaubst du, daß ich unbedingt Scherereien bekommen will wegen dir?«

Sie legte sich auf den Rücksitz. Er schlug die Tür zu, sah um sich. Er zögerte. Dann öffnete er die Tür wieder: »Was willst du zu essen haben?«

Sie hatte den Kopf auf die Jacke gebettet. Sie sagte: »Kann ich Hot dogs haben? Und einen Kaffee?«

»Okay. Hot dogs und einen Kaffee.«

Er wollte die Tür schließen, als sie sagte: »Wolfgang.«

Er erstarrte. Dann richtete er sich auf, legte den Arm auf die Tür, sah über das Wagendach. Er tat einen tiefen Atemzug. Er beugte sich wieder in den Wagen: »Was denn noch? Ein Eis vielleicht?«

Sie lächelte ihn an. »Oh ja. Hot dogs und Kaffee und ein Eis, bitte.«

»Aber klar. Wenn es sonst nichts ist.«

»Wolfgang.«

Er starrte sie an.

Sie sagte: »Wolfgang, ich hab mich wirklich gewaschen.«

Er schlug heftig die Tür zu.

Er kam zurück mit einem Paket Hot dogs, mit zwei großen Pappbechern voll Kaffee und einem gemischten Eis. Er stellte die Kaffeebecher in das Fach vor dem Schalthebel, das Paket und das Eis in die Mitte des Vordersitzes. Sie hatte sich halb aufgerichtet und sah über die Lehne. Er sagte: »Komm rüber.« Sie stieg vorsichtig über die Lehne.

Er schaffte einen Hot dog. Die Wurst war fade, das Brötchen weich. Sie aß die drei übrigen. Sie leckte sich jedesmal, sobald sie das letzte Stück in den Mund geschoben hatte, die Finger ab, hielt die Finger beider Hände hoch, leicht gespreizt, kaute mit vollem Mund und lächelte ihn an.

Er sah auf den Parkplatz. Niemand zu sehen. Er breitete die

Straßenkarte über das Lenkrad. Sie sagte mit vollem Mund: »Wo sind wir?«

»Vor Cartersville.« Er sah sie an. Sie nickte. Er sagte: »Kennst du dich hier aus?« Sie nickte, schluckte, fuhr sich mit dem Handrücken über den Mund.

Er sah wieder auf die Karte. »Kennst du den Allatoona-See?«

»Oh ja.« Sie biß ein neues, großes Stück von ihrem Hot dog ab und sagte undeutlich. »Willst du Boot fahren? Oder angeln?«

»Ich weiß noch nicht.«

»Es gibt ganz große Fische da.« Sie breitete die Hände aus, sah von einer Hand zur anderen, verringerte die Distanz ein wenig. »So groß, wirklich.« Sie schluckte. »Ich lüge nicht. Ich hab sie schon selbst gesehen.«

Er sah auf die Karte. Plötzlich sagte sie: »Oh, verdammt!«

»Was ist denn?«

»Labor Day.«

»Was ist mit Labor Day?«

Sie leckte sich die Finger ab. »Haben wir morgen nicht Labor Day?«

»Doch. Was ist damit?«

»Alle Leute fahren raus an diesem Wochenende, verstehst du? Weil sie erst am Dienstag wieder arbeiten müssen.« Sie griff nach dem letzten Hot dog.

»Du meinst, es ist nichts mehr frei an diesem See?«

Sie nickte. Sie fuhr sich mit einem Finger übers Kinn, nahm die Krümel mit der Unterlippe auf. »Aber du kannst es ja versuchen.«

Er sah auf die Karte. Sie kam über den Sitz herangerutscht, hielt das Eis mit der Linken fest, beugte sich über die Karte. Lauterbach wich zurück vor dem krausen Haar. Ihr Knie berührte seinen Schenkel. Er sagte: »Was soll das?«

Mit dem kleinen Finger der Rechten, in der sie den Hot dog hielt, tippte sie auf die Karte. Ein Krümel fiel herunter.

»Du mußt die Ausfahrt Richtung Canton nehmen. Die Straße geht am See vorbei. Und da gibt es auch Seitenstraßen. Da sind ein paar Motels, ich kenne mich aus.«

Lauterbach sagte: »Kannst du dich nicht mal ein bißchen beeilen mit deinem Essen? Und geh gefälligst auf deinen Platz. Glaubst du, ich kann die Karte nicht lesen?«

Sie rutschte zurück, sah ihn an. Sie stopfte das letzte, große Stück Hot dog in den Mund, ein Stück des Brötchens schaute heraus, während sie kaute, sie schob es mit dem Handrücken nach, sah ihn an mit großen Augen.

Er packte die Abfälle zusammen und brachte sie zu der Tonne neben dem Seiteneingang. Als er zurückkam, war sie dabei, sich mit dem Taschentuch die Finger abzuwischen, jeden einzeln. Sie sah ihn an. »Soll ich wieder nach hinten gehen?« Er sagte: »Wolltest du mir nicht den Weg zeigen?«

Sie nickte, lächelte ihn an. Sie ließ sich auf dem Vordersitz zurücksinken, mit gespreizten Knien, nahm das Eis und begann zu löffeln. Sie hielt die Pappschale vor der Brust, sah mit gesenktem Kopf hinein, betrachtete jeden Löffelvoll, bevor sie ihn mit den Lippen aufnahm.

Als sie sich auf einem Waldweg dem ersten Motel näherten, sagte Lauterbach: »Geh nach hinten.« Sie stieg über die Lehne und legte sich auf den Rücksitz. Sie zog die Knie an, legte sich auf die Seite. Lauterbach spürte, daß sie ihn ansah.

Das Motel hatte kein Bett frei. Auch das nächste war besetzt. Lauterbach blieb, als er die niedrige, mit dunklem, rissigem Holz ausgeschlagene Halle verlassen hatte, vor dem Eingang stehen. Der See schimmerte durch die Bäume. Außer den Stimmen der Vögel war kein Laut zu hören.

Er trat nach einem Steinchen, sah mit zusammengezogenen Augenbrauen hinaus auf den See. Er wollte nicht weiterfahren. Er wollte an diesem See bleiben. Es war friedlich hier, friedlich und sicher.

Er sah, daß ein großer, dunkelrot spiegelnder Wagen langsam in die Parklücke neben seinem Auto einfuhr. Ein älteres Ehepaar stieg aus, die Frau auf der Seite seines Autos. Sie blieb stehen, während der Mann die Tür abschloß. Sie sah in Lauterbachs Auto hinein. Sie beugte sich vor und sah auf den Rücksitz.

Lauterbach ging ein paar Schritte weiter. Er ging hinunter zum Ufer, blieb stehen, wandte sich halb um. Das Ehepaar kam herüber zum Motel, blieb vor dem Eingang stehen, ging hinein.

Lauterbach ging schnell zu seinem Auto zurück. Als er einstieg, öffnete sie die Augen halb, schloß sie sofort wieder. Er fuhr ab. Im Rückspiegel sah er, daß der Mann wieder vor dem Eingang stand und ihnen nachsah.

Sie flüsterte: »Ich hab getan, als ob ich schlafe.«

Er sagte: »Quatsch nicht.«

Sie flüsterte: »Soll ich wieder nach vorn kommen?«

Er sagte: »Kannst du mir mal sagen, warum du flüsterst? Was soll der Unsinn?«

Sie sagte: »Soll ich wieder nach vorn kommen?«

»Bleib wo du bist. Ich hab es dir ja gesagt, daß ich Scherereien bekomme, wenn ich mich mit dir blicken lasse.«

Nach einer Weile sagte sie: »Du mußt oben auf der Straße nach links abbiegen. Du mußt zurückfahren. Es gibt da noch ein Motel, sie haben kein Schild an der Straße. Ich hatte es vergessen. Es muß der nächste Weg runter zum See sein.«

Er schwieg. Als er die Straße erreichte, bog er nach links ab. Dann nahm er den nächsten Weg wieder hinunter zum See. Der Weg wand sich durch den Wald.

Das Motel sah gut aus. Weiße Wände, fleckenlos, grüne Jalousietüren, zwei große Blumenkübel vor dem Eingang, ein kurzgeschnittener Rasen. Vor den meisten der Zimmertüren standen Autos.

Lauterbach fuhr bis ans Ende des Grundstücks. Er parkte unter einem Baum. Er blieb sitzen, überlegte, sah um sich. Dann fuhr er zurück in einen freien Parkplatz. Die beiden Plätze daneben waren leer.

Er sagte: »Leg die Jacke über dich. Hast du sonst noch etwas zum Zudecken?«

Sie richtete sich halb auf, warf einen Blick durch das Rückfenster. Sie zog die Jacke unter ihrem Rücken hervor, sah ihn an. »Ich hab noch einen Pullover in der Tasche.«

»Leg ihn über die Füße.«

Er sah um sich, schloß die Autotür und ging zum Eingang des Motels.

Ein junger Mann, Jackett, Krawatte, stand hinter demTresen. Er lächelte: »Sie haben Glück. Ich hab eben ein Zimmer frei bekommen. Die Leute mußten früher abreisen.«

Lauterbach sagte: »Ich brauche aber nur ein Einzelzimmer.«

Der junge Mann sagte: »Oh, das tut mir leid, Sir. Ich meine, ich kann Ihnen das Zimmer natürlich geben. Aber ich muß es Ihnen als Doppelzimmer berechnen.«

»Warum das?«

»Verstehen Sie, Sir, es werden mit Sicherheit noch Leute kommen, die ein Doppelzimmer suchen. An diesem Wochenende vermieten wir die Zimmer nur als Doppelzimmer. Sie verstehen das sicher.«

»Wieviel hätte es denn als Einzelzimmer gekostet?«

»Achtundfünfzig Dollar, Sir.«

»Und wieviel kostet es als Doppelzimmer?«

»Achtundsechzig Dollar.«

Lauterbach sagte: »Ich nehme das Zimmer.«

»Sehr gern, Sir. Für wie viele Nächte?«

»Für eine. Voraussichtlich. Aber es kann sein, daß ich länger hierbleiben möchte.«

»Das wird kein Problem sein. Es genügt, wenn Sie es uns bis morgen mittag sagen.« Er schob ihm das Anmeldeformular hin. Lauterbach merkte, daß er noch immer nicht seine Autonummer wußte. Er sah auf den Anhänger des Schlüssels. *TENN 4-J 2932.* Er stutzte. Das war nicht die Nummer, die er in Pete's Motel eingetragen hatte. Oder doch? Er war sich nicht sicher.

Er drehte den Schlüsselanhänger um. *MVA 221030.* Er erinnerte sich. Das war die Nummer, die er eingetragen hatte, als diese Sally ihn John Travolta nannte. Wahrscheinlich war es irgendeine interne Nummer des Autoverleihs.

Er trug die richtige Nummer ein, gab dem jungen Mann seine Kreditkarte. Der junge Mann schob die Karte in den Drukker, gab sie zurück und sagte: »Ich wünsche Ihnen einen angenehmen Aufenthalt, Sir.«

Lauterbach blieb vor dem Eingang stehen. Die beiden Plätze neben seinem Auto waren noch immer leer. Er ging hinüber, warf einen Blick auf die Autonummer. *TENN 4-J 2932.*

Er stieg ein. Sie blieb regungslos unter der Jacke liegen.

Er sah durch die Frontscheibe in den Wald hinein. Dann sagte er: »Minnie?«

»Ja?« Sie hob die Jacke ein wenig an.

»Es tut mir leid, Minnie. Ich bleibe hier.«

»Ja.«

»Ich hab ein Zimmer bekommen. Ich fahre heute nicht mehr nach Atlanta. Und morgen auch nicht. Wahrscheinlich bleibe ich ein paar Tage hier.«

Sie schwieg.

Er ließ den Motor an, setzte aus der Parklücke hinaus. »Ich bring dich oben an die Straße. Du wirst sicher jemanden finden, der dich mitnimmt.«

Sie ließ die Jacke übers Gesicht sinken.

Er sagte: »Es ist ja nicht mehr weit bis Atlanta. Ich nehme an, daß eine ganze Menge Leute aus Atlanta hier sind. Irgendwann müssen sie ja zurückfahren.«

9

Nachdem er seine Sachen ausgepackt und eingeräumt, die Anzüge aufgehängt hatte, ging er ins Restaurant. Er nahm einen Fischsalat, sehr pikant, dazu Brot und Butter. Er trank zwei Flaschen Importbier. Er spürte die vergangene Nacht, er wurde müde. Aber das Wetter war zu schön, um sich schlafen zu legen.

Er ging auf sein Zimmer und zog sich um. Er zog die hellblauen Jeans an, sah, daß das Hemd dazu nicht paßte, wählte das Sporthemd mit den feinen roten Streifen. Er nahm die Sportschuhe, steckte die Schuhspanner in die leichten, rotbraunen Halbschuhe, die er am Morgen angezogen hatte.

Bevor er das Zimmer verließ, ging er noch einmal ins Bad. Er hob die Sonnenbrille und betrachtete sich im Spiegel. Die leichte Bräunung, die seine Haut schon während der Woche in Nashville angenommen hatte, war stärker geworden.

Er lief gut zwei Stunden am Ufer des Sees entlang. Er wich von den markierten Wegen ab, streifte durch den Wald, drang bis in die stillen Buchten vor, saß eine Weile am Ufer und beobachtete die Wellen, die die Gräser netzten. Die Sonne war heiß.

Er sah nur wenige Menschen. In einer der Buchten standen zwei Männer, ein kleiner Junge und ein Mädchen mit hochgerollten Hosenbeinen am Ufer und warfen ihre Angeln aus. Der kleine Junge begann laut zu schreien, als seine Angelschnur sich straffte. Das Mädchen legte die Angel ab und kam, auf den nassen, glatten Steinen balancierend, dem kleinen Jungen zu Hilfe. Einer der Männer rief: »Langsam ziehen, langsam ziehen!« Sie zogen einen großen, zappelnden Fisch aus dem Wasser.

Auf dem Rückweg zum Hotel kam er an einem Bootsverleih vorüber. Er sah hinaus auf das Wasser. Draußen im zarten Dunst schwammen zwei, drei Boote, sie schienen sich kaum zu bewegen. Er überlegte, ob er ein Boot mieten und ans andere Ufer rudern sollte.

Morgen. Morgen früh vielleicht. Er würde heute abend ausgehen. Wahrscheinlich gab es hier irgendwo auch eine Diskothek. Es war besser, jetzt eine Stunde oder zwei zu schlafen. Er war angenehm müde.

Der junge Mann gab ihm den Zimmerschlüssel und fragte: »Gefällt es Ihnen?«

»Ja, sehr. Es ist wirklich sehr schön hier. Sagen Sie, wann kann man essen bei Ihnen?«

»Sie können sofort essen. Das Restaurant ist durchgehend geöffnet.« Er wies auf den Eingang, die gerafften Samtportieren.

»Nein, nein, ich meine zum Dinner.«

»Aus der Dinner-Karte können Sie ab sechs bestellen.«

»Fein. Sagen Sie ... gibt es hier irgendwo eine Diskothek? Oder eine Bar, in der man tanzen kann?«

»Eine Diskothek haben wir hier nicht, ich meine ...« Er strich sich mit einem Finger über den Mundwinkel. »Sie könnten nach Canton fahren, da gibt es zwei oder drei. Nicht sehr ... gehoben, allerdings.« Er lachte. »Aber um sich ein bißchen umzusehen ... Es sind nur fünfzehn Meilen.«

»Okay, danke Ihnen.«

»Hier in unserer Bar haben wir auch Musik, übrigens. Von neun bis um zwei Uhr früh. Und natürlich können Sie da auch tanzen.« Er lachte. »Sie brauchen nur eine Partnerin zu finden. Aber das wird nicht besonders schwierig sein.«

»Ah, sehr gut. Danke.«

Lauterbach schloß die Jalousietür, zog die Vorhänge zu. Gedämpftes, stilles Licht. Er schlief sofort ein. Er schlief fest und ruhig.

Gegen sechs Uhr wurde er wach. Er ließ Wasser in die Wanne ein und nahm ein Schaumbad. Danach duschte er kalt und frottierte sich gut fünf Minuten. Er zog den hellen Anzug an und ein kaffeebraunes Hemd mit offenem Kragen.

Hinter dem Tresen der Rezeption stand ein junges, dunkelhäutiges Mädchen. Sie lächelte ihn an und sagte: »Hi!« Lauterbach sah in das Restaurant hinein. Weißgedeckte Tische. Kerzen. Er dachte, es sei gut, vor dem Essen noch ein wenig frische Luft zu atmen.

Als er vor den Eingang trat, dämmerte es schon. Er blieb eine Weile stehen, zog die warme, süße Luft ein, lauschte den Vogelstimmen. Der See war hell und ebenmäßig, keine Welle schien sich zu regen. In der Ferne hörte er ein paar Stimmen, ein Lachen.

Er ging an den Fenstern des Restaurants vorbei. Die Kerzen brannten still. An einem der Tische an den Fenstern saßen zwei Paare, sie hatten den Salat vor sich stehen, aber die Unterhaltung schien angeregt, niemand aß.

Lauterbach passierte den Durchgang zur Uferseite. Die Tische an den Fenstern zum See waren fast alle besetzt. Er ging weiter und kam vorbei an großen Kippfenstern, die halb offenstanden, Milchglas. Er roch den Dunst, er hörte das Geklapper der Küche. Er ging weiter, erreichte den langgestreckten Zimmerflügel des Motels. Er tat über den Rasen ein paar Schritte zum Ufer hinunter, um nicht zu nahe an den Fenstern vorbeizugehen.

In den meisten Zimmern mischte sich das Flackerlicht der Fernsehapparate in den Lampenschein. Die meisten Fenster waren geöffnet. Leute lagen auf den Betten, saßen in den Sesseln. Nur wenige Fenster waren dunkel.

Lauterbach ging um den Zimmerflügel herum und kam wieder auf die Vorderseite. Er ging an den Wagen vorbei, die jetzt dicht an dicht vor den Eingängen der Zimmer standen. Er hatte fast schon sein Auto erreicht, als er plötzlich stehenblieb.

Seine Muskeln spannten sich an, er spürte ein Gefühl von Kälte im Rücken. Er sah zu Boden. Irgend etwas war da gewesen.

Er überwand sich und drehte sich langsam um. Er ging, sehr langsam, ein paar Schritte zurück.

Er sah den Kofferraum des alten, großen Wagens. Der Wagen war nicht mehr schmutzig. Er war frisch gewaschen. Aber Lauterbach war sicher, daß es dieser Wagen gewesen war. Er erinnerte sich an die Heckleuchten, die geschwungenen Chromspitzen über den Leuchten.

Es war gar nicht möglich. Wie konnte das möglich sein? Es war ganz ausgeschlossen, daß sie ihn bis hierher verfolgt hatten. Er hatte auf der ganzen Fahrt kein einziges Mal diesen Wagen hinter sich gesehen.

Oder lag es nur daran, daß er unaufmerksam gewesen war? Er hatte den alten Wagen vergessen gehabt, ja. Diese verdammte Minnie, sie hatte ihn abgelenkt.

Furcht lähmte ihn. Er wollte weglaufen, seine Sachen zusammenraffen, dieses Motel auf dem schnellsten Wege verlassen. Aber er vermochte sich nicht zu bewegen. Er versuchte nachzudenken. Er mußte herausfinden, was zu tun war, sehr schnell.

Aber es fiel ihm unendlich schwer, einen klaren Gedanken zu fassen.

Die Polizei verständigen. Den Sheriff anrufen.

Was sollte er ihm sagen?

Dieser Wagen verfolgt mich seit gestern morgen. Die beiden Männer haben versucht, mich anzuhalten.

Aha. Kennen Sie die beiden Männer?

Nein.

Können Sie sie beschreiben?

Nicht sehr gut.

Sind Sie sicher, daß es derselbe Wagen war, der, der Sie verfolgt hat, und dieser hier?

Ziemlich sicher.

Hatten Sie die Autonummer notiert?

Er wußte nicht einmal die Autonummer.

Es kostete ihn eine große Anstrengung, aber schließlich brachte er es fertig, sich zu bewegen. Er ging zurück, ging an dem alten Wagen vorbei. Er versuchte, eine Spur des Zusammenstoßes zu erkennen, er wagte nicht stehenzubleiben, aber es schien, als sei die breite Stoßstange auf der rechten Seite ein wenig eingedrückt, er nahm im Vorübergehen die Autonummer auf, *TENN 5-T 2237*, versuchte, sie sich einzuprägen.

Er ging weiter bis ans Ende des Zimmerflügels, trat um die Ecke. Er zog sein Notizbuch heraus und notierte die Nummer. Er steckte das Notizbuch weg, rieb sich die Stirn, atmete tief, sah hinaus auf den See. Der Gedanke kam ihm, daß er noch einmal an der Front der Fenster vorbeigehen und nach dem Teiggesicht mit den blonden Haaren Ausschau halten könnte. Er schob den Gedanken beiseite, er ängstigte ihn.

Einpacken, sofort. Im Dunkeln. Die Lampen nicht einschalten. Keinen Hinweis geben. Und wegfahren.

Aber es war nicht möglich zu verschwinden, ohne sich sehen zu lassen. Er mußte die Rechnung bezahlen. Und dann: Wohin?

Nach Atlanta.

Wieder auf den Highway?

Nein. Besser nach Canton. Aber wahrscheinlich waren auch dort alle Zimmer besetzt. Und wie nach Canton? Wie nach Atlanta?

Gesetzt den Fall, diese Männer stellten ihm tatsächlich nach, aus rätselhaften, unerkennbaren Gründen: Einen größeren Gefallen konnte er ihnen doch nicht tun, als sich allein auf den dunklen Waldweg zu machen, die verlassene Straße.

Vielleicht würde es ihm gelingen wegzufahren, ohne daß sie es bemerkten? Ja, vielleicht.

Nein. Hierbleiben. Bis zum Anbruch des Tages. Nein, bis zum Nachmittag. Warten, bis der Aufbruch stattfand. Sich an irgendeinen Wagen anschließen. Wenn möglich, an zwei oder drei. Im Konvoi fahren.

Und bis dahin auf dem Zimmer bleiben. Wenigstens über Nacht. Über Nacht ganz bestimmt. Keinen Schritt hinaustun. Die Tür versperren, die Fenster. Die Lampen nicht einschalten.

Und wenn sie während der Nacht das Gleiche versuchten wie in Chattanooga? Die Tür, die offengestanden hatte. Es war ja doch die Tür des Zimmers gewesen, in dem sie ihn wähnten.

Der nächste Gedanke überfiel ihn heiß. Auf dieser verlassenen Flanke des Motels war er einem Angriff hilflos ausgeliefert. Nackte Mauer, kein Fenster, keine Tür. Die Dämmerung wurde immer dichter, weit und breit war niemand zu sehen. Er mußte zurück. Er mußte noch einmal an der Tür vorbei, vor der der alte Wagen stand.

Er tat ein paar Schritte zurück zur Ecke des Zimmerflügels.

Hinter sich hörte er ein schwaches Geräusch. Ein Zweig knackte.

Ihm war, als lege sich ein kaltes Tuch auf seinen Rücken, hauchdünn, eiskalt. Er drehte sich um.

Sie stand an der anderen Ecke des Zimmerflügels. Er erkannte den krausen Haarschopf. Sie trug die blaue Tasche über der Schulter. Sie sah ihn an.

Er wollte es nicht, er wehrte sich dagegen, aber er verspürte plötzlich Erleichterung, eine geradezu absurde Erleichterung.

Er sah sie an. Dann winkte er sie zu sich, stumm, hastig.

Sie kam heran, mit hängenden Armen, auf den leisen Sohlen der Tennisschuhe. Sie blieb vor ihm stehen. Sie drehte den Kopf ein wenig zur Seite, aber sie hielt die Augen auf ihn gerichtet. Sie hob die Hand und kratzte sich auf der Wange.

Er flüsterte: »Wo kommst du her? Was zum Teufel machst du hier?«

Sie leckte sich die Lippen. »Da oben hat mich keiner mitgenommen. Ich dachte, ich komm hier runter und frage die Leute, wenn sie losfahren.«

»So.«

»Aber ich hab keinen gefunden.«

»Das sehe ich.« Er sah sie an. Dann dachte er nach, aber nicht sehr lange. Er sah über die Schulter, flüsterte: »Komm mit. Und sag kein Wort jetzt.«

10

Er trat an die Ecke des Zimmerflügels. Sie kam sofort hinter ihm her. Er sah um die Ecke. Dann legte er die Hand an ihren Arm und ging mit ihr an der Reihe der parkenden Wagen vorbei.

Die Haut dieses Arms war glatt und warm. Er ging dicht neben ihr. Sie ließ sich nicht ziehen, sie blieb gleichauf, mit ihren schnellen, leichten Schritten, aber er sah, daß sie sich fürchtete. Ihre Augen waren sehr groß, sie ließ die weißen Augäpfel von einer Seite auf die andere rollen.

Sie gingen am Heck des alten großen Wagens vorbei, Lauterbach suchte noch einmal im Vorübergehen nach einer Spur des Zusammenstoßes, und dieses Mal war er ganz sicher, ja, die Stoßstange war auf der rechten Seite eingedrückt, er glaubte sogar zu erkennen, daß der Lack über der Stoßstange abgesprungen war.

Er schloß sein Zimmer auf, schob sie mit ihrer Tasche hinein, sah noch einmal zurück. Niemand zu sehen. Er trat ein, verriegelte die Tür und legte die Kette vor.

Sie stand vor ihm, die Tasche über der Schulter, und sah ihn aus großen Augen an. Er räusperte sich. Er sagte: »Hör zu. Du kannst heute nacht hierbleiben. Und ich denke, daß ich morgen früh nach Atlanta fahre und dich mitnehme. Aber du bleibst bis zur Abfahrt auf diesem Zimmer, verstanden? Ich möchte nicht, daß irgend jemand vom Personal dich sieht. Hast du das verstanden?«

Sie nickte. »Yes, Sir.« Plötzlich legte sie die Hand auf den Mund. Sie begann zu lächeln, lächelte hinter der vorgehaltenen Hand, sah ihn unverwandt an, die Augen leuchteten im Dämmerlicht. Sie sagte, mit einer Stimme, die nach oben glitt und mitten im Ton brach: »Oh, Boy! Ich bin so froh. Ich bin so mächtig froh.«

Er zog die Augenbrauen zusammen. »Was soll das.« Er zögerte. Dann sagte er: »Ich will nicht, daß du die ganze Nacht da draußen herumlungerst.«

Sie ließ die Hand sinken, sah ihn an: »Deshalb bin ich ja so mächtig froh.«

Er wandte sich ab, ging zum Fenster, zog die Vorhänge zu, tastete sich zurück zur Tür, vergewisserte sich, daß die Kette fest saß, schaltete die Lampen ein.

Er blieb stehen, senkte den Kopf. Während er nachdachte, wurde ihm bewußt, daß sie noch immer auf der gleichen Stelle stand und ihn ansah. »Was ist denn? Starr mich nicht so an. Setz dich.«

Sie nahm die Tasche von der Schulter, sah hinter sich, setzte sich in den Sessel. Sie stellte die Tasche neben ihre Füße. Er sah, daß der rechte Tennisschuh vorne aufgeplatzt war. Zwei rosafarbene Zehennägel sahen hervor, die dunkle Haut der Zehen.

Er sagte: »Nein, halt. Vor allem anderen wäschst du dich.«

Sie fragte: »Jetzt?«

»Ja, jetzt.«

Er sah sie an. »Ich möchte nicht, daß dieses Zimmer stinkt. Verstehst du das?«

Sie legte beide Hände auf die Knie, sah die Hände an.

»Hast du Zeug zum Wechseln dabei?«

Sie nickte, ohne ihn anzusehen.

»Auch Unterwäsche?«

Sie nickte.

»Dann geh jetzt ins Bad und wasch dich. Aber gründlich. Wasch dir auch die Haare. Vor allem die Haare. Und wasch das Zeug, das du da auf dem Leib hast.«

Sie stand auf und nahm die Tasche hoch. Er zögerte, dann sagte er: »Setz dich in die Wanne. Nimm ein Vollbad. Aber mach die Wanne sauber nachher. Gründlich, verstehst du?«

Sie ging zum Bad, ohne ihn anzusehen.

»Du kannst von meinem Shampoo nehmen, es steht auf der Wanne. Aber nimm nicht meine Seife. Nimm die Hotelseife, sie ist noch eingepackt.«

Sie war schon an der Tür des Badezimmers, als er sagte: »Minnie?« Sie blieb stehen, sah ihn an. »Minnie, ich mein's nicht böse mit dir. Aber ein Mensch, der so herumläuft wie du, ist ein Ekel für andere Menschen. Verstehst du das?«

Sie hob eine Hand, betrachtete die Fingernägel.

Er sagte: »Wenn du willst, daß andere Menschen dich mögen, mußt du dich waschen. Damit fängt die ganze Sache überhaupt an, verstehst du? Ein Mensch, der sich selbst so verkommen läßt, das ist, ich weiß nicht, aber das ist gar kein richtiger Mensch. Wirklich nicht.«

Sie betrachtete ihre Fingernägel.

»Ich möchte dir nichts Böses, Minnie, wirklich nicht. Ich möchte nur, daß du sauber bist. Du wirst sehen, wenn du sauber bist, werden andere Menschen dich auch mögen. Verstehst du, was ich meine?«

Sie nickte.

»Okay. Dann geh jetzt und wasch dich.«

Sie verschwand. Er rief hinter ihr her: »Und vergiß nicht, die Wanne sauberzumachen!«

Er schaltete den Fernsehapparat ein. Als er sich in den Sessel setzte, hörte er das Wasser in die Wanne laufen, sehr laut. Er hob irritiert den Kopf. Sie hatte die Tür des Badezimmers nicht geschlossen.

Er stand auf, ging zum Bad und zog die Tür ins Schloß. Er zog seine Jacke aus und hängte sie in den Wandschrank.

Er sah die Nachrichten-Schau. Die Gewerkschaften nahmen den Labor Day zum Anlaß, den Präsidenten und sein Wirtschaftsprogramm massiv anzugreifen. Lauterbach zog die Stirn zusammen, schüttelte den Kopf. Er rückte sich unwillig im Sessel zurecht. Der Präsident kündigte in seinem kalifornischen Urlaubsort an, er werde auf dem Weg zurück nach Washington in Chikago eine Grundsatz-Rede halten.

Lauterbach ging an die Reisetasche und holte die Flasche aus Pete's Motel hervor. Während er den Whisky trank, griff er nach der Speisekarte des Zimmer-Service. Sie war üppig. Er spürte Hunger. Er sah auf die Uhr. Er wollte schon den Telefonhörer abheben, hielt ein und überlegte.

Er stand auf und ging zur Tür des Badezimmers. Die Geräusche waren sehr deutlich zu hören. Wasser plätscherte. Sie summte. Dann sang sie. *Tell me no secrets, tell me some lies, give me no reasons, give me alibis.* Plötzlich das scharfe Prasseln der Dusche. Lauterbach roch den herben Duft seines Shampoos.

Er setzte sich wieder in den Sessel. Er sah die Lokalnachrichten. Nach einer Weile schaltete er um auf die Übertragung eines Football-Spiels. Er goß sich den zweiten Whisky ein.

Er hörte sie nicht kommen. Er nahm im Augenwinkel eine

Bewegung wahr, sah hinüber zum Bett. Sie hatte sich auf das Bett gesetzt, zog die Beine hoch, ließ sich zurücksinken, bettete den Kopf auf die Nackenrolle. Sie war nackt, die dunkle, glatte Haut schimmerte. Sie ließ die Knie auseinanderfallen. Er sah das schwarze, krause Schamhaar. Sie lächelte ihn an.

Lauterbach stieß den Sessel zurück, stand auf, Whisky sprang über den Rand des Glases, netzte seine Hand. Seine Stimme klang scharf, absonderlich hoch: »Bist du wahnsinnig geworden? Zieh dir sofort etwas an.« Er wies mit der Hand zum Badezimmer. »Los, sofort. Zieh dir was an.«

Sie rutschte vom Bett hinunter, ließ ihn nicht aus den Augen, ging zum Bad. Er sah das kleine, gewölbte Gesäß, die straffe Haut bewegte sich mit ihren Schritten. Er wandte sich ab.

Er zog sein Taschentuch, tupfte den Whisky von der Hand, rieb das Glas ab. Er steckte das Taschentuch in den Beutel mit der schmutzigen Wäsche, nahm ein frisches. Er hörte ein schwaches Geräusch.

Sie kam nur zwei Schritte ins Zimmer herein, blieb stehen, den Kopf ein wenig zur Seite gewandt, und sah ihn an. Sie trug ein hellblaues, zerknittertes T-Shirt und einen kleinen weißen Slip, dessen Ton ins Graue überging. Sie stand da auf ihren nackten, dunkelhäutigen Beinen. Zwischen dem T-Shirt und dem Slip war ein Stück des straffen Bauchs sichtbar, die knappe Rundung der Hüften.

Er starrte sie an. »Sag mal, bist du wirklich wahnsinnig? Oder willst du dich über mich lustig machen?«

Sie hielt den Kopf halb abgewandt, aber sie ließ ihn nicht aus den Augen. Sie schüttelte den Kopf, sehr langsam, leckte sich die Lippen.

»Ich hab dir gesagt, du sollst was anziehen. Was fällt dir ein, hier halbnackt wieder hereinzukommen?«

Sie regte sich nicht.

Er sagte: »Zieh die Jeans an.«

Sie leckte die Lippen. Dann sagte sie: »Ich hab sie doch gewaschen.«

»Sind das etwa die einzigen Jeans, mit denen du herumreist?«

Sie nickte.

Er sagte: »Es ist wirklich unglaublich. Es ist ganz unglaublich.« Er wandte sich ab, fuhr sich mit der Hand durchs Haar. Er sah sie an. Er zeigte auf den Sessel: »Setz dich.«

Sie setzte sich, blieb aufrecht sitzen. Sie legte die Hände zwischen die Knie, schloß die Schenkel und sah ihn an.

Er schaltete den Fernsehapparat aus. Er trank einen Schluck Whisky, sagte: »Ich glaube, es ist dringend nötig, daß dir mal jemand die Wahrheit sagt.« Er trank noch einen Schluck, tupfte sich den Mund ab.

»Ich weiß nicht, für wen du mich gehalten hast. Wahrscheinlich hast du mich für einen der Kerle gehalten, von denen du dich ... mit denen du ins Bett gehst. Oder hinters Gebüsch.« Er sah sie an. »So was tust du doch, nicht wahr?«

Sie sah auf ihre Knie.

»Und wenn du es bekommen kannst, nimmst du auch noch Geld dafür, nicht wahr?«

Sie schwieg.

Er sagte: »Warum antwortest du nicht? Hast du Angst vor der Wahrheit?«

»Manchmal hab ich Geld genommen.«

Er stieß die Luft durch die Nase. »Natürlich. Was denn sonst.«

Sie sah ihn an: »Aber nie mehr als zehn Dollar.«

»Ach. Wirklich? Darauf bist du wohl auch noch stolz? Verkaufst dich für zehn Dollar und bist auch noch stolz darauf.«

Sie hob eine Hand und kratzte sich die Schulter.

Er schüttelte den Kopf. »Es ist wirklich unglaublich. Ein Kind wie du.«

»Ich bin neunzehn.«

»Ach. Du bleibst dabei?«

Sie sah ihn an.

Er setzte sich in den Sessel ihr gegenüber, trank einen Schluck Whisky. Er betrachtete das Glas. »Ich will dir mal was sagen, Minnie. Es wird ein böses Ende nehmen mit dir, wenn du so weitermachst. Du wirst total verkommen.« Er sah sie an. »Ich bin mir nicht sicher, ob du nicht schon total verkommen bist.«

Sie schwieg. Er trank einen Schluck Whisky. Sie sagte: »Bei dir hätte ich kein Geld genommen.«

Er stellte das Glas ab, warf sich im Sessel zurück, schlug beide Hände heftig auf die Schenkel. »Das ist doch wirklich der Gipfel.« Er beugte sich vor. »Jetzt will ich dir mal was sagen. Ich glaube, man muß es dir ganz brutal sagen, weil du es sonst nicht verstehst.« Er sah sie an. »Was um alles in der Welt hat dich auf die Idee gebracht, daß ich mit dir schlafen würde?

Was an dir könnte mich wohl reizen, mit dir zu schlafen? Was glaubst du?«

Sie hob langsam den Blick, sah ihn an.

Er stieß die Luft durch die Nase, begann zu lächeln: »Na, was glaubst du wohl?«

Sie sah zur Seite.

Er stand auf, ging zum Fenster, kam wieder zurück. Er sagte: »Ich will dir mal was sagen, Minnie.« Er holte Luft, nickte ein paarmal, sah sie an: »Ich bin verlobt. Ich habe eine Braut in Deutschland, verstehst du, wir werden noch in diesem Jahr heiraten.« Er lächelte. »Glaubst du, daß du diese Frau ausstechen kannst? Glaubst du, daß ich diese Frau betrüge, mit einer Herumtreiberin wie dir?«

Sie ließ den Blick sinken.

»Okay, Minnie. Ich denke, das genügt.« Er trank das Glas leer. »Ich weiß nicht, ob es dir etwas nutzt, was ich dir gesagt habe. Aber denk mal darüber nach. Wenn du nicht verkommen willst, Minnie, dann mußt du dein Leben ändern. Treib dich nicht herum, sondern arbeite. Und halt dich sauber, das zuerst mal. Damit fängt die ganze Sache an.«

Er griff nach der Speisekarte, studierte sie. Sie hob die Hände, betrachtete ihre Finger, zupfte an einem Nagel.

Er sagte: »Magst du Barsch?«

Sie sah ihn an, nickte.

»Gekocht oder gebraten?«

Sie schluckte. Sie zuckte die Schulter. »Ich weiß nicht.«

»Oder lieber Forelle?«

»Ich weiß nicht.«

»Sag doch nicht immer: Ich weiß nicht! Du mußt doch wissen, was du lieber magst. Also?«

Sie sagte: »Barsch.«

»Gekocht?«

Sie nickte.

Er hob den Hörer ab und bestellte eine Suppe, einmal Barsch gekocht, ein Steak und ein großes Dessert, Kaffee. Er bestellte zwei Flaschen Bier, widerrief das und bestellte drei Flaschen. Das Mädchen, das die Bestellung aufnahm, fragte: »Das ist für zwei Personen, Sir?« Er sagte: »Nein, für eine.«

Er legte den Hörer auf. »Wenn der Kellner klopft, verschwindest du ins Bad. Du verhältst dich ruhig, verstehst du? Und mach kein Licht an.«

Sie nickte.

Er sagte: »Nicht, daß du glaubst, ich betrüge diese Leute. Sie lassen mich sowieso für ein Doppelzimmer bezahlen. Das sind Halsabschneider.«

Er ging ins Bad, schloß die Tür hinter sich und verriegelte sie. Sie hatte ihre Jeans, das rote T-Shirt und einen grauweißen Slip zum Trocknen über die Stange des Duschvorhangs gehängt. Er bückte sich und fuhr mit einem Finger über den Boden der Wanne. Die Wanne war glatt und sauber. Sein Shampoo stand an dem gleichen Platz wie zuvor, verschlossen.

Er schnüffelte. Es roch angenehm. In den Duft seines Shampoos mischte sich ein fremder, frischer Geruch. Es mußte die Hotelseife sein. Von der Seife war nicht mehr viel übrig. Wahrscheinlich hatte sie ihr Zeug damit gewaschen. Sie hatte den Rest der Seife auf eine der Ablagen am Waschbecken gelegt. Das Becken war trocken und sauber. Das Frotteetuch hing ausgebreitet auf der Stange.

Er sah sich um, aber sie hatte nichts herumliegen lassen. In der Ecke hinter der Tür stand ihre Tasche. Er öffnete den Reißverschluß, sah hinein. Er hob die Männerjacke hoch, die obenauf lag. Er fand den Pullover, ein gelbes, fleckiges T-Shirt, ein kariertes Hemd mit langen Ärmeln, einen löchrigen Slip, ein Stück Seife, in Folie gewickelt, eine angebrochene Packung Tampons, eine Zahnbürste, einen großen, breiten Kamm, eine Mundharmonika, eine Geldbörse. Er fand keinen Ausweis. Er öffnete die Geldbörse. Er zählte, neben ein paar Münzen, sieben Dollar.

Plötzlich wurde ihm bewußt, daß seine Jacke mit der Brieftasche im Wandschrank hing. Er zog hastig den Reißverschluß der Tasche zu, trat an die Tür und lauschte. Er entriegelte die Tür, riß sie dann plötzlich auf.

Der Gang vor dem Wandschrank war leer. Sie saß in ihrem Sessel unter der Lampe. Sie hatte die Beine angezogen, die Füße auf den Sesselrand gesetzt. Sie war dabei, ihre Zehen zu untersuchen.

Sie setzte die Füße auf den Boden, sah ihn an, kratzte sich am Bauch. Sie legte die Hände im Schoß zusammen. Sie lächelte ihn an.

Der Zimmerkellner brachte das Essen auf einem Wagen. Er lächelte, als er sagte: »Guten Appetit, Sir.«

Lauterbach gab ihm zwei Dollar. Als der Kellner gegangen war, öffnete er die Badezimmertür: »Du kannst rauskommen.«

Er aß die Suppe halb, schob ihr dann den Teller mit dem Löffel hinüber. Sie hatte den Salat fast schon aufgegessen. Sie wischte sich mit dem Handrücken die Feuchtigkeit aus den Mundwinkeln. Er sagte: »Warum nimmst du nicht die Serviette?«, nahm die Serviette und hielt sie ihr entgegen.

Er gab ihr das Fischbesteck. Sie betrachtete das Messer.

»Gib mal her.« Er nahm den Fisch sorgfältig auseinander, schob den Teller vor sie. »Schling nicht. Es kann sein, daß noch ein paar kleine Gräten drinstecken.«

Er begann, das Steak zu essen. Er zeigte mit der Gabel auf das Fleisch und sagte: »Willst du ein Stück abhaben?« Sie schüttelte den Kopf. Sie hob ein großes Stück Barsch in den Mund, kaute. Sie lächelte ihn an. Sie sah auf ihren Teller, schob den Fisch mit der Gabel auseinander, beugte den Kopf vor und suchte nach Gräten. Dann nahm sie das nächste große Stück auf die Gabel. Sie kaute mit vollem Mund, als sie fragte: »Bist du ein Anwalt?«

Er hörte auf zu kauen, starrte sie an. »Wie kommst du darauf?«

Sie lächelte, kaute. Sie sagte: »Du kannst so gut sprechen.«

Er schnitt ein Stück von seinem Steak ab. »Ja, ich bin Rechtsanwalt.«

Sie nickte. »Hab ich mir gedacht.«

»Hast du schon mal vor Gericht gestanden?«

Sie sah auf ihren Teller, kaute.

»Also?«

Sie nickte.

»Wegen Herumtreiberei?«

Sie kratzte sich auf der Wange, wischte mit dem Handrükken über den Mund. Sie sah ihn nicht an, als sie sagte: »Prostitution.«

Er schüttelte den Kopf. »Nicht zu fassen.«

Sie sagte: »Der Mann hat gesagt, ich hätte ihn angesprochen. Ich hab ihn gar nicht angesprochen. Wirklich nicht. Ich lüge nicht.«

Er aß das Dessert halb, schob ihr die Schale mit dem Löffel hinüber. Als er den Kaffee in die Tasse goß, sagte sie: »Ist sie schön?«

»Wer?«

»Deine Braut.«

Er starrte sie an: »Was geht das dich an?«

Sie nahm einen großen Löffel Eis, fing mit der Zunge einen Tropfen der Schokoladensauce auf, wischte sich mit zwei Fingern über die Unterlippe, leckte die Finger ab. Sie sah auf die Finger. »Ich hab nur so gemeint.«

Er trank einen Schluck Kaffee. Er sagte: »Sie ist sehr schön.«

»Hab ich mir gedacht.«

»Hier in Amerika würden sie eine Schönheitskönigin aus ihr machen.«

Sie nickte.

Er schob den Servierwagen mit dem Geschirr vor die Tür, sah nach beiden Seiten. Das alte Auto stand auf seinem Platz. Entfernt hörte er Musik, Gitarren, ein Schlagzeug. Er schloß die Tür wieder, blieb stehen, dachte nach.

Ein Drink in der Bar. Der Gedanke reizte ihn, aber er verwarf ihn. Dieses Mädchen mit seinem ganzen Gepäck alleinlassen. Er stieß die Luft durch die Nase.

Er schaltete den Fernsehapparat ein. Er ging zum Telefon und bestellte noch einmal zwei Flaschen Bier. Als der Kellner klopfte, stand sie auf und ging mit schnellen, leisen Schritten ins Bad. Er verschloß die Tür hinter dem Kellner und sprach durch die Badezimmertür: »Alles klar.«

Er öffnete den Wandschrank. Im oberen Fach fand er zwei Decken. Er nahm sie heraus und legte sie auf die Couch, wies mit dem Finger darauf: »Wird das genug sein für die Nacht?«

Sie nickte.

Er ging an die Reisetasche, holte die Kekse und die Schokolade heraus, die er in Nashville gekauft hatte, und gab sie ihr. Sie strahlte ihn an: »Danke.«

Er schlug das Fernsehprogramm auf. Sie begann, den ersten Keks zu mahlen. Sie sagte: »Wenn du Sport sehen willst, mußt du Kanal neun einschalten.«

Er sagte: »Magst du denn auch Sport sehen?«

Sie nickte.

Er sagte: »Du siehst doch wahrscheinlich lieber eine Show?«

Sie zuckte die Schulter. Dann lächelte sie.

Er schaltete eine Show ein, zog die Schuhe aus und legte sich aufs Bett. Das Bier stellte er neben sich.

Sie hob, ohne den Bildschirm aus den Augen zu lassen, die Füße auf den Sessel, schlug sie untereinander. Die Keksschachtel und die Tafel Schokolade rückte sie in ihrem Schoß zurecht. Sie steckte in regelmäßigen Abständen einen Keks, dann wieder ein Stück Schokolade in den Mund, hielt die Hände oben, während sie kaute, die Finger leicht gespreizt.

Ein paarmal lachte sie los. Sie warf ihm einen Seitenblick zu, sagte: »Der war gut, was?« Sie sah in ihren Schoß, nahm einen neuen Keks, sah wieder auf den Bildschirm.

Während er das letzte Bier trank, wurde er schläfrig. Er raffte sich auf, holte den Schlafanzug aus dem Koffer und ging ins Bad. Als er zurückkam, hatte sie bis auf die Lampe neben seinem Bett das Licht gelöscht. Sie hatte den Fernsehapparat ausgeschaltet. Sie lag auf dem Sofa, in eine der beiden Decken eingerollt, die andere unter dem Kopf. Sie sah ihn an, lächelte. Er ging ins Bett, löschte die Lampe. »Gute Nacht, Minnie.«

»Gute Nacht, Wolfgang.«

Während der Nacht fuhr er einmal hoch. Er glaubte, ein Geräusch gehört zu haben. Er blieb eine Weile im Bett sitzen, lauschte. Ein schwacher Lichtschein fiel durch den Vorhang. Es war still.

Er stand auf, ging zur Tür. Sie war verschlossen. Die Kette saß fest. Er ging zurück, tastete sich am Bett vorbei, ging Schritt um Schritt auf die Couch zu. Plötzlich sah er das Weiße ihrer Augen. Sie lag auf dem Rücken, hatte die Decke bis zum Hals hochgezogen. Sie flüsterte: »Was ist denn? Hast du was gehört?«

»Nein, nein, alles okay. Schlaf weiter.«

Er wurde kurz vor sieben wach. Sie lag mit dem Gesicht zur Wand. Die Decke war heruntergerutscht. Sie hatte die Knie angezogen, den Kopf in den Armen vergraben.

Er nahm Unterwäsche, braune Socken und das hellgrüne Sporthemd aus dem Koffer, holte die braunen Jeans aus dem Wandschrank und ging ins Bad. Als er herauskam, lag sie noch immer auf der Seite. Er ging zu ihr, berührte sie an der Schulter.

Sie drehte sich um, mit offenen Augen, und lachte ihn an. »Guten Morgen.«

Er sagte: »Ich seh mich nur mal um vor der Tür. Du kannst jetzt duschen, und dann zieh dich an. Wir fahren gleich ab. Wir werden unterwegs frühstücken.«

Er ging zum Fenster, hob den Vorhang zur Seite und sah hinaus auf den See. Morgendunst trieb übers Wasser. Das Gras, saftiges Grün bis hinab zum Ufer, glitzerte.

Er ging zurück zur Tür, nahm die Kette ab, sah hinaus. Er roch den Wald, die Feuchtigkeit. Die Karosserien der Autos glänzten. Die Scheiben waren beschlagen.

Er beugte sich ein wenig vor. Der Platz des großen alten Wagens war noch immer besetzt. Er sah die breite Kühlerhaube, die geschwungene Verzierung der Scheinwerfer.

Er blickte über die Schulter. Sie stand schon in der Tür des Badezimmers. Er flüsterte: »Beeil dich. Ich bin gleich wieder da.« Sie nickte, mit großen Augen.

Er ging mit langen, leisen Schritten unter dem Vordach entlang, sah sich um. In der Halle war niemand. Er schlug die Glokke auf dem Tresen an. Aus dem Hinterzimmer kam das dunkelhäutige Mädchen. »Guten Morgen, Sir. Wie geht es Ihnen?«

Während sie den Beleg der Kreditkarte ausfüllte, sah er sich um. In den Zeitungskästen lagen zwei Lokalblätter und eine Zeitung aus Nashville, die Ausgaben vom Sonntag. Er warf die Münzen ein und nahm die Zeitung aus Nashville.

Bevor er die Zimmertür aufschloß, sah er sich noch einmal um. Niemand zu sehen. Nichts regte sich. Er verriegelte die Tür, legte die Kette vor.

Er hörte die Dusche. Er klopfte an die Tür des Badezimmers. Die Dusche wurde abgestellt. Sie rief: »Gleich fertig.« Er glaubte, den Duft seines Shampoos zu riechen. Er öffnete die Tür einen Spalt breit, schnüffelte. Er sagte: »Hast du dir schon wieder die Haare gewaschen?«

Sie schwieg einen Augenblick. Dann sagte sie: »Sollte ich nicht?«

»Okay, okay. Beeil dich.«

Er packte den Koffer und die Reisetasche. Er hörte sie singen. *I'm leavin' it all up to you, you decide what you're gonna do.* Er setzte sich in den Sessel, schlug die Zeitung auf. Heftige Auseinandersetzungen um das Sparprogramm des Präsidenten. Ein Kino in Memphis abgebrannt. Die Wärter des Staatsgefängnisses drohten mit Streik.

Er war schon dabei umzublättern, als er die Meldung am Fuß der Titelseite sah: *Frau erschlagen in Motel am Highway 24.* Er runzelte die Stirn, saß einen Augenblick regungslos, hob dann die Zeitung langsam vor die Augen.

Die Meldung war datiert aus Murfreesboro. Er erinnerte sich an den Namen. Es mußte ein größerer Ort sein, irgendwo zwischen Nashville und Chattanooga. Er war am Freitagabend an zwei oder drei Ausfahrten vorbeigekommen, die nach Murfreesboro führten.

Die Meldung lautete: *In einem Motel in Rutherford County, nahe der Interstate 24, wurde am Samstagnachmittag die Leiche einer Frau gefunden. Sie ist offenbar in den frühen Morgenstunden einer Gewalttat zum Opfer gefallen. Bezirksstaatsanwalt Lamar B. Alexander jr. und das Büro des Sheriffs verweigern nähere Auskünfte. Wie zu vernehmen war, bringen sie die Tat in Zusammenhang mit dem Überfall auf die Tennessee Trust Bank in Nashville, bei dem am vergangenen Mittwoch unbekannte Täter 110000 Dollar erbeuteten.*

Er ließ die Zeitung sinken.

Sie stand vor ihm. Erst nach einer Weile nahm er sie wahr. Ihre Haare waren noch nicht trocken, sie lagen eng und schwarz glänzend am Kopf an. Sie sah völlig verändert aus. Sie trug das rote T-Shirt und die Jeans, hatte die Tasche umgehängt. Sie stand ein wenig steifbeinig. Die Jeans mußten noch feucht sein. Sie lächelte ihn an: »Fertig.«

Er hob die Zeitung wieder, starrte auf die Meldung. *Nahe der Interstate 24.* Er begann zu nicken.

Plötzlich schlug er die Zeitung zusammen. »Raus hier.« Sie sah ihn erschreckt an, große Augen. »Hörst du nicht? Raus hier!« Er stand auf, stieß sie vor die Schulter. Sie ging zur Tür. Er sagte: »Halt.«

Sie blieb stehen, sah ihn an. Er sagte: »Geh raus und sieh dich um. Wenn du irgend etwas siehst, kommst du zurück. Wenn du irgend jemanden siehst, verstehst du?«

Sie nickte.

Er schloß die Tür auf, trat zurück. Sie machte einen Schritt auf die Tür zu, blieb stehen, rollte die Augäpfel zur Seite und sah ihn an. Er flüsterte scharf: »Nun mach schon.«

Sie trat langsam vor die Tür, blieb einen Augenblick stehen und kam mit einem weiten Schritt wieder herein. Sie flüsterte: »Nichts zu sehen.«

»Du hast dich doch gar nicht richtig umgesehen.«

»Doch. Bestimmt.«

Er gab ihr den Autoschlüssel. »Schließ beide Türen auf. Und schließ den Kofferraum auf. Dann kommst du zurück und holst mein Gepäck.« Sie nahm den Schlüssel, blieb stehen. Sie leckte sich die Lippen. Sie bewegte den Kopf nicht, rollte die Augäpfel zur Seite, als ob sie hinter sich sehen wolle.

Er flüsterte: »Hörst du nicht, was ich sage? Nun mach schon.« Sie tat einen Schritt zurück. Er flüsterte: »Deine Tasche legst du jetzt schon ins Auto, klar?«

Sie nickte, ging langsam hinaus. Er lauschte.

Sie kam sehr schnell zurück, blieb hinter der Tür stehen, griff nach dem Türrahmen, atmete tief.

Er sagte: »Mein Gott noch, stell dich doch nicht so an!« Er faßte sie an der Schulter: »Hast du irgend etwas gesehen?« Sie schüttelte den Kopf.

»Du bist wirklich für nichts zu gebrauchen.« Er warf den Zimmerschlüssel aufs Bett, nahm ihr den Autoschlüssel aus der Hand. Er hob den Koffer und die Reisetasche auf. »Zieh die Tür hinter dir ins Schloß, aber leise, verstanden?« Sie nickte.

Er sah hinaus, ging dann mit schnellen Schritten zum Auto, hob den Koffer und die Reisetasche in den Kofferraum, drückte den Deckel zu. Sie saß schon auf dem Beifahrersitz, als er einstieg. Sie hielt den Kopf leicht gesenkt, aber die Augen bewegten sich, sahen nach allen Seiten.

Er startete den Motor, ließ den Wagen langsam rückwärts rollen, aus der Parklücke heraus. Er warf noch einmal einen Blick auf den großen alten Wagen. Nichts regte sich unter dem Vordach. Langsam fuhr er durch die Ausfahrt, sah in den Rückspiegel. Erst als sie den Waldweg erreicht hatten, beschleunigte er das Tempo.

Als sie die Straße erreichten, sagte sie: »Wenn du nach Atlanta willst, kannst du auch in Richtung Canton fahren. Da gibt es viele Häuser an der Straße. Und hinter Woodstock kommst du wieder auf die Autobahn. Da sind mehr Leute unterwegs als hier oben.« Sie sah mit weit aufgerissenen Augen über die Schulter.

Er bog ab nach Canton.

11

Er fuhr schnell, mit zusammengebissenen Zähnen. Ab und zu nickte er. Der Fall war klar. Es paßte alles nur zu gut zusammen. Und jetzt verstand er auch, warum diese Männer ihn verfolgten.

Pete's Motel. Nahe beim Highway 24. Und Sally. Sie hatte mit dem Bankraub zu tun gehabt. Vielleicht war sie sogar daran beteiligt gewesen. Ja, natürlich.

Sie hatten sich nach dem Überfall in Nashville getrennt. Sally war am Freitag in Pete's Motel untergekrochen. Vielleicht schon am Donnerstag. Oder schon am Mittwoch, gleich nach dem Überfall. Sie hatten verabredet, ein paar Tage lang keinen Kontakt zueinander aufzunehmen.

Am Freitagabend waren die anderen dann zu Pete's Motel gekommen. Die beiden Männer und das Mädchen. Und dann hatten sie Streit bekommen. Der schwere, dumpfe Schlag, der ihn am frühen Morgen aus dem Schlaf gerissen hatte, das Splittern. Sally. Oder das Mädchen? Eine der beiden Frauen jedenfalls. *Frau erschlagen in Motel am Highway 24.*

Vielleicht hatten sie sich um die Beute gestritten.

Daß sie einen Nachbarn hatten, daß jemand Wand an Wand mit ihnen wohnte, hatten die Totschläger erst gemerkt, als er sein Zimmer verließ. Die Tür zu Sallys Apartment, die sich öffnete, als er abfuhr.

Sie hatten geglaubt, das Apartment nebenan sei unbewohnt. Sie hatten geglaubt, er wohne am anderen Ende des Winkelbaus, in Apartment II, dort, wo er sein Auto hatte stehen lassen. Erst als er sein Zimmer verließ, wurde ihnen klar, daß es einen Ohrenzeugen ihres Streits gab.

Die beiden Männer waren sofort ins Auto gestiegen und ihm gefolgt.

Nein, halt. Da stimmte etwas nicht.

Das Auto, in dem sie zu Pete's Motel gekommen waren, sah ganz anders aus. Es war nicht der große alte Wagen gewesen, sondern ein blaues Coupé, noch neu, das vor seiner Zimmertür gestanden hatte.

Sie mußten das Auto gewechselt haben, bevor sie ihn verfolgten.

Ja, natürlich: Sie hatten Sallys Wagen genommen. Er hatte ihn sich nicht genau angesehen, als er mit seinem Koffer und der Reisetasche vor dem Zimmer ankam. Aber er erinnerte sich, daß Sallys Wagen riesig groß gewesen war, und alt und zerbeult.

Sie waren ihm lange gefolgt, ohne etwas zu unternehmen. Sie hatten einen günstigen Augenblick abgewartet. Auf dem Highway war es ihnen wahrscheinlich zu riskant gewesen. Die

Highwaystreife. Sie hatten sich damit begnügt, ihm Angst einzujagen, ihn fertigzumachen. Als er sie dann abzuschütteln versuchte, hatten sie nicht länger warten wollen. Sie waren ihm auf die Straße nach Jasper gefolgt und hatten ihm den Weg versperrt.

Und dann?

Das Mädchen.

Natürlich. Das Negermädchen, das hinter Jasper am Waldrand gestanden und versucht hatte, ihn anzuhalten.

Sie hatten nicht das Mädchen umgebracht, sondern Sally. Und das Mädchen hatten sie natürlich nicht in Pete's Motel gelassen, sondern mitgenommen auf die Verfolgungsjagd. Wahrscheinlich hatte sie auf dem Rücksitz gelegen, als sie ihn auf dem Highway einholten und sich neben ihn setzten.

Das Mädchen hatte sich hinter Jasper an den Waldrand gestellt. Sie hatte ihn anhalten sollen. Wahrscheinlich hatten sie ihren Wagen hinter einem Gebüsch versteckt gehabt. Und als er vorbeigefahren war, waren sie hervorgekommen, wütend: »Du bist wirklich auch noch zu dämlich, um ein Auto anzuhalten.«

Vielleicht hatten sie dann seine Spur verloren. Er hatte sie ja nicht mehr gesehen. Aber aufgegeben hatten sie nicht. Natürlich nicht. Den Zeugen ihrer Gewalttat wollten sie nicht entkommen lassen. Sie waren nach Chattanooga gefahren und hatten nach ihm gesucht.

Das war ja doch nicht schwer gewesen. Sie hatten die Parkplätze von ein paar Hotels abgesucht, die Garagen. Vielleicht hatten sie sogar mit dem Hotel im Bahnhof angefangen. Die Sehenswürdigkeit. Sie hatten überlegt, wo er abgestiegen sein könnte, und als erstes war ihnen dieses Hotel eingefallen.

Sie hatten sein Auto auf dem Parkplatz gefunden. Und dann hatte das Teiggesicht abends nach ihm gefragt. Und diese strohdumme Cindy hatte dem Teiggesicht seine Zimmernummer gesagt. Und sie waren während der Nacht, als er schon umgezogen war, in das Zimmer eingedrungen. Wäre er nicht umgezogen gewesen, sie hätten ihn umgebracht.

Lauterbach holte Atem. Nach einer Weile rieb er sich die Stirn. Irgendwo gab es da einen schwachen Punkt. Irgend etwas an seiner Überlegung war nicht stichhaltig.

Ja. Natürlich. Sein Name. Wie konnten sie seinen Namen wissen? Das Teiggesicht hatte nach Mr. Lauterbach gefragt.

Er überlegte angestrengt. Plötzlich stieß er die Luft durch die Nase. Pete's Motel, was denn sonst. Er hatte doch auf dem Anmeldeformular seinen Namen eingetragen. Ganz einfach: Sally hatte sich von dem Neger das Anmeldeformular zeigen lassen. Nein, noch einfacher: Sie war ja doch an den Tresen gekommen, sie hatte neben ihm gestanden, als das Formular noch vor ihm lag. Sie hatte seinen Namen abgelesen. Lauterbach. Lauderbeck.

Sie wußten seinen Namen von Sally.

Und als sie in Chattanooga Mr. Lauderbeck auf Zimmer 317 nicht hatten finden können, hatten sie den Parkplatz bewacht. Und sie waren ihm gefolgt, als er am frühen Morgen von Chattanooga abgefahren war. Er hatte sie nur nicht bemerkt.

Sie waren ihm gefolgt bis zu dem Motel am Allatoon-See. Er hatte die Verfolger nicht bemerkt, weil er unaufmerksam gewesen war. Diese Minnie hatte ihn beschäftigt. Sie hatte ihn in Atem gehalten, dieses verdammte Negermädchen.

Er sah sie an. Sie wandte ihm das Gesicht zu und versuchte zu lächeln. Ihre Augen waren immer noch sehr groß. Sie rollte sie zur Seite und sah nach hinten. Dann sagte sie: »Du mußt gleich nach rechts abbiegen, nach Holly Springs.«

Hinter Holly Springs sah er ein Restaurant, an der Einfahrt stand das Schild *Geöffnet*. Er fuhr ein Stück weiter, fuhr an den Straßenrand, hielt an, sah in den Rückspiegel. Er stieg aus und blickte zurück auf die Straße. Niemand zu sehen.

Er sah eine Weile zu Boden. Dann nickte er. Ja. Es war höchste Zeit, die Polizei anzurufen. Er brauchte sich keine Gedanken mehr zu machen, ob sie ihn ernst nehmen würden. Sie würden ihn ernst nehmen. Sallys Leiche war gefunden worden. Ein Totschlag. Wenn nicht Mord. Der Bankraub. Es lag auf der Hand, warum diese Kerle ihn verfolgt hatten.

Er hätte schon in Jasper den Sheriff anrufen können. Das hätte ihm viel Ärger und Aufregung erspart.

Er nickte. Er würde in das Restaurant gehen und die Polizei anrufen und auf sie warten. Sie würden mit ihm zurückfahren zu dem Motel am See. Es war ja möglich, daß diese Kerle seine Abfahrt verschlafen hatten, daß sie und das Mädchen noch in den Betten lagen.

Plötzlich fühlte er sich erleichtert. Er stieg ein. Sie sah ihn an. Er sagte: »Oh, verdammt. Das hab ich völlig vergessen.«

»Was?«

»Steig aus. Nimm deine Tasche mit.« Sie blieb einen Augenblick lang regungslos sitzen. Dann tastete sie nach dem Türgriff, sehr langsam.

Er sagte: »Es tut mir leid, Minnie, aber ich kann dich jetzt nicht mehr bei mir behalten. Du mußt gehen.«

Sie sah ihn an, stumm.

»Ich hab etwas Wichtiges zu tun. Ich kann es dir nicht im einzelnen erklären, verstehst du? Du kannst jedenfalls nicht bei mir bleiben.«

Sie fand den Türgriff, öffnete die Tür. Sie wandte die Augen nicht von ihm ab.

»Ich muß die Polizei rufen, verstehst du? Es gäbe Scherereien, wenn sie uns zusammen sähen. Nicht nur für mich. Auch für dich. Eine Menge Scherereien. Das leuchtet dir doch ein, oder?«

Sie nickte.

Er sagte: »Okay, Minnie. Good bye.«

Sie sagte: »Good bye, Wolfgang.« Sie stieg aus, drückte die Tür ins Schloß. Er lehnte sich hinüber, öffnete die Tür: »Was ist denn? Willst du deine Tasche nicht mitnehmen?«

Sie öffnete die hintere Tür, nahm ihre Tasche vom Rücksitz.

Er sagte: »Paß auf dich auf.«

»Paß auf dich auf, Wolfgang.«

Sie schulterte die Tasche und ging. Er sah ihr nach. Sie ging nicht sehr schnell. Ihm fiel wieder auf, daß sie die Füße ein wenig nach außen setzte. Sie ließ die dunklen Arme hängen. Sie ging aufrecht, die Schultern ein wenig zurückgenommen. Sie blickte sich nicht um.

Er startete den Motor. Er wollte den Rückwärtsgang einlegen, hielt ein, die Hand auf dem Hebel. Er zog die Augenbrauen zusammen. Er rieb mit der Hand über die Stirn. Dann schaltete er den Motor aus.

Was war, wenn die Vögel ausgeflogen waren? Was war, wenn sie Sallys Wagen irgendwo stehenließen und mit einem anderen weiterfuhren? Was war, wenn die Polizei sie nicht finden konnte?

Mit einemmal wurde ihm klar, es traf ihn wie ein Schlag, daß die Polizei ihn selbst suchte. Ihn, und nicht diese Männer und das Mädchen.

Woher sollte die Polizei wissen, daß Sally Besuch gehabt hatte? Der Neger? Der hatte wahrscheinlich die ganze Nacht gepennt. Sie waren kurz vor Mitternacht gekommen. In der Rezeption hatte schon lange kein Licht mehr gebrannt.

Das blaue Coupé. Nein, auch das nicht. Das hatten sie natürlich mitgenommen und auf irgendeinem Parkplatz abgestellt. Sie waren ja zu zweit. Zu dritt mit dem Negermädchen.

Fingerabdrücke? Ja, und ob: In Nummer zwei, wo er gewohnt hatte. Aber bestimmt nicht in Sallys Apartment. Sie hatten natürlich alles abgewischt, bevor sie auf gebrochen waren.

Ihm wurde glühend heiß. Für die Polizei gab es nur einen Tatverdächtigen: Ihn selbst, Lauterbach.

Er hatte neben Sally gewohnt. Er war außer Sally der einzige Gast in dieser Bruchbude gewesen. Der einzige Gast, der sich eingetragen hatte.

Sie hatten seinen Namen. Sie fahndeten seit dem Samstagnachmittag nach ihm, das war völlig klar. Es war ein Wunder, daß sie ihn noch nicht gefunden hatten.

Nein. Er schüttelte den Kopf. Es war kein Wunder. Es war reines Glück. Die falsche Autonummer. Er hatte in Pete's Motel die Nummer eingetragen, die er auf der Rückseite des Schlüsselanhängers gefunden hatte. Es gab diese Autonummer gar nicht.

Aber das konnte den Verdacht gegen ihn nur noch verstärken.

Sie verdächtigten ihn, Sally erschlagen zu haben. Wahrscheinlich nahmen sie an, er habe mit ihr geschlafen. Sie habe ihn bestohlen. Er habe Streit mit ihr bekommen.

Nein, noch schlimmer. Der Bankraub. Sie hatten ja eine Verbindung zwischen Sally und den Bankräubern herausgefunden. Und nun glaubten sie wahrscheinlich, er habe Sally die Beute abgenommen und sie deshalb ermordet.

Sie würden ihm die Geschichte von den beiden Männern und dem Mädchen nicht abnehmen. Sie würden sie für eine lächerliche Erfindung halten. Er hatte keine Beweise dafür, nicht einen einzigen Beweis.

Wenn er zur Polizei ginge, würden sie ihn auf der Stelle festnehmen. Und es würde ihm sehr schwerfallen, seine Unschuld zu beweisen.

Er starrte durch die Frontscheibe.

Er konnte nicht zur Polizei gehen. Es war ganz ausgeschlossen.

Plötzlich ließ er den Motor an und fuhr ab. Der Schotter des Straßenrandes spritzte hinter ihm hoch.

Sie blieb stehen, als sie das Motorengeräusch hörte. Sie wandte sich um und sah ihm entgegen. Als er bremste, fing sie an zu lächeln.

Er beugte sich hinüber und öffnete die Tür: »Steig ein.«

12

Sie ließ die Knie auseinanderfallen, lehnte den Kopf nach hinten und fing an zu singen: *Country Roads, take me home, to the place ...*

Er sagte: »Laß das.«

Sie schwieg.

»Ich hab ein Problem, verstehst du? Ich muß darüber nachdenken. Und es macht mich nervös, wenn du singst.«

Sie nickte.

Als sie das Ortsschild *Lebanon* passierten, rutschte sie nach unten. Sie rutschte auf dem Sitz so weit nach vorn, daß nur noch ihre Haare über den Rand der Tür sahen.

»Was soll das?«

Sie sagte: »Ich will nicht, daß jemand mich sieht.«

»Wen meinst du? Die Polizei?«

»Nein. Die Leute hier.«

»Bist du von hier?«

»Ich hab mal hier gewohnt.«

»Ach ja. Die Band, in der du gesungen hast, wie?«

»Ja.«

Er schnaufte. »Daran kannst du erkennen, wie du lebst. Du kannst dich nicht einmal mehr blicken lassen an dem Ort, wo du gewohnt hast.«

Er fuhr durch bis Atlanta. Er fuhr an einem halben Dutzend Restaurants und Coffee Shops vorbei, auf der gewundenen Straße zwischen Lebanon und Woodstock, auf dem Highway, den sie hinter Woodstock erreichten. Er war hungrig, aber die Furcht anzuhalten war stärker. Er sah immer wieder in den Rückspiegel. Erst als die Hochhäuser von Atlanta blau über den flimmernden Horizont hinauswuchsen, wurde er ruhiger.

Er erinnerte sich an seine Pläne. Es war wie die Erinnerung an ein fremdes, weit zurückliegendes Land.

Er hatte zwei oder drei Tage in Atlanta bleiben wollen. Dieser Dschungel, in dem der Kindermörder gehaust, in dem ein junger schwarzer Mann achtundzwanzig junge Schwarze umgebracht haben sollte, hatte ihn interessiert. Und er hatte sich das andere, das moderne Atlanta ansehen wollen, die Wunderstadt, deren Aufschwung Schlagzeilen gemacht und die Werbetexter inspiriert hatte.

In Atlanta empfindet man auf sehr eindrucksvolle Weise die Wandlung vom Alten zum Neuen Süden. Die baumgesäumten Straßen in den Wohngebieten, die anmutigen Herrenhäuser, deren Magnolien und Hartriegelbäume Schatten spenden, lassen auch heute noch den Reiz vergangener Zeiten nachempfinden. Ja, und nur wenige Häuserblocks entfernt ragen einige der kühnsten Bauwerke der Neuzeit – Wunderwerke aus Glas und Stahl – in schwindelnde Höhen empor und vergrößern somit das ohnehin schon reichliche Angebot an Büro-, Hotel- und Einkaufsflächen. Heute herrscht ein pulsierendes Leben in Atlanta, denn hier sind sehr viele Industriezweige vertreten, die insgesamt über 3500 verschiedene Produkte herstellen wie Flugzeuge, Textilien, Maschinenteile und vieles mehr.

Sie fragte: »Wohin gehst du in Atlanta?«

»Ich weiß noch nicht.« Er sah sie an. »Und wohin willst du?«

»Ganz egal.«

»Was soll das heißen? Du mußt doch wissen, wohin du willst?«

Sie sah ihn an, sah wieder durch die Frontscheibe. Sie kratzte sich die Wange. »Ich muß erst mal anrufen.«

Er verließ den Highway an Williams Street, fuhr geradeaus auf das Gebirge der Hochhäuser zu. Rechts und links niedrige, abbröckelnde Fassaden. Leere Fensterhöhlen, die Ränder von Brandspuren geschwärzt. Dunkelhäutige Menschen. Sie standen an den Straßenecken, regungslos. Hier und da ging einer langsam über den Gehsteig.

Am Fuß des Gebirges bog er ab in die Schlucht von Forsyth Street. An der Ecke von Luckie Street fand er einen Parkplatz, ein großes, unbebautes Grundstück, hohe Brandmauern auf den Seiten. Erst als er auf den Parkplatz einfuhr, sah er, daß ein paar Meter weiter ein Streifenwagen am Straßenrand stand.

Er nahm die Lücke zwischen zwei anderen Wagen. Der Streifenwagen war nicht mehr zu sehen. Sie sah ihn an, legte die

Hand auf den Türgriff. Er sagte: »Warte einen Augenblick.« Er dachte nach, sagte dann: »Geh telefonieren. Ich warte hier.«

Sie kniete sich auf den Sitz, griff über die Lehne, öffnete ihre Tasche und nahm die Geldbörse heraus. Er sagte: »Beeil dich.«

Er beobachtete sie im Rückspiegel. Sie ging zu der offenen Telefonzelle jenseits der Straße. Ein Mann, schwarz, der an der Zelle lehnte, sprach sie an. Sie wechselte ein paar Worte mit ihm, während sie den Hörer abhob und die Münzen einwarf. Sie lachte. Der Mann beugte, ohne die Schulter von der Zelle zu lösen, den Kopf zu ihr hinein, sprach weiter. Sie lachte, schob ihn mit einer Hand zurück.

Der Mann sprach weiter, während sie den Hörer aufhängte, ihn wieder abhob, die Münzen noch einmal einwarf und wieder wählte. Sie sah auf den Telefonhörer und lachte. Sie wandte sich von dem Mann ab, den Hörer am Ohr. Nach einer Weile hängte sie auf. Der Mann sprach weiter, als sie die Straße überquerte. Er bewegte sich nicht, blieb stehen, die Schulter gegen die Zelle gelehnt, und sprach hinter ihr her.

Sie stieg ein. Er sah sie an: »Und?«

Sie schüttelte den Kopf: »Niemand zu Hause.«

»Und was jetzt?«

Sie zuckte die Schulter, sah ihn an.

Er räusperte sich. »Okay, du kannst noch ein Stück mit mir gehen, wenn du willst.«

Sie nickte. Sie sah ihn an. Dann hob sie die Tasche vom Rücksitz.

Er stieg aus, blickte um sich. Der Streifenwagen war nicht mehr zu sehen.

Sie überquerten Luckie Street. Er ging ein wenig schneller, aber sie schloß sofort zu ihm auf. Vor der Buchhandlung an der Ecke blieb er stehen. Zwei junge Schwarze standen am Briefkasten auf dem Gehsteig. Sie sahen ihn an. Sie sahen Minnie an. Er sagte: »Warte hier.« Dann sagte er: »Nein, komm mit rein.«

Sie folgte ihm, blieb vor der Zeitungsauslage stehen. Er fragte nach einem Stadtplan. Das schwarze Mädchen hinter der Theke schüttelte den Kopf. Er fragte: »Wissen Sie einen anderen Laden in der Nähe, wo ich einen bekommen kann?« Sie gab keine Antwort. Sie wandte sich ab.

Er kaufte eine Zeitung und ein paar Postkarten. Als er bezahlte, trat Minnie mit einer anderen Zeitung neben ihn. Er ging voraus, während sie die Zeitung bezahlte.

Sie holte ihn auf der Straße ein. Er ging ein wenig schneller. Er sagte: »Gibt es hier einen Coffee Shop?«

»Gleich um die Ecke.«

»Es tut mir leid. Du mußt schrecklichen Hunger haben.«

Sie lachte, nickte.

Es war ein Selbstbedienungs-Restaurant. Er sah nicht einen einzigen Weißen. Sie trugen ihre Tabletts zu einem der kleinen, an die Wand geschraubten Tische. Die rote Kunststoff-Platte war naß. Jemand hatte seinen Kaffee verschüttet. Er blieb mit dem Tablett in der Hand stehen.

Sie sah ihn an. Dann sah sie sich um, schnippte mit den Fingern: »Hey!« Der schwarze Junge, der neue Tabletts vor der Theke aufstapelte, hob den Kopf. Sie zeigte auf den Tisch. Der Junge kam und wischte den Tisch ab. Er faltete seinen Lappen auseinander, sah Lauterbach an, faltete den Lappen wieder zusammen, wischte noch einmal über den Tisch. Sie sagte: »Hör auf, es langt.« Der Junge ging.

Sie lächelte Lauterbach an: »Okay?« Er sagte: »Ja, ja, okay.« Er stellte das Tablett ab, setzte sich, schlug die Zeitung auf. Er suchte nach einer Meldung über den Mord. Er fand zwei Meldungen über Morde, aber keine über den Mord am Highway.

Sie hatte ihre Zeitung neben sich liegen, las, während sie eine Gabel voll Rührei in den Mund schob. Er fragte: »Was ist das für eine Zeitung? Darf ich mal sehen?« Sie nickte, schob ihm die Zeitung zu.

The Atlanta Inquirer. Auf der Titelseite das Foto einer schwarzen Frau in Uniform, breitrandiger Hut, Colt am Gürtel. Dessie Mae Womble, der erste schwarze weibliche Polizeichef von Holly Springs, North Carolina. Ein anderes Foto zeigte drei schwarze Frauen und zwei schwarze Männer, Jakkenkleider, Krawatten, helle Anzüge. Zwei Abgeordnete, eine Professorin. Sie hatten an einer Podiumsdiskussion über Minderheiten teilgenommen. Die Schlagzeile meldete, daß dem neuen Sparprogramm des Präsidenten weitere Sozialdienste in Georgia zum Opfer fallen würden.

Er schob die Zeitung zurück und aß. Nach einer Weile sagte er: »Warum liest du nicht eine normale Zeitung?«

Sie sah ihn an, kaute stumm.

Er sagte: »Ihr redet immer von Gleichberechtigung, von Integration. Und dann kapselt ihr selbst euch ab. Macht eure eigenen Zeitungen, in denen nur Schwarze über Schwarze schreiben.«

Sie sagte: »Sie berichten eine Menge über Weiße.«

»Ja, aber wie.« Er strich Butter auf den Toast. Er wies mit dem Messer auf die Zeitung: »Der Präsident ist an allem schuld, nicht wahr? Er nimmt den armen Leuten das Geld weg, nicht wahr?«

Sie kaute. »Tut er das nicht?«

Er hob den Blick zur Decke, schüttelte den Kopf. Er sah sie an. »Was für Geld denn? Es ist doch wohl nicht das Geld der armen Leute, oder? Es ist doch das Geld anderer Leute. Derjenigen, die arbeiten und Geld verdienen und damit die Wohlfahrt finanzieren. Oder?«

Sie hörte auf zu kauen, hielt die Gabel in der Hand.

Er fuhr fort: »Findest du das gerecht, daß die einen von dem Geld leben, das die anderen verdienen?«

Sie sagte: »Aber wenn die armen Leute kein Geld haben?«

Er lachte, sah zur Decke. Dann beugte er sich vor: »Warum haben sie denn kein Geld? Na? Warum wohl?« Er lehnte sich zurück, sah über die Schulter, sah sie an: »Weil sie nicht arbeiten.«

Sie sagte: »Viele Leute können aber nicht arbeiten.«

»Richtig. Es gibt Schwache und Gebrechliche, Behinderte. Und denen muß man helfen. Aber glaubst du, daß alle, die in diesem Land auf Kosten anderer leben, oder auch in meinem Land, bei mir zu Hause ist das nämlich genau so, glaubst du, daß die alle schwach und gebrechlich und behindert sind?«

Sie sah auf ihren Toast. Sie biß hinein, wischte die Krümel aus dem Mundwinkel. Sie sah ihn an.

Er sagte: »Nimm doch mal dich selbst. Warum hast du kein Geld? Weil du schwach und gebrechlich bist? Nein. Du hast kein Geld, weil du dich herumtreibst. Weil du dich herumtreibst, statt zu arbeiten.«

Sie sagte: »Aber ich find doch keinen Job.«

»Hast du's denn versucht?«

Sie nickte, schluckte. »Ein paarmal.«

»Ja, ja. Du kannst mir viel erzählen.«

»Wirklich. Ich lüg nicht.« Plötzlich klopfte sie mit dem Zeigefinger auf die Zeitung, beugte sich weit vor, sah ihn eindringlich an: »Über vierzig Prozent der schwarzen Jugendlichen sind arbeitslos. Hast du das gewußt?«

Er wich ärgerlich zurück. »Na und? Warum finden sie denn keine Arbeit? Weil sie nichts gelernt haben. Sie wollen nicht arbeiten, und sie wollen auch nicht lernen. Sie wollen sich herumtreiben. Sie wollen faulenzen und auf Kosten anderer leben.«

Er räusperte sich, streckte den Zeigefinger vor: »Setz dich mal wieder richtig hin. Du brauchst mich nicht so anzustarren.«

Sie ließ sich zurücksinken.

Er sagte: »Nimm doch dich selbst. Du bist von zu Hause ausgerissen, nehme ich an. Von zu Hause und von der Schule. Du warst auf der High School, nicht wahr, das hast du doch gesagt?«

Sie nickte.

»Hast du die High School denn auch abgeschlossen? Hast du dein Zeugnis bekommen?«

Sie nahm die Gabel und kratzte die Reste ihres Rühreis zusammen.

Er sagte: »Na also. Du hattest keine Lust zu lernen. Du wolltest dich nicht anstrengen. Also bist du von der Schule und von zu Hause ausgerissen. Und jetzt wunderst du dich, daß du keinen Job findest.«

Sie steckte die Gabel in den Mund, leckte die Gabel ab. Sie sah ihn an.

Er sagte: »Ich würde dich auch nicht nehmen, wenn ich einen Job zu besetzen hätte.«

Er sah, daß ihre Augen sich mit Tränen füllten. Ihm wurde heiß.

Er blickte über die Schulter und sagte mit unterdrückter Stimme: »Also, hör mal, jetzt reiß dich ein bißchen zusammen. Willst du, daß wir hier noch mehr Aufsehen erregen?«

Er stand auf. »Bist du fertig?« Sie nickte, wischte sich mit dem Handrücken über die Augen, nahm ihr Tablett. Sie schoben die Tabletts in den Ständer.

Er blieb auf der Straße stehen. Sie stand neben ihm, ein wenig abgewandt. Sie hatte den Daumen in den Riemen der Tasche eingehängt. Sie sah auf ihre Tennisschuhe. Die kleine, breite Nase wirkte winzig klein. Das krause Haar plusterte sich über dem dünnen, dunklen Hals.

Er sagte: »Minnie, ich will dir wirklich nichts Böses. Was ich dir gesagt habe, das hättest du auch selbst herausfinden können.

Du mußt nur einmal darüber nachdenken. Ich weiß, es ist unbequem. Aber das Leben ist nun einmal unbequem.«

Sie zog mit der Spitze des aufgeplatzten Tennisschuhs einen Strich übers Pflaster.

Er sagte: »Glaub nicht alles, was in dieser Zeitung steht. Es ist einseitig, was sie schreiben. Es ist falsch. Du kannst nicht auf Kosten anderer leben. Du mußt selbst etwas dafür tun. Und das kannst du auch, Minnie. Du kannst das ganz bestimmt.«

Sie hob den Kopf und sah ihn an.

»Du mußt dich nur anstrengen. Verstehst du das?«

Sie nickte.

Er lächelte, nickte ihr zu.

Sie lächelte ihn an.

Er räusperte sich, sah um sich. Grelle Sonnenflecke, tiefe Schatten. Die Luft war warm. Leute gingen langsam über die Gehsteige, die Gesichter schwarz und glänzend. Ein altes Haus gegenüber, Läden an den Fenstern bis hoch hinauf, geschlossen. Daneben ein Bürogebäude, dunkler Sandstein, ein mächtiges Portal. Tote dunkle Glasscheiben.

Er sagte: »Wieso sieht man hier eigentlich kaum einen Weißen? Das ist doch das Stadtzentrum, denke ich?«

»Die weißen Leute wohnen draußen. Sie kommen am Feiertag nicht hierher. Nur zum Arbeiten. Und zum Einkaufen. Hier gibt's schöne Läden.«

Er sagte: »Ich möchte ein bißchen spazierengehen.« Er räusperte sich. »Was willst du jetzt tun?«

Sie sah ihn an, zuckte die Schulter.

»Willst du nicht noch einmal anrufen?«

Sie schüttelte den Kopf.

Er sagte: »Wenn du magst, können wir ja noch ein Stück zusammen gehen.«

Sie begann zu lächeln.

»Du kennst doch sicher die Sehenswürdigkeiten?«

Sie nickte: »Das Coca-Cola-Museum. Aber es ist draußen an der North Avenue.«

Er schüttelte den Kopf, lachte. »Und sonst gibt es keine Sehenswürdigkeiten hier?«

»Doch, viele.« Sie sah ihn an, öffnete die Lippen, die Zunge kam zum Vorschein, sie leckte die Lippen.

Er sagte: »Ich hab was gelesen über Underground Atlanta. Alte, historische Häuser. Und Läden und Restaurants.«

Sie nickte. »Ich weiß, wo das ist.«

Sie führte ihn über Broad Street hinunter zu Alabama Street. Sie kamen an dem alten Laternenpfahl vorüber, auf dem das ewige Feuer der Konföderation brennt.

Er blieb stehen. »Weißt du, daß diese Stadt im Bürgerkrieg niedergebrannt worden ist?«

»Oh ja. Von den Soldaten der Union. General Sherman.«

»Sieh mal an. Du hast ja doch was behalten.«

Sie lächelte ihn an.

Er suchte nach Zeugnissen der alten weißen Herrschaft im Süden, aber er erkannte sie nicht. Je weiter sie gingen, um so dichter wurde die Menge der Schwarzen. Sie standen auf der Straße, sie saßen in den Eingängen der Häuser, sie gingen langsam an ihnen vorbei, traten zur Seite, blieben stehen. Sie sahen ihn an.

»Wird hier jeder Weiße so angestarrt?«

Sie sagte: »Ich weiß nicht.«

Und nach einer Weile: »Vielleicht denken sie, du bist der Mann.«

»Was für ein Mann?«

»Der Kindermörder.«

»Der Kindermörder? Was soll denn der Unsinn? Sie haben ihn doch?«

»Glaubst du?«

»Was heißt denn, glaubst du? Er sitzt doch schon lange hinter Gittern. Und es ist ein Schwarzer. Wayne B. Williams. Hast du denn nichts von dem Prozeß gehört?«

»Sie sagen, daß er es war. Aber ich glaub's nicht.«

Er wollte stehenbleiben, ging weiter. »So einen Unsinn habe ich lange nicht mehr gehört. Sie haben doch Beweise gehabt, sie haben ihn überführt. Weißt du das nicht?«

Sie sagte: »Ich hab gelesen, daß es vielleicht ein weißer Polizist war. Der Mörder, verstehst du? Das FBI hat das herausgefunden.«

»Wo hast du das gelesen? In deiner schwarzen Zeitung?«

»Sie haben's auch im Fernsehen gesagt. Ich weiß es ganz genau. Aber dann durften sie es nicht mehr sagen. Und dann haben sie Wayne Williams verhaftet und verurteilt.«

Er stieß die Luft durch die Nase. Er ging weiter. Sie ging neben ihm, aufrecht, die Tasche über der Schulter. Sie kamen an einer Bar vorbei, Disco-Musik, der Lautsprecher brüllte durch die offene Tür. Zwei Schwarze tanzten auf dem Gehsteig, Arme angewinkelt, Köpfe gesenkt. Ein paar andere sahen ihnen zu. Einer mit Schlägermütze, krausen, langen Koteletten, Sonnenbrille, Jackett, Schal im offenen Hemd, lehnte im Eingang der Bar.

Sie sagte: »Wenn du der Anwalt von Wayne Williams wärst:. Würdest du ihn rausbekommen?«

Er zog die Augenbrauen zusammen, schüttelte den Kopf. Er sah geradeaus. »Was für ein Unsinn. Die Beweise gegen ihn waren unwiderleglich. Wie könnte ich ihn herausbekommen?«

»Aber hättest du den Geschworenen nicht gesagt, das FBI hat herausgefunden, daß es vielleicht ein weißer Polizist war?«

»Also, wirklich, Minnie, was soll die Fragerei? Ich bin nicht der Anwalt dieses Mannes. Außerdem weiß ich viel zu wenig über den Fall.«

Sie sagte: »Wenn du willst, kann ich dir noch mehr darüber erzählen.«

»Ja, ja. Später vielleicht.«

Sie kamen über eine Brücke. Auf der niedrigen breiten Brüstung saßen sie, einer dicht am anderen, und alle schwarz. Sie wandten ihnen die Gesichter zu, sahen sie an, folgten ihnen mit den Augen. Ein Greis, tiefschwarze faltige Haut, die gelblichen Augäpfel blutunterlaufen. Mütter, gedrungen, die mächtigen Brüste unter bunten Kleidern, bunte Kopftücher. An den breiten, nackten schwarzen Knien lehnten Kinder, die kleinen Mädchen sorgfältig frisiert, bunte Schleifen an den Zöpfchen. Junge Mädchen, junge Burschen, sie lehnten sich weit zurück auf die Brüstung, stützten sich auf die Ellbogen, streckten die Beine aus. Männer, ausrasierte Schnurrbärte, Backenbärte, hier und da einer mit nackter Brust, ein Arm bewegte sich, Muskelspiel unter der schwarzen, glänzenden Haut. Mützen, Sonnenbrillen, große, dunkel spiegelnde Gläser. Und die stampfenden Rhythmen der Kofferradios, ein wirrer Gesang exaltierter Stimmen, die einander ablösten und im Wechsel sich überschnitten.

Lauterbach sah starr geradeaus. Am anderen Ende der Brükke schien die Menge der Menschen noch dichter zu werden. Sie lehnten an den Wänden der Häuser, in den Eingängen, sie hockten auf den Gehsteigkanten. Und alle schienen ihre schwarzen

Gesichter ihm zuzuwenden, sie schienen ihn zu erwarten. Er ging wie durch eine Gasse, die immer enger wurde, noch lag die Sonne heiß und hell auf seinem Gesicht, er spürte den Schweiß auf der Stirn, aber die Mauern der Gasse würden immer näher heranrücken, die Sonne würde hinter dem hohen, immer höheren Rand der Mauern verschwinden, der Schweiß erkalten, schwarze Gesichter, nur noch eine Armeslänge entfernt, die weißen Augäpfel, und auf einmal so nah, daß er schon den Atem der offenen Münder spürte.

Er blieb mitten auf der Brücke stehen. Sie blieb stehen, sah ihn an.

Er holte Luft: »Es tut mir leid, Minnie, aber ich hab mir's anders überlegt.« Er spürte, daß die Leute ihn anstarrten, die Kinder, die Frauen, die Männer. Sein Mund war wie ausgedörrt. Er sagte: »Ich möchte weiterfahren. Ich werde nicht hierbleiben.«

Sie nickte, sah zur Seite. Plötzlich streckte sie ihm die Hand entgegen: »Goodbye, Wolfgang. Paß auf dich auf.«

Ihm wurde kalt. Er starrte sie an, nahm die Hand, zögernd. Er sah zurück. Die lange Reihe der dunklen Gesichter, an denen sie vorbeigekommen waren. Und auch an dem zurückliegenden Ende der Brücke schien die Menge der Menschen dichter zu werden. Panik faßte ihn bei dem Gedanken, daß er allein den Rückweg antreten, allein dieses Meer dunkler Gesichter durchqueren mußte.

Er sah sie an. Er räusperte sich, sagte: »Ich weiß nicht, Minnie ... Aber wenn du noch ein Stück mit mir gehen willst?«

Sie sah ihn an. Die Zunge kam hervor und leckte die Lippen.

Er raffte sich zu einem Lachen auf: »Ich weiß nicht, ob ich den Parkplatz wiederfinden werde. Ich meine ... Ich will dich nicht auf dem Parkplatz stehen lassen, verstehst du. Vielleicht willst du noch ein Stück mit mir fahren?«

Sie begann zu lächeln. Plötzlich legte sie die Hand auf den Mund: »Oh, Boy ...«

Er sagte: »Ich meine, ich weiß ja nicht, was du hier zu tun hast.«

Sie lachte. »Ich? Ich hab mächtig viel Zeit.« Sie nahm ihn an der Hand, zog ihn auf den Weg zurück: »Komm.«

Er folgte ihr. Die Last war plötzlich von ihm abgefallen.

Sie lachte, rollte die Augäpfel, sah ihn von der Seite an. Ihre

Stimme verfiel in einen Singsang, stieg hoch, sank ab, stieg wieder hoch: »Du brauchst dich nicht zu fürchten. Ich werd dein Auto schon finden.« Die weißen Zähne waren sichtbar. Sie lächelte, ließ die Augapfel rollen. »Du kannst dich auf mich verlassen, Mann!«

13

Er hatte sie gefragt, ob sie noch einen anderen See in der Nähe kenne. Sie hatte geantwortet, östlich von Canton gibt es einen, den Sidney Lanier, er ist ziemlich groß. Aber im Westen, gleich hinter der Grenze nach Alabama, liegt auch einer, auch nicht klein, und sehr schön. Und dahinter noch einer, auf dem Weg nach Huntsville, der Guntersville Lake, der ist besonders schön. Und es ist gar nicht weit, hundert Meilen vielleicht.

Das Wort Alabama hatte ihn gereizt. Er hatte auf der Karte nachgeschaut. Es war mehr als hundert Meilen, aber nicht sehr viel mehr. Er hatte Tennessee gesehen,und jetzt Georgia. Es reizte ihn zu erfahren, was sich hinter dem Wort Alabama verbarg.

Er fuhr nicht zurück auf den Highway. Er ließ sich von ihr auf eine Nebenstraße lotsen, die nach Westen führte. Die Fabrikhallen blieben zurück, die öden Straßen der Vororte, dann die Bretterbuden am Stadtrand, die in der Mittagshitze des Feiertags brüteten. Wald rückte heran, Wiesen.

Er hatte ihr die Karte gegeben. Schon bevor sie sich in den Dörfern den Kreuzungen näherten, sagte sie ihm, welche Straße er nehmen müsse. Sie legte die Karte wieder ab, lehnte sich zurück, sang. Sie richtete sich wieder auf, zog die bloßen Füße auf den Sitz, schlug sie untereinander, sah hinaus.

Nach dreißig oder vierzig Meilen hielt er an einem kleinen Restaurant. Er ging mit ihr zum Lunch hinein. Während sie aßen, studierten sie die Karte. Sie beschlossen, nach Rome hinaufzufahren und von dort die schnellere Straße nach Cedar Bluff zu nehmen.

Bevor sie aufbrachen, ging sie auf die Toilette. Sie blieb ziemlich lange. Er sah zum Fenster hinaus, geriet ins Träumen. Der Name Cedar Bluff nahm Gestalt an. Ein paar Häuser, Scheunen, ringsum von Wasser umgeben. Die Zufahrt auf einem gemauerten Damm. Bäume bis dicht ans Ufer. Der stille, blaue

Spiegel kräuselte sich plötzlich, er ließ das Abbild der tiefhängenden Zweige erzittern.

Am Nachmittag durchfuhren sie Rome. Die kleine Stadt gefiel ihm, er fuhr langsam, sah sich um. Fahnen vor den Hotels. Die Scheiben der Läden blinkten. Menschen, Gedränge auf einem Platz, rasante Blasmusik schallte herüber. Junge Mädchen in kurzen roten Livreen, weiße kurze Stiefel, nackte Beine, sie paradierten.

Die Schatten waren länger geworden, als sie hinter Rome auf die ausgebaute Straße kamen. Ein paar Motels noch, Supermärkte. Dann trat das Grün wieder heran, ein wenig dunkler als zuvor. Die Straße durchbrach einen felsigen Hügel, rechts und links die steilen Wände des gelben Gesteins, obenauf der Nadelwald, Wurzeln griffen über den Rand des Abbruchs. Die Sonne stand nicht mehr sehr hoch.

Er fühlte sich an das Felsentor im Süden von Nashville erinnert. Einen Augenblick lang fürchtete er, er werde wieder hinabschweben in die Ebene, den Flugwind rauschen hören in seinen Schwingen.

Er sah zur Seite. Sie schlief. Sie hatte den Kopf nach hinten sinken lassen, er ruhte zwischen der Rückenlehne und der Tür, den Ellbogen hatte sie auf die Lehne der Tür gestemmt, die schmale Hand hing über ihrem Schenkel.

Er durchfuhr eine lange Kurve. Er sah zur Seite, betrachtete die Hand, die leicht zu pendeln begann.

Hinter der Kurve ging die Straße in eine sehr lange Gerade über, die einen sanften Abhang hinanstieg. In einiger Entfernung sah er vor sich ein anderes Auto. Es schien nicht sehr schnell zu fahren, die Entfernung verringerte sich.

Er setzte schon zum Überholen an, als er jäh den Fuß vom Gaspedal nahm, um ein Haar hätte er scharf gebremst. Er fuhr sich über die Augen, kniff die Lider zusammen.

Rechts und links des breiten Kofferraums erkannte er die chromverzierten Leuchten. Er glaubte, sogar den Knick in der Stoßstange zu erkennen. Er krampfte die Hände ums Lenkrad, beugte den Kopf vor an die Scheibe, biß auf die Zähne. Es war nicht möglich, es war ganz einfach nicht möglich.

Er wollte auf der Straße wenden, aufs Gas treten und zurückfahren, fliehen. Er überwand sich. Das Manöver war zu riskant, es konnte alles nur noch schlimmer machen. Vorsichtig setzte er den Fuß wieder aufs Gaspedal.

Die Entfernung vergrößerte sich ganz allmählich. Der große alte Wagen stieg vor ihm den Abhang hinauf, langsam, aber in gleichmäßigem Tempo. Lauterbach wurde bewußt, daß er die Autonummer nicht wahrgenommen hatte. Er hatte auch die Insassen nicht erkennen können, das Rückfenster spiegelte. Er überlegte, ob er ein wenig näher auffahren sollte, um sich Gewißheit zu verschaffen. Sofort verwarf er den Gedanken.

Der große alte Wagen erreichte die Anhöhe, erschien für einen Augenblick scharf konturiert vor dem hellen Westhimmel und verschwand dann hinter dem Kamm.

Lauterbach fuhr langsam weiter. Er sah zur Seite. Sie schlief. Schon streckte er die Hand aus, um ihr Knie zu berühren, sie zu wecken; er legte die Hand wieder ans Lenkrad. Es waren nur noch wenige Meter bis zum Kamm.

Er erreichte die Höhe. Die Straße führte in einer langen Kurve hinab, verschwand in einem Waldstück. Er sah den großen alten Wagen, er war schon ziemlich weit entfernt, fuhr in ruhigem Tempo in den Wald hinein.

Lauterbach steuerte an den Straßenrand, hielt an. Er wischte sich die Stirn. Nach einer Weile schüttelte er den Kopf.

Es war gar nicht möglich. Er hatte halluziniert.

Nein. Es war viel einfacher, lächerlich einfach. Es gab wahrscheinlich noch Dutzende, Hunderte dieser alten Autos. Sie waren halb verrostet, aber die Riesenmaschinen waren ja nicht totzukriegen. Sie fuhren immer noch herum mit ihren spitzen Chromverzierungen.

Er mußte diesen Alptraum loswerden.

Wieder sah er zur Seite. Sie schlief. Er öffnete vorsichtig die Tür, stieg aus. Blieb stehen, lehnte einen Arm auf die Tür, den anderen aufs Wagendach. Er atmete tief. Die Luft war warm, aber angenehm, sie war voll vom Geruch der Nadelbäume.

Er sah hinunter in das Tal, auf das Waldstück, in dem der alte Wagen verschwunden war. Schon glaubte er, die Furcht überwunden zu haben, als ihn die Frage überfiel, was er tun könne, wenn dieses Auto wieder auftauchen, wenn es aus dem Wald herausschießen und zurückkommen würde, durch die Kurve und den Abhang hinauf, sehr schnell dieses Mal, die Reifen schrien, der Motor dröhnte, immer lauter.

Er biß auf die Zähne. Es war doch ganz ausgeschlossen.

Er mußte diesen Alptraum loswerden.

Aber wie?

Wenn die Polizei die beiden Männer verhaften würde. Und das Mädchen. Vor seinen Augen. Wenn er sie in Handschellen sähe, ja, des Mordes an Sally beschuldigt und verhaftet.

Aber die Polizei hatte keine Ahnung. Und er konnte nicht zur Polizei gehen. Für die Polizei gab es nur einen Tatverdächtigen: Dr. Lauterbach, Wolfgang, so stand es auf dem Anmeldeformular in Pete's Bruchbude. Mr. Lauderbeck.

Plötzlich kam ihm der Gedanke, daß er sich an eine Vertretung der Bundesrepublik wenden könne. Vielleicht gab es in Atlanta einen Konsul. Er konnte zu ihm gehen, ihm sein Problem erklären und um Rechtsbeistand bitten. Und gemeinsam mit dem Konsul zur Polizei gehen. Oder mit einem Anwalt der Vertretung.

Ihm wurde heiß. Die Nacht in Pete's Motel würde aktenkundig werden. Wallraf würde fragen, was er sich dabei gedacht habe, in einer solchen Kaschemme abzusteigen. Und ob er glaube, damit dem Ansehen der Firma gerecht geworden zu sein. Ob er glaube, er sei nur auf Dienstreisen verpflichtet, in teuren Hotels zu wohnen. Und ob sein Gehalt es ihm nicht erlaube, auch im Urlaub sich eine angemessene Unterkunft auszuwählen.

Unmöglich. Ganz unmöglich.

Was blieb?

Er mußte sich darauf vorbereiten, diesen Fall, wenn es schiefging, allein durchzustehen.

Er schnaufte. Oh, verdammt. Welche Rechte hatte ein Tatverdächtiger im Staat Tennessee? Nein, in Georgia. Und welche in Alabama?

Er sah hinab in das Tal, in dem die Schatten immer länger wurden. Es hatte keinen Sinn, hier stehenzubleiben. Es war ebenso schlecht hierzubleiben wie weiterzufahren. Alabama war so gut wie Georgia oder Tennessee. Fremdes, feindliches Territorium.

Welche Art von Hüten trug die Autobahn-Polizei in Alabama? Breite, ausladende Ränder? Hochgeschlagene Ränder? Lasen sie dem Tatverdächtigen seine Rechte vor, bevor sie ihn in den Streifenwagen schoben? Behandelten sie ihn so, wie das Bundesgesetz es vorschrieb? Oder hatten sie ihre eigenen Spielregeln?

Stellten sie ihn ohne Umschweife ans Auto, Arme aufs Dach,

Beine gespreizt? Den Kopf runter, Freundchen, und dann die Hände, die um den Rücken herumgriffen, die Brust abklopften, die Hüften, die Beine hinunterfuhren, ein Klammergriff um den Oberarm, sie stießen ihn hinein in den Wagen, auf dessen Dach das Blaulicht kreiste, sein Scheitel schrammte unter dem Türrahmen hindurch, er spürte, daß die Kopfhaut aufplatzte, stechender Schmerz, einer dieser großen, dicken, schwitzenden Kerle in Stiefeln, den Colt an der Seite, den Hut in die Stirn gezogen, setzte sich neben ihn, die Sirene heulte auf, sie fuhren ab, der Schotter spritzte hoch.

Er fuhr sich übers Gesicht. Dann starrte er wieder in das Tal hinab, in dem die Dämmerung aus dem Wald, hinter den Gebüschen und Gehölzen hervorkroch. Es war Unsinn, aber irgendein Gefühl in ihm, das immer stärker wurde, sträubte sich gegen die Weiterfahrt.

Was sollte dieser Unsinn? War es nicht völlig gleich, ob er nach Alabama fuhr oder zurück nach Rome, Georgia? Diese Straße war so sicher und so unsicher wie jede andere. Hinter jeder Kurve konnte irgend etwas lauern, ein Hindernis, eine Gefahr, die er nicht vorausgesehen hatte. Die er nicht voraussehen konnte, wohin er auch fuhr.

Er schlug sich eine Weile mit seinen Argumenten herum, dann gab er es auf. Was immer sein Verstand ihm sagte: Er wollte nicht weiterfahren. Nicht in dieses dunkelnde Tal hinab.

Was also wollte er?

Er legte die Stirn auf das Wagendach, schloß die Augen.

Ihm wurde klar, was er wollte: In ein Hotelzimmer gehen, die Tür hinter sich verschließen. Hinter sich und Minnie. Er wollte mit Minnie in ein Hotelzimmer gehen. Die Vorhänge zuziehen, die Lampen einschalten, den Fernsehapparat. Die Schuhe abstreifen, sich aufs Bett strecken. Hören, wie sie lachte über die dummen Witze irgendeines Fernseh-Clowns. Hören, wie sie sagte: »Der war gut, was?« Die Augen schließen und sich einem leichten Schlaf hingeben. Sich tragen lassen von den Stimmen, der Musik irgendeiner Fernseh-Show.

Und dann und wann ihr Lachen hören. Sich geborgen fühlen in diesem Hotelzimmer. Die Tür verriegelt, die Vorhänge geschlossen.

Und Minnie. Minnie hörbar, spürbar.

Er richtete sich auf, beugte sich in den Wagen. Sie schlief noch immer. Die Lippen standen offen, die weißen Zähne leuchteten. Vorsichtig stieg er ein, legte die Fingerspitzen auf ihr Knie.

Sie schlug die Augen auf, sehr weit, ließ die Augäpfel rollen. Dann sah sie ihn an, lächelte. »Oh, Herr Jesus! Hab ich gepennt. Wo sind wir?«

»Noch nicht in Alabama.«

»Macht nichts.« Sie richtete sich auf, fuhr sich mit beiden Händen durchs Haar.

Er sagte: »Was hältst du davon, wenn wir nach Rome zurückfahren und uns ein Zimmer suchen? Ein schönes Zimmer. Wir ruhen uns ein bißchen aus, und dann essen wir zu Abend. Was hältst du davon?«

Sie sah ihn von der Seite an. Sie begann zu lachen. Plötzlich stieß sie ihm die kleine Faust vor den Oberarm: »Oh, Mann! Davon halte ich mächtig viel, das kannst du mir glauben!«

Als sie die Stadtgrenze von Rome erreichten, verlangsamte er das Tempo. Er fuhr an vier Motels vorbei, kehrte um und nahm das zweite. Es sah gut aus, aber es standen nur wenige Autos vor den Zimmern.

Er fuhr am Eingang zur Rezeption vor, zögerte, fuhr wieder an und stellte den Wagen auf den Parkplatz. Er fragte: »Hast du einen Ausweis?«

Sie schüttelte den Kopf.

Er sah sie an. »Und was jetzt?«

Sie sagte: »Brauchst du gar nicht. Du brauchst nur deinen Ausweis einzutragen. Und meinen Namen.«

»Das glaubst du doch selbst nicht.«

»Ganz bestimmt.« Sie nickte, mit großen Augen.

Er stieg aus. Er beugte sich wieder in den Wagen. »Wie heißt du mit Familiennamen?«

»Dysart.«

»D-y-s-a-r-t?«

Sie nickte.

»Und wann bist du geboren?«

»13. Januar 1964.«

»Wo?«

»Lebanon, Georgia.«

Er ging zur Rezeption, füllte die Anmeldung aus. Das Mädchen nahm den Zettel, ohne darauf zu schauen. Sie gab ihm den Zimmerschlüssel.

Er fuhr den Wagen vor den Eingang des Zimmers, trug

das Gepäck hinein. Sie schaute ins Bad, schaute in den Wandschrank, zog die Schubladen der Kommode auf. Sie sagte: »Briefpapier, hier, sieh mal. Das ist ein erstklassiges Motel, ich hab's gleich gesehen.« Sie fragte, ob sie baden dürfe.

Während sie badete, ging er hinaus und kaufte in einem Laden gegenüber Kartoffelchips, Schokolade, Kekse, eine große Flasche Cola und eine Flasche Bourbon. Das Abendessen bestellte er aufs Zimmer. Als der Kellner klopfte, ging sie ins Bad.

Nach dem Essen legte er sich aufs Bett. Sie richtete sich mit den Chips und der Schokolade und den Keksen und der Cola-Flasche im Sessel vor dem Fernsehapparat ein.

Er sagte: »Was ist mit deinem Bett? Willst du dich nicht auch langlegen? Das ist doch bequemer, oder?«

Sie lachte ihn an: »Mächtig gute Idee.« Sie brachte das ganze Zeug zum Nachttisch, baute es auf, änderte die Ordnung zweimal. Sie wollte die Tagesdecke vom Bett ziehen, zog sie halb herunter, hielt ein.

Er sagte: »Was ist denn?«

Sie sah ihn über die Schulter an, blickte dann auf die Tagesdecke. Sie sagte: »Ich lieg lieber auf dem Leintuch als auf der Tagesdecke.«

»Dann deck das Bett doch auf.«

»Aber dann muß ich die Jeans ausziehen. Ich kann mich doch nicht mit den Jeans aufs Leintuch legen.«

»Dann zieh sie doch aus.«

Sie lächelte ihn an. Er lächelte, sah auf den Bildschirm. Sie öffnete den Reißverschluß und streifte die Jeans hinunter. Sie warf sie auf den Sessel. Sie zog die Tagesdecke vom Bett, warf sie über die Jeans. Sie deckte das Bett auf, wollte hineinsteigen, zögerte. Sie kehrte um, faltete die Tagesdecke zusammen, nahm die Jeans und hängte sie in den Wandschrank.

Als sie zurückkam, sagte er: »Minnie, wenn du so weitermachst, wird doch noch was aus dir.«

Sie blieb zwischen den Betten stehen, auf den bloßen Füßen, den schlanken, dunklen Beinen. Sie griff ans Ohrläppchen, neigte den Kopf ein wenig zur Seite, sagte: »Glaubst du wirklich?«

Er lächelte, sah auf den Bildschirm: »Du machst Fortschritte.«

Sie sprang in ihr Bett, stopfte sich das Kissen unter den Kopf, schlug die Beine übereinander. Sie nahm eine Handvoll Chips. Nach einer Weile sagte sie: »Was ist denn mit dir? Wenn du in deinen Sachen einschläfst, wirst du frieren nachher.«

»Ja, ja.« Er raffte sich auf, ging ins Badezimmer, zog den Schlafanzug an. Er deckte sein Bett auf, goß einen Schluck Bourbon ein und legte sich ins Bett.

Als er wach wurde, war es dunkel. Sie hatte den Fernsehapparat ausgeschaltet, die Lampen gelöscht. Er hob den Kopf und lauschte. Sie sagte: »Gute Nacht, Wolfgang.«

»Gute Nacht, Minnie.« Er schlief sofort wieder ein.

14

Er wurde wach von einem Schrei. Er saß im Bett. Es war dunkel. Er spürte ihre Hand auf seiner Schulter, ihre Hand auf seinem Gesicht, die schlanken Finger strichen über seine Wange, seine Stirn, über sein Haar. Sie flüsterte: »Wolfgang, Wolfgang. Was ist denn?«

»Mach das Licht an.«

Sie schaltete die Bettlampe ein. Sie stand vor ihm, halb über ihn gebeugt. Riesengroße Augen. Die Lippen geöffnet, die weißen Zähne schimmerten. »Hast du schlecht geträumt?« Sie legte die Hand an seine Wange.

Er schob die Hand weg. »Was willst du denn?«

Sie richtete sich auf. Sie ließ die Arme hängen. Dieser grauweiße Slip war ihr über die Hüften gerutscht. Zwischen dem Slip und dem T-Shirt sah der straffe, kleine dunkle Bauch hervor, der Bauchnabel, der Rand des krausen Schamhaars.

Er sagte: »Mach, daß du ins Bett kommst. Was willst du denn?«

»Du hast so laut geschrien.«

»Mach, daß du in dein Bett kommst.«

Sie kroch ins Bett, legte sich auf den Rücken, zog die Decke hoch bis unters Kinn. Sie hielt den Kopf gerade, verdrehte die Augen zu ihm hinüber.

Er ließ sich zurücksinken.

Ihm wurde klar, was er den ganzen Tag verdrängt hatte. Er hätte es schon am Morgen sich eingestehen müssen, auf der Landstraße, bei diesem Restaurant hinter Holly Springs, als er die Polizei anrufen wollte und erkannte, daß er es nicht konnte, weil sie ihn für den Mörder Sallys halten mußten und weil sie ihm die Geschichte von den beiden Männern und dem Mädchen nicht abnehmen würden, wo waren sie denn, die beiden Männer und das Mädchen, wo war der große alte Wagen? Hatte er irgendeinen Beweis, den Fetzen eines Beweises?

Die Autonummer? Lächerlich, der Wagen war als gestohlen gemeldet, er war seither nicht mehr gesehen worden. Einen besseren Beweis haben sie nicht anzubieten, Mr. Lauderbeck?

Er erkannte, daß die Frage sich gar nicht stellte, ob er sich an die Polizei wenden konnte oder nicht. Nein, viel schlimmer: Er hatte gar keine Chance, der Polizei auszuweichen. Er hatte nicht die Spur einer Chance, der Polizei zu entgehen.

Sie hatten seinen Namen, nicht wahr? Sie hatten seinen Namen auf dem Meldezettel. Sie hatten nicht die Nummer seines Autos, richtig. Die Nummer, die er in Pete's Motel eingetragen hatte, war falsch, es gab sie gar nicht. Aber sie hatten seinen Namen, und sein Geburtsdatum hatten sie, den Geburtsort. Und seinen Wohnort.

Ein Kerl aus West-Deutschland. Irgendwo mußte er ja hereingekommen sein, dieser Kerl, der in Pete's Motel eine falsche Autonummer eingetragen hatte. Vielleicht war er mit dem Auto nach Tennessee gekommen. Aber vielleicht auch mit dem Flugzeug.

Sie hatten die Flughäfen angerufen. Den Flughafen Nashville. Und den von Chattanooga. Aber Nashville genügte ja schon.

Das Mädchen von der Fluggesellschaft hatte gefragt: »Dr. Lauterbach, Wolfgang?« Ja, den hatte sie. Mr. Lauderbeck war am Samstag, dem 29. August, in Nashville angekommen, mit dem Flug von New York, via Atlanta.

Hatte er auch einen Rückflug gebucht?

Den Rückflug, Moment. Ja, er hatte den Rückflug für Samstag, den 12. September gebucht. Abflug Nashville um 13.00 Uhr nach New York, La Guardia. Und dann am Nachmittag von New York, John F. Kennedy, um 17.15 Uhr zurück nach Frankfurt, West-Deutschland.

Sie würden im Flughafen von Nashville auf ihn warten, am Samstag um die Mittagszeit. Er legt seinen Flugschein auf die Theke, hebt den Koffer auf die Waage. Das Mädchen sieht auf den Flugschein. Sie hebt den Kopf und sieht über seine

Schulter, nickt. Und dann stehen sie neben ihm, aufgetaucht aus dem Nichts, zwei Männer, sie haben ihn in die Mitte genommen.

Mr. Lauderbeck?

Ja?

Sie sind verhaftet. Sie haben das Recht ...

Oder auch nicht. Er hat sie gar nicht kommen sehen, auf einmal drehen sie ihm die Arme auf den Rücken, ein unerträglicher Schmerz zerreißt ihm die Schultern, er schlägt mit dem Kopf auf die Theke, das Mädchen legt die Hand auf den Mund, sie hat die Augen weit aufgerissen, er hört die Handschellen, stählerne Zangen greifen nach seinen Knöcheln, und dann wird er herumgestoßen, sie schleppen ihn durch die Halle, vor dem Eingang taucht ein Streifenwagen auf, das Blaulicht fängt an zu kreisen, die Sirene läuft an, ein tiefer Baßton, der sich hochwinselt, und immer höher.

Er warf die Decke zurück, stand auf. Neben dem Bett blieb er stehen. Dann ging er ins Bad, ließ kaltes Wasser laufen, füllte ein Glas und trank es aus. Er starrte in den Spiegel.

Er hatte sie nicht kommen hören. Sie stand auf bloßen Füßen am Türrahmen, den Kopf ein wenig gesenkt, sah ihn mit großen Augen an. Sie strich sich über den nackten Schenkel. Sie sagte: »Wolfgang.«

»Was willst du denn?«

»Wolfgang, wenn du ein Problem hast ...« Die Zunge erschien, sie leckte die Lippen. »Vielleicht kann ich dir helfen?«

»Wer? Du? Mir helfen?«

Sie nickte.

Er begann zu lachen. Er sah sie an. »Du mir helfen. Das wäre schön, ja.« Er starrte in den Spiegel. »Das wäre zu schön, wenn du mir helfen könntest.«

»Versuch's doch. Sag mir doch, was du für ein Problem hast.«

Er ging an ihr vorbei, legte sich aufs Bett. Er verschränkte die Arme im Nacken, starrte die Decke an.

Sie kam hinter ihm her, stellte sich ans Fußende seines Betts. Sie kratzte sich den Bauch, sagte: »Wirst du verfolgt?«

Er hob den Kopf. »Wie kommst du denn darauf?«

Sie zuckte die Schulter.

Er richtete sich auf, stützte sich auf einen Ellbogen. »Du mußt doch wissen, warum du das fragst?«

»Ich hab gefragt, weil ich dich verstecken kann, wenn du verfolgt wirst.« Sie leckte sich die Lippen. »Sie werden dich nicht finden, darauf kannst du dich verlassen.«

»Verstecken? Wo?«

Sie kratzte sich die Wange. »Ich kenn ein Haus, nicht sehr weit von hier. Am Guntersville Lake, mitten im Wald. Weit und breit wohnt kein Schwein. Ein kleines Haus. Ich hab schon dran gedacht, als wir von Atlanta losfuhren.«

»Was für ein Haus?«

»Es gehört einem Mann aus Huntsville.« Ihr Blick glitt ab. Dann sagte sie: »Ich war schon mal da. Er fährt nur manchmal hin. Er ist jetzt bestimmt nicht da.«

»Und wie willst du da reinkommen? Du hast doch keinen Schlüssel, oder?«

Sie schüttelte den Kopf. »Hab ich nicht. Aber ich weiß, wie man reinkommt. Es ist ganz einfach.«

»Und was soll ich da tun, in diesem Haus?«

Sie beugte den Kopf vor, flüsterte: »Du kannst dich da verstecken, bis sie deine Spur verloren haben.«

Er ließ sich zurücksinken. »Sie werden meine Spur nicht verlieren, Minnie. Das ist es ja eben.« Er sah sie an. »Sie werden am Flughafen stehen, am Samstag in Nashville, und auf mich warten.«

Sie flüsterte, mit großen Augen: »Die Polizei?«

»Ja. Die Polizei.«

»Aber warum denn? Du hast doch nichts getan?«

»Nein. Ich hab nichts getan. Aber das nutzt mir gar nichts.«

Sie nickte. Sie hob den Zeigefinger, nickte und flüsterte mit großen Augen: »Ich weiß. Es ist ihnen egal, ob man was getan hat oder nicht. Wenn sie dich erst mal verfolgen, dann lassen sie nicht locker. Und wenn sie dich erwischen, dann drehen sie dir die Arme rum und schlagen dich so lange, bis du sagst, du hast was getan.«

Er hob den Kopf, sah sie an: »Red nicht solchen Unsinn. Sie verfolgen ja niemanden ohne Grund.«

»Aber du hast bestimmt nichts Böses getan.«

»Nein, nichts Böses.« Er ließ den Kopf sinken, starrte an die Decke. »Mein Pech ist nur, daß ich mitbekommen habe, wie andere etwas Böses getan haben.«

Sie flüsterte: »Was haben sie getan? Wer?« Plötzlich kam sie um das Fußende des Bettes herum. Sie kniete sich neben das

Bett, stützte die Arme auf. Sie streckte den Kopf vor, flüsterte weiter: »War es ein Mord?«

Er sah sie an. »Wie kommst du darauf?«

»Ich kann es mir denken.« Sie hob den Zeigefinger. »Die Polizei verfolgt dich, weil sie dir den Mord anhängen wollen, dann haben sie nämlich einen Schuldigen. Genau so haben sie's mit Wayne Williams gemacht.«

»Jetzt hör aber auf!« Er starrte sie an: »Willst du mich etwa mit diesem Mann vergleichen?«

Sie leckte die Lippen. Dann schüttelte sie den Kopf: »Ich meine ja nur, daß du ganz bestimmt unschuldig bist.«

»Bin ich, ja.« Er strich sich über die Stirn. »Aber die Polizei kann das nicht wissen. Und ich kann es nicht beweisen. Sie müssen glauben, daß ich der Täter bin. Verstehst du?«

Sie kratzte sich die Wange und sagte: »Warum müssen sie das glauben, um Himmelswillen?«

Er sah an die Decke. Nach einer Weile sagte er: »Ich hab am Freitag in einem Motel am Highway übernachtet. Südlich von Murfreesboro. Eine Bruchbude von Motel. Ich bin dageblieben, weil es in Strömen regnete, und weil ich nichts mehr sehen konnte im Dunkeln und bei diesem Regen, und weil ich nicht mehr weiterfahren wollte.«

Er erzählte ihr die ganze Geschichte. Dabei sah er sie nicht an, er sah an die Decke. Er erzählte stockend. Vor jedem Satz dachte er nach, versuchte sich genau zu erinnern. Er baute die ganze Geschichte für sich selbst noch einmal auf, prüfte jedes Detail.

Es tat ihm wohl, diese niederdrückende, ausweglose Geschichte endlich einem anderen Menschen erzählen zu können, sie ihm anzuvertrauen. Er versuchte, während er die Geschichte rekonstruierte, den Punkt zu finden, an dem er ansetzen, aus dem heraus er vielleicht doch noch den Ausweg aufbrechen konnte.

Und insgeheim glomm in ihm die Hoffnung, daß sie, daß dieses kleine, törichte Negermädchen vielleicht mehr erkennen würde als er selbst und daß sie ihm den Ausweg zeigen würde.

Als er zu Ende erzählt hatte, legte er die Hand über die Augen. Er wollte sie nicht ansehen. Er wartete angespannt.

Nach einer Weile hörte er sie sagen: »Da stimmt was nicht.«

Er sah sie an. »Was stimmt nicht?«

»An dieser Geschichte stimmt was nicht.«

»Was meinst du? Meinst du, ich hab dir was vorgemacht?«

»Nein. Das würdest du doch nicht tun.« Sie rieb sich die Stirn. »Aber an dieser Geschichte stimmt was nicht.«

»Nun red schon.«

»Sally.« Sie sah ihn an. »Dieser eine Kerl hat in dem Hotel in Chattanooga nach dir gefragt. Er hat deinen Namen gewußt.«

»Richtig.«

»Und du sagst, sie wußten deinen Namen von Sally. Sie hat ihnen deinen Namen gesagt, sagst du.«

»Natürlich. Woher sonst sollen sie meinen Namen gewußt haben? Den Neger, ich meine diesen Kerl in der Rezeption, haben sie ja bestimmt nicht danach gefragt. Sie wollten doch nicht noch einen Zeugen bekommen.«

Sie kratzte sich die Wange. Dann sagte sie: »Sally hat ihnen kein Wort von dir erzählt.«

»Wieso denn das nicht?«

»Weil sie sonst gewußt hätten, daß du nebenan wohnst, und nicht in Nummer elf. Sie wußte es doch, oder?«

Er starrte sie an. Nach einer Weile sagte er: »Vielleicht haben sie doch den Neger gefragt.« Er rieb sich die Schulter. »Vielleicht steckt er mit ihnen unter einer Decke.«

»Glaub ich nicht.«

»Warum nicht?«

»Dann hätte er ihnen doch gesagt, daß du in Nummer zwei wohnst, und nicht in Nummer elf.«

Er starrte sie an. Plötzlich stand er auf, ging ins Bad, trank ein Glas Wasser. Noch während er trank, trat er an die Tür. Sie kniete noch immer vor seinem Bett. Sie nagte an einem Fingernagel.

Er sagte: »Vielleicht hat sie ihnen nur meinen Namen gesagt. Und nicht, daß ich nebenan wohne.«

Sie sah ihn an. »Warum?«

Er fuhr sich durch die Haare. Er trank das Glas leer.

Sie sagte: »Warum sollte sie ihnen was von dir erzählen und ihnen deinen Namen sagen und nicht sagen, daß du nebenan wohnst?«

Er blieb eine Weile stehen, mit gesenktem Kopf. Dann stellte er das Glas ab, löschte das Licht im Bad. Er stieg ins Bett und legte sich auf den Rücken.

Er sah Sally. Er sah sie durch den Spalt der Tür, die er geöffnet hatte, als sie klopfte. Er sah sie vor sich stehen, das Whisky-

Glas in der Hand, an den Türrahmen gelehnt. Sie hatte Angst gehabt. Sie hatte große Angst gehabt.

Die Telefongespräche, nachdem er sie abgewiesen hatte. Vielleicht hatte sie gar nicht ihre Komplicen angerufen. Vielleicht hatte sie nur jemanden gesucht, bei dem sie bleiben konnte, der bei ihr bleiben würde, der ihr Schutz gewähren würde während der Nacht.

Schutz vor ihren Komplicen.

Er sah sie, wie sie nach dem ersten Telefongespräch hinüber ging zum anderen Ende des Winkelbaus. Unsichere Schritte. Das Glas in der Hand. Und in der anderen Hand die große Tasche.

Sie war im Halbdunkel hinter seinem Auto verschwunden.

Was war in der großen Tasche gewesen?

Hatte sie die Tasche noch mit sich getragen, als sie zurückkam?

Er konnte sich nicht erinnern.

Was war in der Tasche gewesen?

Die Beute.

Ja. Es war alles ganz klar.

Sie hatten ihr nach dem Banküberfall die Beute anvertraut. Vielleicht rechneten sie mit einer Hausdurchsuchung, die beiden Männer. Und das Mädchen. Sie waren vorbestraft, aber Sally war für die Polizei vielleicht ein unbeschriebenes Blatt gewesen. Deshalb hatten sie ihr die Beute anvertraut. Sie sollte damit untertauchen, an einem vereinbarten Ort, und warten, bis das Aufsehen sich gelegt hatte.

Aber Sally hatte es sich anders überlegt. Sie hatte die Beute für sich allein haben wollen. Einhundertzehntausend Dollar. Ein neues Leben. Sie war mit der Beute durchgegangen. Am Freitagabend war sie in Pete's Motel untergekrochen. Und dann war ihre Angst immer größer geworden.

Sie hatte ihre Angst nicht mehr ausgehalten, die Einsamkeit. Und deshalb hatte sie so verzweifelt jemanden gesucht, an dem sie sich ein bißchen festhalten konnte. Sie hatte geahnt, daß ihre Komplicen auf dem Weg waren.

Ja, und dann war sie in ihrer Verzweiflung auf den Gedanken gekommen, die Beute zu verstecken. Sie hatte gedacht, sie würden ihr nichts tun, wenn sie das Geld versteckte. Denn dann konnten sie es nur mit ihrer Hilfe finden. Sie brauchten sie, um an das Geld zu kommen.

Sie hatte die Tasche aus ihrem Apartment hinausgetragen. Sie war mit der Tasche hinübergegangen zum anderen Ende des Winkelbaus. Sie war im Halbdunkel hinter Lauterbachs Auto verschwunden.

Ja. Natürlich. So mußte es gewesen sein.

Sie hatte die Beute in dem Apartment versteckt, vor dem sein Auto stand. In Nummer elf. Wahrscheinlich hatte sie den Schlüssel aus der Rezeption geholt, der Neger schlief in seinem Verschlag. Dieses Apartment war ein gutes Versteck, es schien bewohnt, das Auto stand vor der Tür. Ihre Komplicen würden nicht auf den Gedanken kommen, die Beute ausgerechnet in diesem Apartment zu suchen.

Ja. Und deshalb hatte sie ihnen verschwiegen, daß er nebenan wohnte, und nicht in Nummer elf. Sie hatte ihnen seinen Namen gesagt, aber nicht, daß er nebenan wohnte.

Es war alles ganz klar.

Er richtete sich auf. Sie löste den Finger von den Zähnen, sah ihn an: »Hast du etwas herausgefunden?«

Die Beute.

Lag sie noch immer in diesem Apartment?

Unter dem Bodenbrett des Wandschranks. In der untersten Schublade der Kommode, die nie geöffnet wurde. Hinter dem Heizkörper im Bad. Unter der Matratze, ein flaches Bündel Geldscheine neben dem anderen.

War das der Punkt, an dem er ansetzen, an dem er sich den Ausweg aufbrechen konnte?

Zur Polizei gehen. Der Polizei sagen: »Durchsuchen Sie dieses Apartment Nummer elf. Wahrscheinlich werden Sie die Beute des Bankraubs finden. Sehr wahrscheinlich. Ich will Ihnen sagen, warum.« Er würde ihnen die ganze Geschichte erzählen, so wie er sie jetzt durchschaute. Die Geschichte war logisch.

Er rieb sich die Stirn. Konnten sie nicht sagen, er selbst hätte die Beute in Nummer elf versteckt?

Nein, das konnten sie nicht. Das wäre nicht logisch gewesen. Wäre es logisch gewesen, Sally zu erschlagen, ihr die Beute abzunehmen, und dann die Beute ebenso wie die Leiche in Pete's Motel zu hinterlassen? Es wäre ganz widersinnig gewesen.

Nein. Wenn er ihnen den Weg zu der Beute wies, wenn sie die Beute fanden, dann hatte er ihnen den Beweis geliefert, daß seine Geschichte stimmte.

Plötzlich hielt er den Atem an.

Und was war, wenn sie die Beute nicht fanden?

Wenn Sally sie nicht in diesem Apartment versteckt hatte? Oder wenn der Neger sie gefunden und beiseitegeschafft hatte? Oder die Verfolger? Vielleicht waren sie gar nicht mehr hinter ihm her. Vielleicht hatten sie die Jagd abgebrochen, weil ihnen der gleiche Gedanke gekommen war wie ihm. Sie waren zu Pete's Motel zurückgekehrt und hatten die Beute gefunden.

Er stand auf, ging ein paarmal auf und ab.

Wenn die Polizei die Beute nicht fand, war seine Lage aussichtslos.

Er ging zum Fenster, wollte den Vorhang anheben und hinaussehen, ließ den Vorhang fallen, als hätte er sich verbrannt. Er sah sie an.

Sie sagte: »Ich hab was herausgefunden.«

Er ging zum Sessel, setzte sich. »Was?«

»Das Geld.«

»Was meinst du?«

»Wo ist das Geld? Das Geld, das sie in der Bank gestohlen haben?«

Er starrte sie an. »Wo soll es sein? Woher soll ich das wissen?«

»Warum haben sie Sally totgeschlagen?« Sie hob den Zeigefinger: »Ich glaube, daß Sally das Geld gehabt hat. Sie wollte es nicht herausrücken, sie hat es versteckt. Ich hätte das Geld versteckt, wenn sie es mir gegeben hätten. Ich hätte gesagt, ich hab's verloren. Oder es ist mir gestohlen worden. Aber dann haben sie ihr eine geschmiert, weil sie nicht sagen wollte, wo das Geld war. Und dann war sie tot. Und jetzt sind sie hinter dir her, weil sie glauben, du hast das Geld.«

Er starrte sie an. Sie streckte den Kopf vor, nickte, mit großen Augen, während sie weitersprach: »Ganz bestimmt, Wolfgang, ich hab so was schon oft gesehen, im Fernsehen. Das passiert oft bei einem Bankraub. Einer haut mit dem Geld ab, und die anderen nichts wie hinter ihm her. Und manchmal verfolgen sie auch einen, der das Geld gar nicht hat. Sie glauben's bloß, aber das Geld liegt in einem Versteck.« Sie nickte, nachdrücklich.

Dann stand sie auf, setzte sich auf den Rand ihres Betts, suchte einen Keks aus, betrachtete ihn und steckte ihn in den

Mund. Sie mahlte den Keks. »Ich glaube, daß sie es in diesem Motel versteckt hat. Nicht in ihrem Apartment, das wär ja blöd gewesen. Aber irgendwo sonst. Sie ist mit dem Geld abgehauen, und als es ihr zu brenzlig wurde, hat sie das Geld versteckt.« Sie sah ihn an: »Vielleicht in einem anderen Apartment in diesem Motel.« Sie wischte sich einen Krümel von der Lippe, leckte den Finger ab.

Er ließ sie nicht aus den Augen. »Und?«

»Wenn du das Geld finden könntest. Dann könntest du damit zur Polizei gehen. Und dann würden sie dir glauben. Denn du wärst ja nicht so blöd, erst Sally totzuschlagen und ihr das Geld abzunehmen und dann mit dem Geld zur Polizei zu gehen.«

Er rieb sich die Stirn.

Sie sagte: »Du mußt noch mal in dieses Motel gehen. Du mußt das Geld suchen. Es ist ganz bestimmt da. Du mußt nur das Versteck finden.«

»Bist du wahnsinnig? Ich kann mich doch in diesem Motel nicht mehr blicken lassen. Der Neger würde sofort die Polizei anrufen. So beschränkt ist der Kerl nicht, daß er mich nicht wiedererkennt.«

Sie sah ihn an, mit großen Augen. Sie kratzte sich auf dem Kopf, nickte. Sie griff nach der Keksschachtel, ohne hinzusehen, steckte einen Keks in den Mund. Plötzlich hörte sie auf zu kauen. »Aber mich kennt er nicht.«

Er starrte sie an.

»Ich könnte da hingehen. Ich könnte ein Zimmer nehmen, und in der Nacht könnte ich nach dem Geld suchen.«

Er sagte: »Und wie willst du das machen? Willst du da einbrechen?«

»Was heißt denn einbrechen? Ich würde doch nur nach dem Geld suchen.«

»Und wenn du es finden würdest, würdest du damit abhauen, nicht wahr?«

Sie sah ihn an, mit großen Augen. Sie schüttelte heftig den Kopf: »Ich würde doch nicht mit dem Geld abhauen. Wenn ich mit dem Geld abhaue, dann kommst du doch nie mehr raus aus dieser Geschichte.«

Er stand auf, ging zu seinem Bett, blieb stehen.

Sie sagte: »Du kannst ja in der Nähe bleiben und auf mich aufpassen.«

Er sah sie an.

»Ich werd nicht abhauen. Ganz bestimmt nicht, Wolfgang.«

Er legte sich aufs Bett, legte die Hand über die Augen.

Sie sagte: »Du kannst es dir ja überlegen.«

Er stieß die Luft durch die Nase. »Überlegen. Ich hab keine Zeit zu überlegen. Sie sind hinter mir her, verstehst du das nicht? Und wenn sie mich schnappen, dann gibt es nichts mehr zu überlegen.«

»Wir können uns doch am Guntersville Lake verstecken, in diesem Haus. Da kannst du in aller Ruhe überlegen.«

Er nahm die Hand von den Augen, sah an die Decke. Nach einer Weile richtete er sich auf: »Bist du sicher, daß dieser Mann nicht in dem Haus ist?«

Sie nickte: »Ich kann ja anrufen, wenn du willst. Wenn er da ist, wird er sich melden.«

»Ruf an.«

Sie kniete sich vor das Telefon, begann zu wählen, bewegte stumm die Lippen.

Er ließ sich zurücksinken. Er hörte das Weckzeichen. Sie nickte, dann hielt sie ihm den Hörer hin: »Hörst du? Niemand da.«

Er sah auf die Uhr. Es war halb fünf. Er sah sie an. »Kannst du jetzt noch schlafen?«

Sie schüttelte den Kopf.

Er stand auf. »Komm. Wir fahren.«

15

Sie kamen an im Morgengrauen. Hinter Fort Payne hatten sie ein Restaurant gefunden, das schon geöffnet war, rote Fenster in der Dunkelheit. Sie hatten gefrühstückt, hastig. Er hatte ein paar Sandwichs einpacken lassen. Als sie den See erreichten, war das Wasser noch schwarz gewesen. Erst auf der schmalen Straße, die am Ufer entlang nach Süden führte, war ein Streifen matten Lichts hinter den Bäumen erschienen.

Das Haus lag auf einem dicht bewaldeten Abhang. Der Wagen ächzte, als sie den schmalen, zerfurchten Weg hinauffuhren. Er wäre an dem Haus vorbeigefahren, wenn sie nicht gesagt hätte: »Hier, hier! Du mußt abbiegen.«

»Wohin denn abbiegen?«

»Hinter dieses Gebüsch. Es ist kein Weg, es ist nur eine Wiese.«

Er bog ein, hielt und stieg aus, sah um sich. Es roch frisch und würzig. Vogelstimmen.

Das Haus war sehr klein, aus dunklen, rohen Stämmen zusammengefügt. An der Stirnseite die Eingangstür, darüber im Dachwinkel ein kleines Fenster, Morgenglanz auf den Scheiben. An der Seite, unter dem tiefsitzenden Dach, eine Reihe von Fensterläden, geschlossen.

Sie hatte ihre Tasche umgehängt, ging um das Haus herum. Sie hob die Füße hoch, ging langsam. Zweige knackten. Sie verschwand hinter der Ecke.

Er reckte sich.

Er hörte ein scharfes Krachen. Dann ein Klirren. Er ließ die Arme sinken, hielt den Atem an.

Einer der Fensterläden öffnete sich knarrend. Sie sah heraus, winkte ihm: »Du mußt durchs Fenster steigen. Ich bekomm die Tür nicht auf.«

Er ging zu ihr. »Wie bist du hereingekommen? Hast du einen Laden aufgebrochen?«

Sie nickte. »Den am Küchenfenster. Es war ganz einfach. Der Riegel saß nicht mehr fest.«

»Und dann hast du die Scheibe eingeschlagen?«

»Nur eine von den kleinen im Küchenfenster. Das ist nicht schlimm. Er hat noch solche Scheiben im Schuppen.«

Er starrte sie an. »Weißt du, daß das ein Einbruch ist?«

»Es weiß doch keiner, daß wir das waren.«

Er holte den Koffer und die Reisetasche, reichte sie ihr hinein, stieg durchs Fenster. Es roch muffig und feucht.

Ein Wohnzimmer, Ledersessel, ein kleines Ledersofa im Dämmerlicht. Ein Kamin, graue Asche. Eine Holztreppe hinauf zu einer Empore, auf der ein Kleiderschrank und ein breites Bett standen. Im Hintergrund des Wohnraums zwei Türen, Küche und Bad.

Er ging in die Küche, sah sich den Riegel des Fensterladens an. Die Schrauben waren herausgerissen.

»Wie hast du das gemacht?«

»Ich hab ein Brett genommen, das vor dem Schuppen lag. Ich wußte, daß die Schrauben nicht mehr fest saßen. Das Holz ist morsch, siehst du.«

»Hast du so etwas schon einmal gemacht?«

Sie schüttelte den Kopf.

Er zog den Fensterladen an. Er ging ins Wohnzimmer, setzte sich in einen Sessel. Sie kam hinter ihm her, setzte sich in den anderen Sessel. Sie lehnte sich nicht zurück. Sie saß auf der Sesselkante, die Arme zwischen den Schenkeln.

Er schloß die Augen.

Sie sagte: »Denkst du schon nach?«

Er öffnete die Augen. »Was meinst du?«

»Überlegst du schon, wie du es machen willst? Das Geld, meine ich.«

Er stand auf, ging ans Fenster, sah hinaus. Wenn jemand über den Weg kam, mußte er den Wagen sehen. Er stieg hinaus, fuhr den Wagen hinter das Haus. Er stieg zurück durchs Fenster, schloß den Laden.

Sie rief von der Empore: »Ich hab mich hingelegt, Wolfgang. Mir war kalt.«

»Ja, ja.« Er tastete im Halbdunkel nach dem Sessel, setzte sich. Als er das kalte Leder spürte, fröstelte er. Er sah die dünnen Streifen des Lichts, das durch die Fugen der Läden fiel.

Irgendwo im Haus knackte etwas. Er sah sich um, hielt den Atem an, atmete dann aus. Das alte Holz, es arbeitete.

Sie rief: »Ist dir nicht kalt?«

Er gab keine Antwort. Er stand auf, nahm eins der Sandwichs aus der Tüte. Er setzte sich in den Sessel und aß das Sandwich, kaute langsam. Er spürte, wie die Müdigkeit sich auf seine Augenlider senkte.

Es war keine Zeit zu verlieren. Die Beute konnte jederzeit gefunden werden. Sallys Komplicen. Oder der Neger. Oder irgendein Gast des Motels.

Aber es würde nichts nutzen, jetzt schon loszufahren. Er sah auf die Uhr. Es war noch nicht einmal sieben, der Tag hatte eben erst begonnen. Bevor die Nacht gekommen war, war nichts zu machen.

Von Chattanooga waren es vielleicht noch hundert Meilen. Alles in allem waren es höchstens 160 Meilen. Das war in ungefähr drei Stunden zu schaffen. Er konnte warten, bis es dunkel wurde. Es hatte keinen Sinn, vor sieben am Abend loszufahren.

Er schloß die Augen. Dann lehnte er sich zurück, aber das kalte Leder des Sessels ließ ihn schaudern, er beugte sich wieder vor. Er starrte in das Halbdunkel. Nach einer Weile stand er auf, tastete sich zu der Holztreppe und stieg empor.

Sie lag auf dem Rücken, in eine Wolldecke eingewickelt. Ihre Augen schimmerten. Sie sagte: »Da liegt noch eine Decke. Er hat die Leintücher mitgenommen, aber diese Decken sind ganz dick. Wenn dir zu kalt ist, kannst du meine auch noch haben.«

Er zog die Schuhe aus. Er zögerte einen Augenblick, dann zog er auch die Jeans und das Hemd aus, hängte sie über einen Stuhl. Er wickelte sich in die Decke ein und ließ sich auf dem Bett nieder. Sie rückte ein wenig zur Seite. Er streckte sich auf dem Rücken aus.

Die Decke war kalt. Er schauderte. Sie hob den Kopf, sah ihn an, ließ den Kopf wieder sinken. Plötzlich rückte sie an ihn heran. Er wollte sie wegschieben, aber er spürte die Wärme ihres Körpers. Er blieb regungslos liegen. Nach einer Weile drehte sie sich vorsichtig auf die Seite. Sie öffnete ihre Decke, zog sie über ihn, stopfte sie fest. Sie schob ihr Bein über seinen Schoß. Sie ließ ihren Arm auf seiner Brust ruhen. Er spürte ihre Wärme in sich eindringen. Er schloß die Augen. Er schlief ein.

Sie schliefen bis in den Nachmittag hinein. Es wurde warm unter dem Holzdach. Sie stießen im Halbschlaf die Decken mit den Füßen vom Bett. Er wurde ein paarmal wach, schob das dunkle, nackte Bein von sich, den mageren Arm, rückte ab von dem festen Gesäß, das sich in seine Seite, an seinen Bauch drückte. Aber jedesmal schloß er auch wieder die Augen, überließ sich dem bleiernen Schlaf. Das Problem, das es zu lösen galt, meldete sich jedesmal, wenn er aus dem Schlaf auftauchte. Aber er schob es immer wieder beiseite.

Irgendwann fand er den Platz neben sich leer. Er blieb eine Weile auf dem Rücken liegen, starrte an die Decke. Dann stand er auf. Die Dielen der Empore knackten.

Sie rief von unten: »Wolfgang?«

»Ja?«

»Ich wollte dich gerade wecken. Weißt du, was ich gefunden habe?«

»Was denn?«

»Kaffee. Er ist fertig. Du kannst runterkommen.«

Sie hatte die Fensterläden geöffnet. Er sagte: »Willst du unbedingt, daß uns jemand findet?«

Sie sagte: »Hier findet uns keiner. Hier kommt keiner vorbei. Und wenn einer kommt, wird er denken, der Mann ist hier.«

Sie aßen die Sandwichs. Der Kaffee schmeckte scheußlich.

Sie kaute, schob ein Salatblatt mit den Fingern nach. Sie sagte: »Hast du nachgedacht?«

Er kaute stumm. Er versuchte, einen klaren Gedankenzu fassen, aber es gelang ihm nicht. Er fühlte sich wie betäubt. »Funktioniert die Dusche?«

Sie nickte. »Ich hab das Wasser schon aufgedreht. Für den Kaffee. Und ich hab die Dusche ausprobiert. Sie läuft. Man muß einen Hahn aufdrehen, sonst läuft das Wasser nicht. Ich hab den Hahn gefunden.«

Er ging unter die Dusche, stand da mit gesenktem Kopf, schwankte ein wenig. Sein Kopf wurde allmählich klarer. Das warme Wasser tat ihm gut.

Er hörte sie rufen. »Wolfgang! Ich kann kein Handtuch finden. Er hat sie alle mitgenommen.«

Er sagte: »Verdammt.« Er überlegte eine Weile. Dann rief er: »Schau in meinem Koffer nach. Bring mir eins von den T-Shirts. Das blaue!«

»Sofort.«

»Moment mal!«

»Ja?«

»Und bring mir die dunkelblauen Jeans. Und das blaue Wollhemd. Und Unterwäsche. Und ein Paar von den weißen Socken. Nein, von den blauen!«

»Kommt sofort.«

»Aber wirf mir nicht die ganzen Sachen durcheinander!«

Nach einer Weile hörte er sie sagen: »Alles hier.«

Er duschte sich kalt ab. Als er den Vorhang beiseiteschob, stand sie vor ihm, die Sachen auf dem Arm.

Er sagte: »Was soll das? Leg die Sachen auf die Toilette.« Er blieb in der Dusche stehen. Sie legte die Sachen ab, streifte ihn mit einem Seitenblick und ging hinaus.

Als er vor den Spiegel trat, um sich zu rasieren, schaute sie herein: »Kann ich auch noch duschen?«

»Von mir aus.«

Sie kam sofort herein, zog das T-Shirt über den Kopf, streifte den Slip herunter.

Er sagte: »Was soll das? Kannst du nicht warten, bis ich fertig bin?«

Sie stand da, nackt, aufrecht, den Slip in einer Hand, die Schultern ein wenig zurückgenommen. Die dunkle Haut schimmerte. Es gab nicht eine Unreinheit in dieser Haut, keinen Fleck, keine Schrunde, sie war glatt wie ein feingesponnener, dunkler, glänzender Stoff.

Sie sagte: »Ich dachte, wir haben nicht mehr viel Zeit.«

Er sah in den Spiegel. »Mach schon, daß du unter die Dusche kommst.«

Sie sagte: »Darf ich dein Shampoo noch mal haben?«

»Ja, meinetwegen, nimm es dir. Und dann verschwinde endlich.«

Unter der Dusche fing sie an zu singen. *Take the ribbon from your hair. Shake it loose and let it fall.* Sie sang eine Zeile, dann machte sie eine Pause. Die nächste Zeile. Und wieder eine Pause.

Er rief: »Warum singst du nicht weiter?«

»Gefällt es dir?«

»Ja.«

»Kennst du es nicht?«

»Nein.«

»Du kennst es bestimmt. Den Schluß kennst du ganz bestimmt. Es ist von Kris Kristofferson.« Sie sang.

Yesterday is dead and gone,
And tomorrow's out of sight;
And it's sad to be alone;
Help me make it through the night.

Sie schob den Vorhang zur Seite, sah hinaus. »Das ist gut, was?« Ihre Haare lagen wie ein enger, glänzender schwarzer Helm um ihren Kopf.

»Ja, es ist gut.«

Sie ließ den Vorhang offen. Sie griff nach dem Shampoo, füllte die hohle Hand, rieb sich den Kopf ein. Sie sagte: »Du hast doch gesagt, du kennst Kris Kristofferson?«

»Ja, ich kenne ihn, aber er hat mir nicht dieses Lied vorgesungen. Und jetzt mach endlich voran. Und zieh den Vorhang zu. Du machst den ganzen Boden naß.«

Nachdem er seinen Koffer gepackt hatte, setzte er sich in den Sessel. Er legte die Hände in den Nacken, schloß die Augen. Er hörte sie kommen. Die Schritte der nackten, schlanken, dunklen Füße hörte er nicht, aber die Dielen knarrten.

Er öffnete die Augen. Sie saß in dem Sessel gegenüber. Sie

sah ihn an und sagte: »Wolfgang, laß mich das machen. Es ist zu gefährlich für dich.«

Er sagte: »Wir brauchen einen Dietrich.«

»Einen Dietrich?«

»Ja. Oder willst du die Türen in diesem Motel aufbrechen? Das wirst du nicht schaffen.«

Sie fing an zu lächeln. Sie stand auf, kam zu ihm, kniete sich vor ihm hin. Sie legte die Arme auf seine Schenkel, sah ihn an, mit großen Augen: »Du läßt es mich machen, ja? Ich werd aufpassen, Wolfgang. Sie werden mich ganz bestimmt nicht schnappen. Und ich werd nicht mit dem Geld abhauen, du wirst es sehen. Ich werd das Geld finden, verlaß dich drauf. Du läßt es mich machen, nicht wahr?«

Er sagte: »Wir können es ja versuchen.«

»Oh, Mann. Ich werd das Geld finden, ganz bestimmt.« Sie faßte seinen Schenkel mit der Hand, drückte die Finger fest zusammen.

»Laß das.«

Sie sagte: »Ich hab's nicht bös gemeint. Ich freu mich nur so.«

Er sagte: »Wo können wir einen Dietrich bekommen? Kennst du irgendeinen Laden hier? Einen Eisenwarenhandel?«

Sie begann an ihrem Fingernagel zu nagen. Sie schüttelte den Kopf. »Hier in der Nähe bestimmt nicht. Vielleicht in Guntersville. Oder in Fort Payne.«

Er sagte: »Ja, vielleicht in Fort Payne.«

»Aber was werden die Leute denken, wenn du einen Dietrich kaufst?«

»Das frag ich mich auch.«

»Laß mich ihn kaufen.«

»Meinst du, das wäre weniger auffällig?«

Sie nagte an dem Fingernagel. Plötzlich ließ sie die Hand sinken: »Ich weiß was Besseres.«

»Was?«

»Wir können hier im Schuppen nachsehen. Da ist eine Menge Werkzeug.«

»Wie willst du in den Schuppen hineinkommen?«

Sie sah ihn an.

Er sagte: »Willst du etwa auch den Schuppen aufbrechen?«

»Da ist nicht viel aufzubrechen. Da ist ja nur ein Riegel drauf mit einem Vorhängeschloß. Der Riegel sitzt ziemlich locker. Alte Schrauben.«

Er schwieg.

Sie sagte: »Soll ich mal nachsehen?«

Er sah sie an.

Sie stand auf, öffnete das Fenster, stieg hinaus.

Er blieb im Sessel sitzen, lauschte. Er war sich nicht sicher, aber er glaubte, ein dumpfes Krachen zu hören. Dann wieder Stille.

Er rieb sich über die Stirn, betrachtete die Hand. Die Finger waren feucht.

Er schrak zusammen, als sie am Fenster erschien. Sie winkte ihm: »Komm mal. Da sind ein paar solcher Haken. Ich weiß nicht, ob es Dietriche sind.«

Er stieg aus dem Fenster, ging hinter ihr her. Die Tür des Schuppens stand offen. Der Riegel hing herunter.

»Wie hast du das gemacht?«

Sie zeigte auf ein langes Brett, das vor dem Schuppen lag. »Es war ganz einfach. Es hat genau in den Spalt gepaßt. Ich hab nur zweimal ziehen müssen.«

Über der Werkbank hingen an einem Drahtring vier Haken, rechtwinklig gebogen, verschieden groß. Sie sagte: »In der Schublade sind noch andere. Wenn wir suchen, finden wir vielleicht noch mehr.«

»Nein, nein, laß nur.« Er nahm zwei der vier Haken, nahm dann auch noch die beiden anderen.

Sie sagte: »Sind das Dietriche?«

»Ich weiß nicht. Ich hab so ein Ding noch nie in der Hand gehabt. Wir werden sehen.«

Vor dem Schuppen blieb er stehen. »Drück die Tür an. Und setz den Riegel wieder drauf.«

»Warum denn? Er muß das sowieso reparieren.«

»Das spielt doch keine Rolle.« Sie drückte die Tür an. Er sagte. »Der nächste, der hier vorbeikommt, soll jedenfalls nicht sofort sehen, daß alles offensteht.«

Sie stiegen durchs Fenster wieder ins Haus. Er blieb stehen, sah sich um. »Nimm dir einen Lappen und wisch alles ab, was wir angefaßt haben.«

Sie sah ihn mit großen Augen an: »Fingerabdrücke?«

»Tu, was ich dir sage.«

Sie ging in die Küche. »Er wird bestimmt nicht die Polizei rufen. Doch nicht wegen der Fensterscheibe. Und wegen dieser alten Riegel.«

»Tu, was ich dir sage.«

Er ging hinter ihr her und sah ihr zu. Sie wischte hier ein bißchen, langsam, und dann da, blieb stehen, sah sich unschlüssig um, sah ihn an. Er nahm ihr den Lappen ab und begann zu wischen. Er ging ins Bad und wischte alles ab, sogar die Kachelwand der Dusche. Er stieg auf die Empore, wischte die Kanten des Betts ab, den Stuhl. Er stieg wieder hinunter, sah sich um. Die Sessel. Er warf ihr den Lappen zu: »Wisch die Sessel ab. Das wirst du ja wohl können.«

Er zog die Läden des Wohnzimmers zu, sagte ihr, sie solle die Riegel abwischen.

Sie stiegen durchs Küchenfenster hinaus. Er sagte: »Drück den Laden an.« Sie drückte den Laden an. Sie hob die Hände, sah auf ihre Finger. Er sagte: »Auf dem Holz gibt es keine Abdrücke.« Er zögerte. Dann nahm er sein Taschentuch und rieb den Laden ab.

Gegen sieben erreichten sie auf dem Weg nach Fort Payne eine kleine Ortschaft an einer Straßenkreuzung. Es wurde schon dunkel. Schwarze Regenwolken waren aufgezogen. Er sah die Lichter eines Restaurants. »Hast du Hunger?«

»Mächtig.«

Er bestellte Steaks und Salat. Sie schnitt das Fleisch in kleine Stücke, legte das Messer ab und spießte das Fleisch Stück um Stück auf die Gabel. Sobald sie ein Stück in den Mund geschoben hatte, spießte sie das nächste auf, hielt es hoch, während sie kaute. Sie lächelte ihn an.

Er sah auf die Uhr. »Paß auf. Wir werden ungefähr um halb elf da sein. Diese Bruchbude liegt auf einer Anhöhe. Die Straße führt durch eine Schlucht hinauf, durch dichten Wald.«

Sie hörte auf zu kauen, sah ihn gespannt an.

»Ich werde dich am Waldrand absetzen. Ich werde den Wagen im Wald abstellen und hinter dir herkommen. Ein Stück jedenfalls.«

Sie nickte, mit großen Augen.

»Für den Fall, daß du in Schwierigkeiten kommen solltest.« Er sah sie an. »Ich werde jedenfalls sehr nahe bei dem Motel bleiben. Verstehst du?«

Sie nickte.

Er räusperte sich. »Du gehst in die Rezeption und läßt dir ein Zimmer geben. Wenn der Kerl schon pennt, klopfst du ihn heraus. Du sagst, es hat dich jemand abgesetzt, der weiterfahren wollte.«

Er zog sein Portemonnaie heraus, nahm einen Zwanzig-Dollar-Schein. Er sah um sich, schob ihr den Schein über den Tisch. »Steck das weg. Das Zimmer kostet vierzehn fünfundneunzig.«

Sie steckte den Schein in die Tasche, dann sagte sie: »Und wenn er nichts hört oder nicht aufmacht?«

Er starrte sie an. Nach einer Weile sagte er: »Unterbrich mich nicht. Laß mich ausreden.«

Sie nickte.

»Du gehst auf dein Zimmer und wartest. Du wartest, bis er die Lampen unter dem Vordach ausgeschaltet hat, und danach wartest du noch eine Stunde.« Er griff in die Tasche seiner Jakke, holte den Reisewecker hervor, zeigte ihn ihr. »Ich werde dir meinen Wecker geben. Kannst du ihn einstellen?«

Sie nickte wieder.

Er steckte den Wecker in die Tasche. »Sobald er die Lampen unter dem Vordach ausgeschaltet hat, stellst du den Wekker ein, auf eine Stunde später. Und sobald der Wecker klingelt, fängst du an.«

Sie begann zu kauen, langsam, sah ihn unverwandt an.

Er sagte: »Vergiß nicht, deine Tasche mitzunehmen.« Er räusperte sich. »Du gehst zu Apartment elf.«

»Apartment elf?«

»Ja. Ich nehme an, daß sie das Geld in Nummer elf versteckt hat. Du mußt diese Haken ausprobieren. Ich hoffe, daß du mit irgendeinem die Tür aufbekommst. Du mußt sie ins Schloß stecken und drehen, wie einen Schlüssel. Wenn der Haken nicht faßt, mußt du ihn ein bißchen weiterschieben. Oder ein bißchen zurückziehen. Du mußt es ausprobieren.«

Sie beugte sich vor, flüsterte: »Wenn ich die Tür nicht aufbekomme, gehe ich durchs Fenster rein.«

Er sagte unterdrückt: »Bist du wahnsinnig? Du darfst keinen Lärm machen, hörst du?«

Sie schüttelte den Kopf, flüsterte: »Das macht nicht viel Lärm. Man muß die Scheibe eindrücken. Ich weiß, wie man das macht.«

Er wischte sich über die Stirn. »Du versuchst es auf jeden Fall zuerst mit den Haken, verstehst du?«

Sie nickte.

Er schnitt ein Stück von seinem Steak ab, kaute. »Du darfst natürlich kein Licht machen in dem Apartment. Du mußt im

Dunkeln suchen. Du mußt alles absuchen. Sie kann es zum Beispiel unter dem Bodenbrett im Wandschrank versteckt haben. Oder hinter dem Heizkörper im Bad. Oder unter der Matratze. Oder in der Kommode. Du mußt alle Schubladen untersuchen, bis hinten ans Ende.«

Sie flüsterte: »Ich werd's schon finden. Du kannst dich drauf verlassen.«

Er trank, wischte sich die Stirn. Sie steckte ein Stück Fleisch in den Mund. Plötzlich hörte sie auf zu kauen. Ihre Augen wurden groß. Sie flüsterte: »Und wenn jemand in dem Apartment wohnt?«

Er sah sie an, kaute. Nach einer Weile sagte er: »Dann kommst du zurück.«

Sie nickte: »Und was dann?«

»Frag nicht so viel, verdammt noch mal.«

Er sah auf die Uhr.

Sie fragte: »Kann ich noch mal auf die Toilette gehen?«

»Ja. Aber beeil dich.«

Er trank seinen Kaffee, sah noch einmal die Autokarte an. Er fühlte nach den Haken, die er in die Brusttasche gesteckt hatte. Dann fühlte er nach dem Reisewecker. Er sah auf die Uhr.

Er stand auf, suchte die Tür zu den Toiletten. Es war eine Klapptür. Er schob sie auf.

Sie stand im Flur vor den Toiletten am Telefon. Sie hängte den Hörer auf.

Er sagte: »Wen hast du denn angerufen?«

Sie sagte: »Meine Leute in Atlanta.« Sie lachte. »Ich hab ihnen gesagt, ich kann noch nicht kommen.«

Er starrte sie an.

Ihre Augen wurden groß. Sie beugte sich vor, schüttelte den Kopf, flüsterte: »Du denkst doch nicht, daß ich ihnen sonst was gesagt habe? Ich bin doch nicht blöd. Ich hab nur gesagt, ich finde keinen, der mich mitnimmt.«

Er starrte sie an.

Der Wunsch wurde übermächtig, in dieses kleine, schwarze Gesicht hineinzuschlagen, diesen schlanken, schwarzen Hals mit beiden Händen zu umklammern, ihn zu würgen, diesen Kopf mit den krausen Haaren nach hinten zu drücken und hinunter, die Wand hinunter bis auf den Boden, die weißen Zähne klaffen auseinander, die dunklen Augen quellen vor, und dann ein Tritt noch, das T-Shirt ist hochgerutscht, ein Tritt noch in diesen kleinen, straffen schwarzen Bauch.

Er atmete tief. Er ging an ihr vorbei auf die Toilette.

16

Hinter der Tür der Toilette blieb er stehen, senkte den Kopf, preßte beide Fäuste gegen die Stirn. Wo hatte er nur seine fünf Sinne gehabt?

Er mußte verrückt gewesen sein vor Angst.

Es war alles ganz klar. Sie hatte ihn hereingelegt. Er hatte sich in die Irre führen lassen, als wäre er ein törichtes Kind.

Das Mädchen, das mit den beiden Männern zu Sally gekommen war. Das Mädchen, das hinter Jasper am Waldrand gestanden hatte. Sie war schwarz gewesen. Sie hatte ein rotes T-Shirt getragen.

Sie hatten sie in Chattanooga losgeschickt, in ihrem roten T-Shirt. Und mit der großen blauen Tasche. Sie war ihm so lange lästig gefallen, bis er sie mitgenommen hatte. Und von da an hatte sie bei jeder Gelegenheit, die sich bot, den Verfolgern eine Nachricht gegeben.

Es war kein Wunder, daß der große, alte Wagen immer wieder aufgetaucht war. Es war kein Alptraum gewesen. Sie hatte immer wieder die Spur gelegt, auf der die beiden Totschläger ihm folgen konnten.

Das Haus am Guntersville Lake. Sie hatte ihn mit niederträchtiger Absicht in dieses Haus gelotst. Es war ihnen zu riskant gewesen in den Motels, in denen sie übernachtet hatten. Sie wollten es in diesem Haus im Wald erledigen. Heute nacht. Wahrscheinlich hatte sie die beiden angerufen, als er noch schlief. Sie hatte sich aus dem Bett gestohlen, auf ihren schlanken, schwarzen Füßen, auf den rosafarbenen, leisen Sohlen. Sie hatten nicht damit gerechnet, daß er so früh aufbrechen würde.

Und jetzt wußten sie, wo Sally das Geld versteckt hatte.

Ihm wurde heiß, der Schweiß trat ihm auf die Stirn.

Er sah auf die Uhr.

Vielleicht hatten sie in Guntersville auf den Anruf gewartet. Wenn sie um den See herum bis Guntersville gefahren waren, dann hatte er eine gute halbe Stunde Vorsprung. Mehr als eine halbe Stunde.

Er preßte die Fäuste gegen die Stirn, konzentrierte sich. Er bewegte stumm die Lippen. Dann nickte er. Er verließ die Toilette.

Sie stand schon neben dem Tisch, die Tasche umgehängt, und sah ihm entgegen, mit großen Augen: »Wolfgang, es tut mir leid. Es war bescheuert, daß ich noch angerufen habe. Müssen wir jetzt sehr aufs Tempo drücken?«

Er gab keine Antwort. Mit schnellen Schritten ging er voraus. Sie folgte ihm, schloß zu ihm auf, ging neben ihm, sah ihn von der Seite an.

Er hatte die Straße nach Fort Payne nicht mehr in Erinnerung, aber sie war so, wie er gehofft hatte. Wald, ein paar Wiesen, wieder Wald. Kein Haus. Es war dunkel geworden. Es hatte angefangen zu regnen.

Sie saß stumm neben ihm. Der Glanz der schwarzen Haut war stumpf geworden in der Dunkelheit. Nur die Zähne schimmerten, die Augen. Er sah, daß sie die Hand hob und sich auf der Wange kratzte. Die schlanken, schwarzen Finger. Die Haut der Wange, glatt, makellos.

Sie rückte ein wenig näher an ihn heran. Er roch ihr Haar. Es roch gut. Das Shampoo. Plötzlich spürte er, daß sie die Hand auf seinen Schenkel legte. Sie sah ihn nicht an dabei. Sie legte die Hand auf seinen Schenkel, bewegte die Finger, strich mit den Fingerspitzen über den Muskel. Dann ließ sie die Hand liegen. Er spürte die Wärme.

Er spürte, daß diese Hand ihn erregte.

Er beugte sich vor, sah durch die Frontscheibe. Ein Waldstück, Bäume zu beiden Seiten der Straße. Bis Fort Payne mußten es noch fünf, sechs Meilen sein.

Er fuhr an den Straßenrand, ließ den Wagen über das Bankett rollen, fuhr dicht an die Bäume heran, Zweige streiften das Dach. Er hielt an.

Er sagte: »Geh nach hinten.«

»Nach hinten? Warum denn?«

Er wandte ihr das Gesicht zu. Er lächelte. »Ich habe Lust jetzt.«

Sie zögerte. Dann bückte sie sich, schnürte die Tennisschuhe auf: »Haben wir denn noch so viel Zeit?«

»Es muß ja nicht lange dauern. Mach voran.«

Sie streifte die Schuhe ab, wollte auf den Sitz steigen.

»Nein, geh durch die Tür.«

Sie sagte: »Aber es regnet.«

»Na und?« Er beugte sich zurück und öffnete die Verriegelung der hinteren Türen.

»Und ich hab die Schuhe schon ausgezogen.«

»Stell dich nicht so an. Du kannst dir die Füße ja wieder waschen.«

Sie stieg aus, öffnete die hintere Tür und sprang auf den Rücksitz. »Puh, das regnet aber.«

Er sah auf die Straße. Er schaltete die Scheinwerfer aus. Dann stieg er aus, riß die Tür zum Rücksitz auf und sprang hinein. Er zerrte seine Jeans hinunter. Sie war dabei, ihre Jeans von den Füßen zu schütteln. Er sagte: »Mach das doch nicht so umständlich. Hast du keine Hände?« Seine Stimme klang belegt.

Er kniete sich auf den Rücksitz, den Kopf unter das Dach gebeugt. Er sagte: »Meine Güte, warum hast du den Slip denn nicht gleich mit ausgezogen? Oder willst du den etwa anbehalten?«

Sie sah ihn an, streifte den Slip über die Füße. Sie ließ sich in die Sitzecke zurücksinken, zog die Beine auf den Sitz. Er fuhr mit den Händen zwischen ihre Knie, schob sie auseinander. Er tastete mit der Hand zwischen ihre Schenkel. Das Schamhaar war wie ein fester, rauher Teppich. Er drang heftig in sie ein.

Sie sagte unterdrückt: »Autsch. Du tust mir weh.«

Er sagte: »Entschuldigung. Ich bin zu wild. Ich bin zu wild.« Die Atemstöße, immer schneller, verzerrten seine Stimme. »Du hast mich zu wild gemacht. Verstehst du? Zu wild gemacht. Es ist deine Schuld. Deine Schuld. Zu wild. Zu wild.«

Er sah auf die Straße, bevor er ausstieg. Der Regen schlug ihm gegen die Stirn, die Wangen. Er kniff die Augen zusammen, riß die Vordertür auf und stieg ein. Er sah nach hinten. Sie hatte sich hochgestemmt, zog die Jeans hoch. Er sagte: »Meine Güte, wie lange brauchst du denn noch?« Er ließ den Motor an, schaltete die Scheinwerfer ein.

Sie sagte: »Komme schon.« Sie hob ein Bein, um über die Lehne zu steigen. Er streckte den Arm aus, stieß heftiger, als er wollte, gegen ihre Brust. »Du sollst durch die Tür gehen, hab ich dir das nicht gesagt?«

»Aber warum denn?«

»Willst du mit deinen schmutzigen Füßen über den Sitz steigen?«

»Oh, Mann!«

Sie öffnete die Tür und stieg aus. Als sie die Hand nach der Klinke der Vordertür ausstreckte, fuhr er ab. Er sah in den Rückspiegel. Sie war schon in der Dunkelheit verschwunden. Er bremste, hielt an, öffnete die Beifahrertür, warf die Tennisschuhe und die Tasche hinaus. Er zog die Tür zu und fuhr weiter.

Zehn Minuten später fuhr er in die Einfahrt des Highway. *Chattanooga 45 Meilen*. Er sah auf die Uhr. Aber er brauchte ja gar nicht bis Chattanooga zu fahren. Er würde gut zehn Meilen vor der Stadt auf den Anschluß des Highway 24 kommen. Und von dort waren es wahrscheinlich weniger als hundert Meilen. Neunzig vielleicht. Weniger als drei Stunden insgesamt. Zweieinhalb vielleicht.

Er beobachtete den Tachometer. Er achtete darauf, daß er nicht zu schnell fuhr. Ein bißchen schneller als fünfundfünfzig Meilen mußte möglich sein, ohne daß sie ihn anhielten. Er ließ die Nadel zwischen sechzig und fünfundfünfzig Meilen pendeln.

Er schaltete das Radio ein. *Take the ribbon from your hair.* Er stieß die Luft durch die Nase. Dieses falsche kleine Aas. Er hörte der Musik zu, und plötzlich wurde ihm klar, daß er sich angesteckt haben konnte. Ihm wurde heiß. Vielleicht war sie geschlechtskrank. Wahrscheinlich war sie das, diese Herumtreiberin. Eine Zehn-Dollar-Nutte.

Ihm fiel ein, daß er ihr die zwanzig Dollar gegeben hatte. Na gut, darauf kam's nicht an. Aber er mußte klären, ob er sich bei ihr etwas geholt hatte. Sofort nach der Heimkehr würde er zum Arzt gehen. Und für Eva mußte er eine Erklärung finden. Oh, verdammt. Er konnte Eva nicht anrühren, bevor er das Ergebnis der Untersuchung hatte. Er mußte irgendeine Erklärung finden.

Er schaltete das Radio aus.

Gegen elf erreichte er die Ausfahrt. Pete's Motel war auch in dieser Fahrtrichtung angezeigt. *Drinks, TV, Einzelzimmer 12.95.*

Er fuhr langsamer, bog auf der Anhöhe nach links ab und fuhr hinunter in die Schlucht. Die Straße war trocken, aber stockdunkel. Rechts und links im Licht der Scheinwerfer der dichte Nadelwald, steile, dunkle Wände.

Die Straße stieg wieder an. Er fuhr sehr langsam. Als er den

Kamm des Hügels sah, fuhr er an den Straßenrand. Auf dieser Seite wurde die Straße durch einen Graben begrenzt. Er stieg aus und ging hinüber auf die andere Seite. Zwischen den Bäumen fand er eine Lücke. Er setzte den Wagen rückwärts hinein, schaltete den Motor und die Scheinwerfer aus.

Einen Augenblick lang blieb er sitzen, öffnete die Tür, atmete tief. Er tastete nach den Haken in seiner Brusttasche, zählte sie mit den Fingern. Er nahm den Wecker aus der Tasche und legte ihn auf den Sitz.

Dann stieg er aus, drückte die Tür zu, schloß ab. Er ging am Waldrand entlang bis zu der Anhöhe. Zweimal stolperte er über eine Wurzel. Auf der Anhöhe blieb er stehen. Der Wald endete hier, aber er konnte nichts erkennen. Die Straße verlor sich im Dunkel zwischen den Wiesen. Kein Licht zu sehen bis zu der nächsten Hügelkette, die sich schwarz gegen den dunkelblauen Himmel abhob. Nur wenige Sterne zwischen weißlichen Wolken.

Er fragte sich, ob er auf die falsche Straße geraten war. Aber das war nicht möglich. Wahrscheinlich hatte dieser Kerl die Bude schon wieder dichtgemacht.

Er wechselte hinüber auf die andere Seite, ging auf dem Rand der Straße neben dem Graben weiter, bereit, sich in den Graben zu kauern, wenn ein Auto kommen sollte. Er ging schnell, seine Brust geriet in Bewegung. Er glaubte, wenigstens schon eine Meile gegangen zu sein, wurde wieder unsicher. Da sah er zur Linken einen schwachen Lichtschein.

Er blieb stehen, streckte den Kopf vor, strengte seine Augen an. Dann erkannte er das Motel. Das Licht drang durch den Vorhang eines der Apartments. Die Beleuchtung der Einfahrt, die Glühbirnen unter dem Vordach der Zimmer waren ausgeschaltet.

Er ging langsam heran. Hinter einem der gemauerten Pfeiler der Einfahrt blieb er stehen. Nichts rührte sich.

Er erkannte drei Autos. Sie standen vor der Nummer eins, der Nummer zwei und der Nummer sechs. Das Licht kam aus dem Fenster des zweiten Apartments.

Er spürte, wie ein Schweißtropfen seinen Rücken hinunterlief.

Die Rezeption war nicht zu umgehen. Es war nicht möglich, sich von der anderen, gegenüberliegenden Seite des Winkelbaus der Nummer elf zu nähern, unter dem Schutz des Vordachs. Er hätte an den bewohnten Apartments vorbeigehen müssen. Das Risiko war zu groß.

Er sah unschlüssig um sich, spähte in das Dunkel hinter sich. Dann raffte er sich auf. Wenn er einen Vorsprung gehabt hatte, konnte er nicht groß gewesen sein. Sie konnten jeden Augenblick ankommen.

Er trat hinter dem Mauerpfeiler hervor, ging Schritt um Schritt über den Vorplatz. Er hielt den Rücken vornübergebeugt, den Kopf vorgestreckt. Er hob die Füße hoch. Aber der Schotter knirschte unter seinen Sohlen.

Er fühlte sich erleichtert, als er den Betonboden vor dem Eingang der Rezeption erreicht hatte. Er trat dicht an die Wand heran. Das Fenster der Rezeption war schwarz, blind. Er ließ es hinter sich, ging vorsichtig weiter. Als er den dunklen Winkel erreicht hatte, in dem das Apartment zwölf anschloß, blieb er stehen. Er sah sich um. Er glaubte, aus dem erleuchteten Apartment gegenüber das gedämpfte, sehr schwache Geräusch eines Fernsehapparats zu hören.

Er atmete tief durch. Seine Finger zitterten, als er die Haken aus der Brusttasche holte. Er ging weiter bis zur Tür der Nummer elf, sah sich noch einmal um. Dann bückte er sich, brachte seine Augen dicht an das Türschloß heran.

Der erste Haken, den er versuchte, war zu groß. Den zweiten konnte er in das Schloß hineinstecken. Er drehte ihn vorsichtig. Der Haken ließ sich ohne Widerstand rundum drehen. Er versuchte den dritten. Der Schweiß lief ihm in die Augen, er wischte ihn mit dem Handrücken weg. Er schöpfte Hoffnung, als der Haken anschlug.

Er verstärkte den Druck auf den Haken. Das Schloß rührte sich nicht. Er setzte noch einmal an, aber das Schloß widerstand. Er hielt ein, wischte sich über die Stirn, starrte auf das Schloß. Sein Rücken begann zu zittern. Er richtete sich auf. Er hielt den Haken mit einer Hand im Schloß, die andere Hand drückte er in den Rücken. Er sah über die Schulter.

Die lange, dürre Gestalt des Negers stand zwei oder drei Meter von ihm entfernt in der Dunkelheit. Der Neger sprang auf ihn zu, packte ihn am Oberarm, an der Brust, drückte ihn gegen die Tür. Lauterbach sah die weißen, weit aufgerissenen Augen über sich, die weißen Zähne. Er versuchte, sich zu wehren, diese schwarzen Klauen abzuschütteln, aber der dürre Kerl war bärenstark. Lauterbach wand sich, ließ die Haken fallen, er brachte den linken Oberarm hoch, er krallte die Finger in die Seite des Negers. Das Knie des Negers schnellte hoch und rammte in seinen Unterleib. Lauterbach krümmte sich vor Schmerz. Eine knochige Faust traf ihn am Kinn, sein Kopf schlug gegen die Tür.

Er ließ die Arme hängen, schloß die Augen. Er spürte den keuchenden Atem auf seinem Gesicht. Die Stimme klang tiefer, als er sie in Erinnerung hatte. »Friedlich, Freundchen. Verstanden?« Der Atem. Dann: »Wir kennen uns doch?« Ein paar Atemzüge. »Einbrechen, wie? Nicht bei mir, Freundchen.«

Eine der schwarzen Klauen packte seinen Oberarm, zog ihn nach vorn. Die andere schloß sich um seinen Nacken, der Schmerz fuhr ihm bis unter den Schädel. Er wurde vorangestoßen.

Am Eingang der Rezeption wurde seine Verzweiflung übermächtig, er versuchte es noch einmal. Er stach den Ellbogen nach hinten, traf in den Bauch des Negers. Ein harter Tritt fuhr ihm in die Kniekehle, er knickte ein. Der zweite Tritt traf ihn zwischen die Schenkel, brachte ihn von den Füßen. Er krümmte sich auf der Erde. Er wurde emporgerissen, weggestoßen, fiel schwer gegen die Tür der Rezeption, stieß mit der Schläfe gegen den Türrahmen. Er spürte, daß Blut die Schläfe hinunterlief.

»Das war das letztemal, Freundchen. Verstanden? Oder ich schlag dir die Scheiße aus dem Bauch.« Ein Fuß stieß hart gegen sein Bein. »Steh auf.«

Lauterbach stand auf.

»Rein.«

Er öffnete die Tür. Das Licht wurde eingeschaltet.

»Durch den Vorhang.«

Er tastete sich am Tresen vorbei, taumelte durch den Schnurvorhang, stolperte über ein Feldbett, das im Verschlag hinter dem Vorhang stand, stützte sich auf das Bett.

»Nicht ins Bett. Das könnte dir so passen, Freundchen.« Eine der Klauen packte ihn an der Schulter, riß ihn hoch. »Sperr die Tür auf.«

Er sah sich um, fand die Tür des Wandschranks in der Ecke und öffnete sie. Er erhielt einen Faustschlag in den Rücken, stolperte in den Schrank hinein, sein Schienbein stieß gegen einen Eimer, er fing sich mit beiden Händen an der Wand ab, sank in die Knie. Die Tür des Wandschranks wurde zugeschlagen. Dunkelheit. Scharfer Geruch von Putzmitteln.

Lauterbach ließ sich langsam auf beide Knie nieder. Er hielt die Hände ausgebreitet an der Wand, dann senkte er den Kopf, bis seine Stirn die Wand berührte. Er begann zu weinen.

17

Es war zwei Uhr morgens, als Lauterbach die Sirene hörte. Sie näherte sich, sank ab und erstarb in einem tiefen Baßton. Der Lichtstreifen unter der Tür, der vor langer Zeit erloschen war, erschien wieder. Er hörte das Feldbett knarren. Der Neger hustete. Die Vorhangschnüre rasselten.

Nach einer Weile hörte Lauterbach Stimmen. Er konnte nicht verstehen, was sie sagten. Es wurde wieder still. Es blieb lange Zeit still. Dann wieder die Stimmen.

Sie näherten sich. Lauterbach hörte die Schnüre des Vorhangs aneinanderschlagen. Schritte.

Die Tür des Wandschranks öffnete sich. Ein Mann mit einem breitrandigen blauen Hut, die Seiten der Krempe hochgeschlagen, stand davor. Braungebrannt, blaue Augen, helle Augenbrauen. Hellblaues Hemd mit kurzen Ärmeln, gestickte Wappen auf beiden Ärmeln. Über der rechten Brusttasche ein Namensschild, silberne Schrift auf dunkelblauem Grund, *Hewitt.* Auf der linken Brusttasche ein silberner Stern. Ein breiter schwarzer Gürtel, im Halfter der Colt, ziemlich hoch auf der Hüfte sitzend. Hellblaue Hose, dunkelblaue Streifen an den Seiten. Schwarze Stiefeletten.

Der Mann hielt eine Hand in die Hüfte gestützt, die andere, breites silbernes Uhrarmband auf der gebräunten Haut, ließ er hängen. Er stand auf ein Bein gelehnt, das andere hatte er ein wenig vorgestellt, das Knie leicht gebeugt. Er sah Lauterbach an. Er sagte: »Mr. Lauterbach?« Es klang wie Lauderbeck.

»Ja.«

»Dieser Mann hier sagt, Sie haben versucht, in Apartment elf einzubrechen. Und Sie haben ihn angegriffen. Stimmt das?«

Lauterbach sagte: »Nein.«

Der Neger sagte: »Er lügt.«

Der Mann sagte: »Halt's Maul, Jig. Du warst schon dran. Wohnen Sie in diesem Motel?«

»Nein.«

»Was haben Sie denn hier gesucht?«

Lauterbach schüttelte den Kopf. Er sagte: »Das kann ich Ihnen mit einem Satz nicht erklären.«

Der Mann brachte die Hand, die er hatte hängen lassen, nach vorn. Er öffnete sie und zeigte Lauterbach die Haken. »Sind das Ihre?«

Lauterbach sagte: »Nein.«

Der Neger sagte: »Er lügt, der Scheißkerl.«

Der Mann wandte den Kopf: »Hab ich dir nicht schon mal gesagt, du sollst das Maul halten, Jig? Beim nächstenmal bekommst du eins drauf.« Er sah Lauterbach an: »Haben Sie einen Ausweis?«

Lauterbach nickte. Er griff in die Brusttasche.

Der Mann sagte: »Kommen Sie mal raus da.« Lauterbach kam aus dem Wandschrank heraus.

Der Mann beugte den Kopf ein wenig vor, er betrachtete den Riß an Lauterbachs Schläfe. »Hat er Ihnen das verpaßt?«

Lauterbach nickte.

Der Mann nahm den Reisepaß entgegen, schlug ihn auf, blätterte, schlug das Foto auf, sah Lauterbach an. Kühle blaue Augen. Er sah wieder das Foto an. Er blätterte weiter. »Sie kommen aus Deutschland?«

»Ja.«

Er klappte den Paß zu. Er sah Lauterbach an. »Ich muß diesen Paß behalten. Und ich muß Sie mitnehmen.«

Lauterbach nickte.

»Tragen Sie irgendwelche Waffen bei sich?«

»Nein.«

»Heben Sie mal die Arme.« Er tastete Lauterbach ab. Er trat zurück. »Haben Sie Gepäck?«

»Nicht hier. Es ist in meinem Auto.«

»Wo steht Ihr Auto?«

»Weiter unten an der Straße. An der Straße zur Autobahn.«

»Okay. Sie zeigen mir den Platz. Wir werden es später abholen. Geben Sie mir die Schlüssel.«

Lauterbach gab ihm die Autoschlüssel.

»Okay. Gehen Sie voran. Du bleibst hier, Jig.«

Der Streifenwagen stand vor der Tür. Das breite Band der roten und weißen Blinklichter auf dem Dach arbeitete stumm.

Die Türen der bewohnten Apartments standen offen, Licht fiel heraus. Ein Mann und eine Frau, abgetragene Bademäntel über nackten Beinen, warteten neben dem Eingang der Rezeption. Der Mann in Uniform sagte: »Alles in Ordnung, Leute. Ihr könnt jetzt weiterschlafen.«

Er wartete, bis die beiden gegangen waren. Dann sagte er: »Gehen Sie um den Wagen herum.« Er folgte Lauterbach. Als sie auf der anderen Seite des Wagens standen, sagte er: »Ich muß Sie verhaften, Mr. Lauterbach.« Aus der linken Brusttasche zog er eine kleine, in eine Kunststoffolie eingeschweißte Karte heraus. Er sah Lauterbach an, sah dann auf die Karte und las ab: »Sie haben das Recht, die Aussage zu verweigern. Alles, was Sie aussagen, kann vor Gericht gegen Sie verwendet werden. Sie haben das Recht, sich von einem Rechtsanwalt beraten zu lassen, bevor wir Ihnen Fragen stellen, und sich nur in Anwesenheit des Anwalts vernehmen zu lassen. Wenn Sie einen Rechtsanwalt nicht bezahlen können und so weiter und so weiter.« Er steckte die Karte ein, sah Lauterbach an. »Den Rest können wir uns jetzt sparen, glaube ich.«

Er griff nach hinten und nahm die Handschellen vom Gürtel. Er zeigte sie Lauterbach und sagte: »Ich muß das tun, wenn ich allein jemanden transportiere. Sicherheitsvorschriften.« Lauterbach hielt ihm die Hände hin.

Als sie in den Wald hineinfuhren, hob Lauterbach die Hände: »Da drüben.«

»Okay.« Er warf einen Blick auf Lauterbachs Wagen. »Sobald wir zwei Leute frei haben, holen wir ihn ab.« Nach einer Weile sagte er: »Sie sind Doktor der Rechte?«

»Ja.«

»Rechtsanwalt, nicht wahr?«

»Ja. Woher wissen Sie das? Und woher wußten Sie meinen Namen?«

»Sie haben sich doch auf dem Anmeldeformular eingetragen.« Er schwieg eine Weile. Dann sagte er: »Der Nigger hat Sie wiedererkannt. Er hat das Formular rausgesucht.« Er lachte. »Kaum zu glauben, daß er's wiedergefunden hat.«

Er schwieg wieder eine Weile. Dann sagte er: »Ich bin Deputy Sheriff Hewitt. Jeff Hewitt.«

Als sie in den Highway eingefahren waren, sagte er: »Sie haben sich mächtig in die Scheiße geritten, Doktor. Ich weiß nicht, warum Sie es getan haben. Aber Sie haben sich wirklich mächtig in die Scheiße geritten.«

Lauterbach sagte: »Ich weiß.« Nach einer Weile sagte er: »Wohin bringen Sie mich?«

»Zum Büro des Sheriffs.« Er sah ihn an. »Ins Gefängnis, verstehen Sie?«

»Ja.« Lauterbach hob die Hände, rieb sich mit den Fingerspitzen die Stirn. Er ließ die Hände sinken: »Müssen Sie mich nicht einem Richter vorführen?«

Hewitt lachte.. »Doch. Aber so schnell geht das nicht. Wir haben hier einiges zu tun, verstehen Sie.« Nach einer Weile sagte er: »Wäre auch nicht besonders gut für Sie. Von dem Richter hätten Sie nicht viel zu erwarten, wenn ich ihn jetzt aus dem Bett hole.«

Er nahm die erste Ausfahrt. Sie kamen in die Stadt, hellerleuchtete, leere Straßen unter dem trüben Nachthimmel, zweigeschossige Häuser rechts und links. Sie fuhren um den Public Square herum. Die engstehenden Doppelsäulen an dem kleinen, alten Gebäude inmitten des Platzes schimmerten im Lampenschein. Das Portal schien fast so groß wie das ganze Haus. Obenauf ein gebrechliches Uhrtürmchen.

Das Sprechfunkgerät begann zu quäken. Hewitt schaltete es aus. Er bog ab in die Main Street, hielt vor einem niedrigen Backsteinbau. Drei Streifenwagen am Straßenrand. Der Sheriffstern auf dem Schild am Eingang.

Ein schmaler Flur, Holzwände, knarrende Dielen. Sie kamen an einem Tresen vorbei. Ein schwarzes Mädchen im Uniformhemd rührte in einer Kaffeetasse. Ein dicker Mann, schwarz, Uniformhemd, silberner Stern, sagte: »He, Jeff. Quincy hat sich gerade gemeldet. Raubüberfall an der Blackman Road. Du sollst kommen.«

»Wieso ich?«

»Er hat gesagt, du sollst kommen. Er kommt allein nicht klar. Und du sollst dich beeilen.«

»Ist Charly denn nicht da?«

»Doch. Aber Quincy hat gesagt, du sollst kommen.«

Hewitt sagte: »Scheiße.« Er führte Lauterbach in einen anderen schmalen Flur. Eine Reihe von Türen. In einer der Türen stand ein mittelgroßer, sehr breiter Mann im Uniformhemd, Stern auf der Brust. Rötlichbraune Haare, lockig. Ein Doppelkinn. Er sah ihnen entgegen.

Hewitt schob Lauterbach an dem Mann vorbei. Ein kleines Büro. Hewitt zeigte auf den Stuhl vor dem schmalen Schreibtisch: »Setzen Sie sich.« Er schloß die Handschellen auf, hängte sie wieder an den Gürtel.

Der Mann sagte: »Was bringst du denn da?«

Hewitt sagte: »Der Jig in Pete's Motel sagt, er hat versucht, in eins von den Apartments einzubrechen.« Er legte die Haken auf den Schreibtisch, wies darauf: »Er behauptet, er hat das bei sich gehabt.« Er gab dem Mann Lauterbachs Reisepaß und die Autoschlüssel: »Das ist sein Ausweis. Sein Auto steht noch da oben, du kannst es später abholen. Nimm seine Personalien auf.«

In der Tür drehte er sich um: »Und behandle ihn anständig.«

»Aber klar, Mr. Hewitt. Sonst noch Wünsche?«

Hewitt ging.

Der Mann setzte sich hinter den Schreibtisch. Er blätterte in dem Reisepaß. Er sah Lauterbach an, lächelte: »Mr. Lauderbeck?«

»Nein. Lauterbach.«

»Ah ja. Lauterbach. Dr. Lauterbach, ist das richtig?«

»Ja.«

»Sie sind Arzt?«

»Nein. Rechtsanwalt.«

Der Mann zog die Augenbrauen hoch. »Oh, was Sie nicht sagen.« Er schüttelte den Kopf, lächelte. »Man würde es nicht glauben.«

Er griff nach den Haken, betrachtete sie. Er sagte. »Hübsches Werkzeug haben Sie da.«

Lauterbach sagte: »Das ist nicht mein Werkzeug.«

Der Mann sah ihn an, zog die Augenbrauen hoch. »Ach, wirklich nicht?« Er lächelte. »Aber der Junge in Pete's Motel sieht das anders, nicht wahr?«

Lauterbach starrte ihn an. »Ihr Kollege scheint von dieser Aussage nicht viel zu halten.«

»Hewitt?« Er lächelte, beugte sich vor. »Er mag keine Nigger, verstehen Sie? Er ist ein guter Polizist, wirklich. Aber er kann Nigger auf den Tod nicht ausstehen. Er glaubt ihnen kein Wort. Das ist sein Fehler, verstehen Sie?«

Lauterbach sagte: »Wer sind Sie?«

»Ich?«

»Ja, Sie.«

Der Mann zog die Augenbrauen hoch. Er schüttelte den Kopf. Er senkte das Doppelkinn auf die Brust, senkte die Augen, deutete mit einem Zeigefinger auf das Namensschild, mit dem anderen auf den Stern. Er hob das Kinn. »Sie können doch sicher lesen, Doktor?«

Er lehnte sich zurück, kratzte sich die rötlichen Härchen auf den weißen, breiten Unterarmen. Er lächelte. »Ich bin Deputy Sheriff Charles Kiefer.« Er kratzte sich die Arme. »Sonst noch Fragen?«

»Nein. Und ich habe auch nichts mehr zu sagen. Ich berufe mich auf mein Recht, die Aussage zu verweigern.«

»Oh, tun Sie das?« Er betrachtete seine Unterarme. Er sah Lauterbach an und lächelte. »Ja, da kann man nichts machen. Dann werde ich Sie jetzt mal in unser kleines, hübsches Hotel hier einweisen.«

Er spannte einen Bogen in die Schreibmaschine ein, schlug den Reisepaß auf. Er begann mit zwei Fingern zu tippen. Das schwarze Mädchen in der Uniformbluse kam herein. »Willst du einen Kaffee, Charly?«

»Ja, bring mir ein Täßchen, das wird mir guttun.«

Sie sah Lauterbach von der Seite an: »Für ihn auch?«

»Nein, nein, nicht für ihn.« Er sah sie an, lächelte: »Ich glaube nicht, daß er von dir einen Kaffee annimmt, Prissie.« Er hob die Hand an den Mund, flüsterte: »Ich glaube, er mag deine Hautfarbe nicht, du weißt schon.«

Sie sagte: »Was ist mit ihm?«

Er wandte sich wieder seiner Schreibmaschine zu, suchte eine Taste, schlug sie an. »Ach, nichts Besonderes. Ein kleiner Einbrecher.«

Lauterbach sagte: »Ich protestiere gegen Ihre unverschämten Behauptungen. Sie versuchen, mich einzuschüchtern.«

Kiefer hob den Daumen, wies über die Schulter auf Lauterbach. »Hörst du? So redet er schon die ganze Zeit mit mir. Ich fürchte, wir werden ihn beruhigen müssen.«

Das Mädchen ging. Sie schloß die Tür hinter sich.

Kiefer zog das Blatt aus der Schreibmaschine, überlas es, legte es vor Lauterbach. »Das sind Ihre Personalien und Ihre Erklärung, daß Sie die Aussage verweigern. Unterschreiben Sie das. Sie können auch erst die Rückseite lesen. Da finden Sie alle Ihre Rechte schwarz auf weiß.«

Lauterbach sagte: »Ich werde nichts lesen und nichts unterschreiben. Ich verlange einen Rechtsanwalt.«

»Einen Rechtsanwalt? Oh ja, natürlich.« Er wies auf das Telefon. »Bedienen Sie sich. Sie haben zwei Gespräche frei.« Er lächelte: »Auf Staatskosten, verstehen Sie.«

Lauterbach sagte: »Haben Sie eine Liste der Strafverteidiger, die hier am Gericht zugelassen sind?«

Kiefer hob die Augenbrauen: »Sie meinen, ich soll Ihnen sagen, wer für Sie als Anwalt in Frage kommt?«

»Ja.«

»Oh, das kann ich nicht tun, Sir. Das wäre ungesetzlich. Ich darf Sie doch nicht bei der Wahl Ihres Anwalts beeinflussen, verstehen Sie?«

Lauterbach sagte: »Geben Sie mir das Telefonbuch.«

»Das Telefonbuch? Es tut mir leid, Sir, ich habe kein Telefonbuch.«

Lauterbach wies auf den Aktenbock: »Da liegt es doch.«

Kiefer lehnte sich in seinem Sessel zurück, legte die Hand auf das Telefonbuch, sah Lauterbach fragend an: »Dieses hier?«

Lauterbach starrte ihn an.

Kiefer sagte: »Es tut mir wirklich leid, Sir, aber dieses hier ist nur für den dienstlichen Gebrauch.« Er legte die Unterarme auf den Schreibtisch, kratzte sich die Härchen. »Vielleicht rufen Sie morgen früh mal die Telefongesellschaft an. Ich weiß nicht, ob sie Ihnen eins bringen werden.« Er grinste. »Aber Sie können's ja mal versuchen.«

Lauterbach sagte: »Ich werde mich über Sie beschweren, darauf können Sie sich verlassen.« Seine Stimme klang verzerrt.

»Tun Sie das, Sir. Das ist Ihr gutes Recht.«

»Ich werde Ihnen die Hölle heiß machen, darauf können Sie sich verlassen. Ich werde alles tun, damit Sie nicht länger hier herumsitzen und andere Menschen schikanieren.«

Kiefer hörte mit dem Kratzen auf, sah Lauterbach starr an: »Haben Sie schikanieren gesagt?«

»Ja, das habe ich gesagt.«

»Haben Sie gesagt, Sie werden mir die Hölle heiß machen? Haben Sie gesagt, Sie werden dafür sorgen, daß ich meinen Job verliere?«

Lauterbach starrte ihn an.

Kiefer sagte: »Wissen Sie, was Sie getan haben, Lauderbeck?« Er lehnte sich in seinem Stuhl zurück, legte die breiten Hände auf die Lehnen. »Sie haben einen Polizeibeamten bei der Ausübung seines Berufes zu behindern versucht. Sie haben mich bedroht.«

Lauterbach sagte: »Reden Sie nicht solchen Unsinn. Ich weiß, was ich gesagt habe.«

»Das glaube ich nicht, Lauderbeck.« Er lehnte sich vor. Er stützte beide Arme auf den Schreibtisch. Er lächelte nicht mehr.

»Ich werd dir mal was sagen, Lauderbeck. Du hast noch nicht begriffen, wo du bist. Wenn hier einer von uns beiden dem anderen die Hölle heiß macht, dann bin ich es. Wenn du glaubst, du könntest mir Ärger machen, dann bist du schief gewickelt. Ich werd dir die Hölle so heiß machen, daß dir das Wasser im Arsch zu kochen anfängt.« Er stand auf. »Und jetzt raus hier. Ich kann deine Fresse nicht länger sehen.«

Er kam um den Schreibtisch herum. Bevor Lauterbach aufstehen konnte, trat er ihm mit der ganzen Breite seines Schuhs, mit seinem vollen Gewicht auf den Fuß. Er sagte: »Warum stehst du denn nicht auf, Lauderbeck? Ich hab dir doch gesagt, daß unsere kleine Unterhaltung beendet ist?«

Die Tür ging auf, das schwarze Mädchen kam herein, einen dampfenden Becher vor sich hertragend. Kiefer trat zurück, nahm den Becher: »Ah ja, Prissie. Das kommt gerade im richtigen Augenblick.« Er wandte sich Lauterbach zu: »Wollten Sie nicht aufstehen, Doktor? Ich sagte Ihnen doch, wir sind fertig.«

Lauterbach stand auf. Kiefer goß ihm den Kaffee über die Brust, Lauterbach wollte zurückspringen, aber Kiefer trat ihm gegen den Knöchel, Lauterbach fiel über den Stuhl und zu Boden. Kiefer trat einen Schritt zurück: »Aber was machen Sie denn, Doktor? Warum springen Sie denn so herum? Sehen Sie nur, was Sie gemacht haben. Mein schöner Kaffee.« Er warf den Becher in den Papierkorb.

Lauterbach sagte mit erstickter Stimme: »Das werden Sie mir bezahlen.«

»Hörst du, Prissie? Er bedroht mich. Das hat er vorhin schon mal gemacht.«

Lauterbach schrie: »Ihre Kollegin hat gesehen, was Sie gemacht haben!«

»Nun fängt er auch noch an zu schreien. Sag ihm, Prissie, was du gesehen hast.«

»Ich?« Sie sah Lauterbach an. »Er ist gegen deinen Kaffeebecher gerannt, glaube ich.«

Sie ging.

Kiefer sagte: »Steh auf.« Lauterbach stand auf.

»Raus. Und rechts lang.« Lauterbach ging hinaus, ging den Flur nach rechts hinunter. Kiefer ging hinter ihm. Er trat ihm zweimal auf die Hacken, Lauterbach stolperte, fing sich. »An den Tresen.«

Der schwarze Polizist und das schwarze Mädchen sahen ihnen entgegen. Kiefer sagte: »Komm raus, Eddie, und filz ihn. Er hat irgendwie schreckliche Angst vor mir, ich weiß nicht, warum. Und nimm die Sachen an, Prissie.«

Der schwarze Polizist kam vor den Tresen und leerte Lauterbachs Taschen. Er nahm ihm den Gürtel ab. Das Mädchen füllte eine Liste aus und packte die Sachen in einen durchsichtigen Beutel.

»Die Uhr, Eddie.« Der schwarze Polizist hob die Augen. Kiefer sagte: »Er braucht keine Uhr. Wenn er dauernd auf die Uhr sieht, wird ihm die Zeit zu lang werden, verstehst du?« Der schwarze Polizist nahm Lauterbach die Uhr ab.

Kiefer faßte Lauterbach an der Schulter und führte ihn zu einer Stahltür, grün gestrichen, ein vergittertes, kleines Fenster in Augenhöhe. Er drückte auf einen Klingelknopf. Nach einer Weile wurde die Blende hinter dem Fenster geöffnet. Ein Mann sah heraus.

Kiefer sagte: »Kundschaft, Louis.«

Die Tür wurde geöffnet. Louis trug Pantinen und eine Schlafanzughose, zu kurz für seine langen, dürren Beine. Er kratzte sich die graue Wolle auf der knochigen, flachen Brust. »Hört das denn gar nicht auf heute nacht?«

Kiefer sagte: »Es tut mir leid, Louis, aber dieser Herr möchte ein wenig länger bei uns bleiben. Ich hoffe, du hast etwas besonders Gemütliches für ihn.«

Louis spuckte aus. »Ja, ja. Quatsch du auch noch rum hier. Ich weiß nicht mehr, wohin mit dem ganzen Volk.« Er schloß die Stahltür hinter ihnen, ging voran.

Lauterbach sah in einen langen, schwach erleuchteten Gang hinein. Er sah die Gitterstäbe schimmern. Sie stiegen eine Treppe hoch, kahle Wände, mit grauer Ölfarbe gestrichen. Ein gleicher Gang auf dem oberen Stockwerk. Louis ging hinein. Sie folgten ihm im Halbdunkel.

Rechts eine nackte Betonwand, ein paar Fenster, hoch und schmal, wie Schießscharten. Links die Gitter der Zellen. Die Zellen durch gemauerte Wände voneinander getrennt. Ein Streifen Licht durch eine der Schießscharten. Der scharfe Geruch eines Reinigungsmittels, überlagert von Ausdünstungen. Schnarchtöne.

Sie gingen an zwei der Zellen vorüber, die Gittertür der dritten schloß Louis auf. Kiefer beugte den Kopf hinein, sah sich um. Er sagte: »Wie ich sehe, Doktor, haben Sie sogar ein Bett für sich allein. Sie sind wirklich ein Glückspilz.«

Aus dem Dunkel sagte eine Stimme: »Halt's Maul, Kiefer, du Hurensohn.«

Kiefer sagte: »Wenn du dein Maul nicht hältst, hol ich dich raus und polier dir die Zähne.«

Eine andere Stimme zischelte: »He, Kiefer, was ist das für ein Vogel? Ist er wirklich ein Doktor?«

Kiefer packte Lauterbach an der Schulter und schob ihn in die Zelle. »Ja, er ist wirklich ein Doktor. Aber ihr braucht euch nicht zu schämen. Er hat einen kleinen Einbruch begangen. Ihr seid gerade die richtige Gesellschaft für ihn.«

Die Tür fiel ins Schloß. Louis schloß ab.

18

Lauterbach blieb stehen. Er streckte den Kopf ein wenig vor. Es war keine Sinnestäuschung. Vor ihm, wenig mehr als einen Meter entfernt, erkannte er im Halbdunkel eine offene Klosettschüssel. Sie stand an der Rückwand der Zelle.

Eine Stimme neben ihm sagte: »Was ist, Buddy? Willst du dich nicht hinlegen?«

Er wandte den Kopf. In Schulterhöhe sah er zwei Augäpfel schimmern, weiße Zähne. Ein Neger lag auf der oberen Pritsche, in eine Decke eingeschlagen. Der Neger sagte: »Gegenüber ist dein Bett. Oben. Leg dich hin, Buddy. Die Matratzen sind gar nicht so übel.«

Lauterbach wandte sich ab. Er starrte auf die Klosettschüssel. Von unten, zu seiner Rechten, meldete sich eine andere Stimme: »Ich seh schon, was der vorhat. Hör zu, Doktor, wenn du scheißen mußt, scheiß am Tage. Während der Nacht wird hier nicht geschissen. Nicht in dieser Zelle. Oder stinkt's hier noch nicht genug?«

Eine Baßstimme sagte: »Schluß jetzt mit dem Gequatsche.« Lauterbach erhielt einen Stoß gegen das linke Bein. »Mach, daß du raufkommst, Arschloch. Meinst du, weil du Doktor bist, kannst du uns hier im Schlaf stören?«

Lauterbach tastete die Pritsche zu seiner Rechten ab. Eine nackte Matratze. Am Fußende eine Decke, zusammengefaltet.

Er hörte einen langgezogenen Furz.

Die Stimme unter ihm sagte: »Du hast es nötig, Jimmy. Wegen deiner Furzerei kann man die ganze Nacht kein Auge zumachen. Und da beschwerst du dich über andere. Davon stinkt's hier auch so.«

Lauterbach stützte die Arme auf die Pritsche, schwang sich hoch. Er stieß mit dem Kopf gegen die Decke, verlor das Gleichgewicht, landete mit den Füßen wieder auf dem Boden. Er hielt sich an der Matratze fest.

Die Baßstimme sagte: »Bist du zu dämlich, um auf das Bett raufzusteigen? Soll ich dich hochheben?«

Lauterbach schwang sich auf die Pritsche. Er zog die Schuhe aus und stellte sie neben sich. Er zog die Decke hoch.

Die Baßstimme sagte: »Jetzt hat dieses Arschloch mich doch tatsächlich wachgemacht.« Ein Mann kroch aus dem unteren Bett auf der anderen Seite. Er stellte sich vor die Klosettschüssel. Lauterbach sah einen weißlichen Haarschopf. Er hörte den Urin plätschern.

Der Neger sagte: »Das ist doch nicht seine Schuld. Kiefer war's.«

»Ja, ja, Kiefer. Kiefer ist an allem schuld. Das wirst du Kiefer nie vergessen, daß er dich geschnappt hat.«

Die Stimme unter Lauterbach sagte: »He, Doktor. Hat Kiefer dich auch geschnappt?«

Lauterbach drehte sich zur Wand.

Er spürte einen Stoß gegen die Unterseite der Matratze. »Was ist, Doktor, kannst du nicht sprechen?«

Der Neger sagte: »Laß ihn doch in Ruhe. Du wolltest doch auch nicht sprechen, als sie dich geschnappt haben.«

»Na und? Ich hab ja schließlich was ausgefressen.« Wieder der Stoß gegen die Matratze. »Wegen einem kleinen Einbruch brauchst du dich nicht so anzustellen, Doktor. Also los, erzähl mal.«

Der Neger sagte: »Laß ihn in Ruhe, Dutch.«

Die Baßstimme sagte: »Er wird schon noch erzählen.« Lauterbach spürte, daß seine Matratze eingedrückt wurde. Er sah über die Schulter. Der Mann mit dem weißlichen Haarschopf hatte die Arme auf die Matratze gestützt. Er sah ihn an.

Die Stimme von unten sagte: »Darauf kannst du dich verlassen, Jimmy. Wenn er erst mal ein paar Wochen in diesem Loch sitzt, wird er froh sein, was erzählen zu können.«

Jimmy sagte: »Bist du zum ersten Mal im Knast?«

Die Stimme von unten sagte: »Darauf kannst du wetten, Jimmy. So dämlich, wie der sich anstellt.«

Die Pritsche schwankte ein wenig. Die Matratze wurde eingedrückt. Lauterbach hob den Kopf. Neben Jimmy war ein junger Kerl aufgetaucht, blasse Haut. Er starrte Lauterbach an, grinste. Eine Zahnlücke. Er sah die Schuhe, schwang sich hoch und griff danach. »Sieh dir mal die Schuhe an.«

Er nahm die Schuhe, trat damit ans Gitter, hielt sie in den schwachen Lichtschein, der durch die Schießscharte hereinfiel. »Sieh dir das mal an.« Jimmy sah ihm über die Schulter, nahm einen der Schuhe, sah hinein: »Italienisch. Die haben mindestens hundertfuffzig Dollar gekostet.«

Dutch sagte: »Mann. Kannst du mir mal sagen, warum er einbricht, wenn er sich solche Schuhe kaufen kann?«

Der Neger sagte: »Stell die Schuhe wieder hin, oder du kriegst eins auf den Kürbis.«

»Langsam, langsam, Spade. Ich tu den Schuhen ja nichts.«

Jimmy sagte: »Schade um die schönen Schuhe. Die werden schimmelig werden hier.« Er kroch in sein Bett. Dutch schwang sich hoch, stellte die Schuhe ab.

Der Neger sagte: »Nichts wird schimmelig werden. Sein Anwalt wird ihn morgen früh rausholen.«

»Von wegen.« Dutch trat an die Klosettschüssel. »Nicht bei Kiefer. Der läßt ihn gar nicht erst dazu kommen, seinen Anwalt anzurufen. Der macht ihn erst mal fertig.«

»Quatsch doch nicht.«

Jimmy sagte: »Ich kenne eine Menge Leute, die hatten einen Anwalt und sind trotzdem nicht hier rausgekommen.«

Der Neger sagte: »Ja, weil sie die Kaution nicht bezahlen konnten. Glaubst du, er kann die Kaution nicht bezahlen?«

Dutch sagte: »Wieviel Kaution nehmen sie eigentlich bei einem Einbruch?«

Jimmy antwortete: »Das kommt darauf an. Dreitausend Dollar vielleicht. Das kommt auch auf den Richter an. Wenn er an Richter Murfrees gerät, kann's teuer werden. Sie sagen, Richter Murfrees hat nicht mehr alle Tassen im Schrank.«

Die Matratze wurde eingedrückt. Dutch hatte sich aufgestützt. Er grinste Lauterbach an. »Dreitausend Dollar, Doktor. Aber die hast du doch bestimmt auf der Bank, wie?«

Der Neger sagte: »Zerbrecht euch doch nicht seinen Kopf. Ihr werdet sehen, morgen früh ist er raus hier.«

Jimmy sagte: »Ich kenne einen Mann, der hat ein Jahr hier gesessen bis zur Verhandlung.«

Der Neger sagte: »Die Geschichte kennen wir schon.«

Jimmy fuhr fort: »August voriges Jahr ist er reingekommen. Hatte nur ein Auto geklaut. Dann mußte er warten, bis die Grand Jury zusammentrat. Sie sind im Oktober zusammengetreten. Aber sie haben über die Anklage nicht entschieden. Hatten zu viele Fälle, haben sie gesagt. Wichtige Fälle. Also mußte er warten, bis sie das nächstemal zusammentraten. Das war im Februar. Aber im Februar ist irgendwas schief gegangen. Ich weiß nicht, was. Sein Anwalt hat Scheiße gebaut, glaube ich. Also haben sie wieder nicht über die Anklage entschieden. Und da mußte er noch mal warten, bis sie im Juni wieder zusammentraten.«

Der Neger sagte: »Ja, ja. Wir kennen deine Schauergeschichten.«

»Schauergeschichten, wie?« Jimmy richtete sich in seinem Bett auf, beugte sich hinaus, sah nach oben. »Und wie lange sitzt du selbst schon hier?«

Der Neger legte sich auf den Rücken, zog die Decke glatt. »Zweiundvierzig Tage. Morgen werden's dreiundvierzig.«

»Aha. Und nichts passiert. Sie lassen dich hier ganz einfach sitzen. Sie haben dich vergessen.«

»Quatsch. Ich komme schon noch dran.«

Dutch klopfte auf die Matratze. Lauterbach hob den Kopf. Dutch grinste ihn an, wies mit dem Daumen auf den Neger: »Hast du gehört, Doktor? Dreiundvierzig Tage. Klar, er hat einen umgelegt. Aber bevor sie ihn überhaupt verurteilen, lassen sie ihn erst mal schmoren.«

»Schmoren ist gut.« Jimmy lachte. »Er hat ja noch gar nicht richtig geschmort. Im Juni haben wir hier 50 Grad gehabt. Da war er ja noch gar nicht hier.«

»Ja, ja. 50 Grad. Irgendwann werden sie mich schon verurteilen. Und dann komm ich nach Memphis. Da haben sie Klimaanlagen in den Zellen. Und Farbfernsehen. Und in der Freizeit spielen sie Volleyball.«

Jimmy sagte: »Du glaubst auch jeden Scheiß. Ich kenne einen Mann, der in Memphis gesessen hat. Die Farbfernseher sind dauernd kaputt. Und die Klimaanlage stellen sie ab, nur so zum Spaß. Wenn sie den Jungs eins auswischen wollen, stellen sie die Klimaanlage ab und sagen, sie funktioniert nicht.«

Dutch lachte: »Und Volleyball spielen sie mit deinen Eiern.«

Jimmy ließ einen langen Furz.

Dutch wich zurück: »Du Sau. Mußt du das machen, wenn ich vor deinem Bett stehe?«

»Reg dich nicht auf. Das kommt von diesem matschigen Brot. Das nächstemal halte ich den Arsch ans Gitter.«

Lauterbach sagte: »Hört auf.« Er sagte es noch einmal, lauter: »Hört auf.« Und dann schrie er es: »Hört endlich auf!«

»Sieh mal da. Er kann ja reden.« Dutch stützte den Arm auf Lauterbachs Matratze, grinste ihn an: »Was ist los, Doktor? Hast du schwache Nerven?«

Jimmy sagte: »Wenn er glaubt, er kann hier rumschreien, werde ich ihm eins aufs Maul geben.«

Dutch sagte: »Das kann ich auch besorgen.«

Der Neger sagte: »Laßt ihn in Ruhe, oder ich ziehe euch die Säcke lang.«

Lauterbach drehte sich zur Wand. Er preßte beide Hände auf die Ohren.

19

Es war Viertel nach sieben in der Frühe, als Hewitt ihn herausholte. Hewitt führte ihn schweigend die Treppe hinunter, durch die Stahltür. Vor einer der Bürotüren blieb er stehen. Er sagte: »Sheriff Williams will selbst mit Ihnen sprechen.« Er legte die Hand auf die Klinke. Er sah Lauterbach an: »Beschweren Sie sich nicht über Kiefer.«

Kiefer stand am Fenster, die Daumen in den Gürtel eingehakt. Hewitt blieb an der Tür stehen. Hinter dem Schreibtisch saß ein hochgewachsener Mann von Mitte vierzig. Dichtes, schwarzes, gescheiteltes Haar. Braun gebrannt. Helle Augen. Er stand auf und gab Lauterbach die Hand. Dunkelblauer Blazer, blaue Krawatte, graue Hose, schwarze Stiefeletten. »Ich bin Sheriff Craig Williams. Mr. Lauterbach?«

»Ja.«

»Setzen Sie sich, bitte.« Er wies auf den Stuhl vor dem Schreibtisch, setzte sich wieder. Dann nahm er ein Blatt Papier auf, sah flüchtig darauf, blickte Lauterbach an. »Sie haben vor dem Deputy hier die Aussage verweigert, ist das richtig?«

»Ja.«

»Ich nehme an, daß Sie nur in Anwesenheit eines Anwalts aussagen wollen. Oder wollen Sie überhaupt nicht aussagen?«

»Doch, natürlich. Natürlich will ich aussagen. Aber ich möchte mich vorher mit einem Anwalt besprechen.«

Der Sheriff nickte. »Das verstehe ich. Aber das ist ein Problem, wissen Sie.« Er sah auf das Papier, sah Lauterbach an. »Ich möchte den Fall so schnell wie möglich klären, auch in Ihrem eigenen Interesse. Unser Gefängnis ist leider überfüllt, und ziemlich modern, Sie haben's ja gesehen.« Er lehnte sich zurück. »Ich möchte den Fall so schnell wie möglich abschließen. Aber um diese Zeit werden Sie noch keinen Anwalt finden. Und ich fürchte, Sie werden auch später keinen finden, der heute noch hierherkommt.« Er lächelte. »Auch die Anwälte sind in diesen Zeiten überbeschäftigt, leider.«

Er beugte sich vor. »Sie können's natürlich gern versuchen.« Er sah auf die Uhr. »In zwei Stunden vielleicht, wenn die Büros besetzt sind.« Er sah Lauterbach an. »Aber ich fürchte, Sie werden dann ein oder zwei Tage warten müssen. Vielleicht auch ein bißchen länger.«

Lauterbach sah ihn an, rieb sich mit zwei Fingern über die Stirn.

Der Sheriff sagte: »Mit anderen Worten, ich möchte Sie in Ihrem eigenen Interesse bitten, uns jetzt schon ein paar Fragen zu beantworten, die uns helfen, den Fall zu klären. Der Staatsanwalt wird ihn dann so schnell wie möglich dem Richter vortragen.« Er sah Lauterbach an: »Ich nehme an, daß der Fall nicht sehr kompliziert liegt, und daß Sie eine plausible Erklärung geben können.« Er lehnte sich zurück. »Aber es ist natürlich Ihre Entscheidung.«

Lauterbach senkte den Kopf. Es fiel ihm schwer, seine Gedanken zu ordnen. Sie wurden gelähmt, erdrückt von der Furcht, wieder in diese finstere Kloake zurückkehren zu müssen, auf unabsehbare Zeit, auf einen ganzen, endlosen Tag, eine Nacht, die ewig schien.

Der Sheriff sagte: »Sie sollten noch wissen, daß Sie die Aussage natürlich jederzeit abbrechen und die Anwesenheit eines Anwalts verlangen können.« Er nahm das Blatt Papier auf, drehte es herum und legte es vor Lauterbach. »Lesen Sie doch bitte, was auf diesem Blatt steht.«

Lauterbach las. Es war der Text, den Hewitt ihm vor Pete's Motel vorgelesen hatte. Darunter stand: »Wenn Sie sich entscheiden, unsere Fragen jetzt ohne die Anwesenheit eines Anwalts zu beantworten, bleibt Ihnen unverändert das Recht, zu jeder Zeit nicht zu antworten. Sie behalten auch das Recht, die Aussage zu verweigern, bis Sie sich mit einem Anwalt besprochen haben.«

Darunter stand ein weiterer Absatz: »Ich habe diese Erklärung meiner Rechte gelesen, und ich verstehe, welche Rechte ich habe. Ich bin bereit, eine Aussage zu machen und Fragen zu beantworten. Ich möchte gegenwärtig keinen Rechtsanwalt hinzuziehen. Ich verstehe und weiß, was ich tue. Es sind mir keine Versprechungen oder Drohungen gemacht worden, und es ist kein Druck oder Zwang auf mich ausgeübt worden.«

Lauterbach legte das Blatt ab. Er blieb eine Weile sitzen, mit gesenktem Kopf. Es war sehr still.

Hewitt sagte: »Ich tät's an Ihrer Stelle.«

Lauterbach hob den Kopf, sah Hewitt an. Dann sah er den Sheriff an, sagte: »Haben Sie einen Stift?« Der Sheriff griff in die Brusttasche, holte einen Stift hervor und reichte ihn ihm. Lauterbach unterschrieb die Erklärung.

Der Sheriff nahm das Blatt entgegen, sah auf die Unterschrift. »Danke, Doktor. Sie erleichtern uns unsere Arbeit durch Ihre Kooperation.« Er legte das Blatt ab, sah Lauterbach an. Die Augen waren sehr hell. »Was haben Sie in diesem Motel gesucht?«

Lauterbach rieb sich die Stirn. Er sagte: »Die Beute.«

»Die Beute?«

»Ja. Die Beute aus dem Bankraub in Nashville, vergangenen Mittwoch. Heute vor einer Woche. Sie wissen doch, wovon ich spreche.«

Der Sheriff bewegte sich nicht. Er sagte: »Wollen Sie sagen, daß Sie mit diesem Bankraub zu tun haben?«

»Eben nicht. Obwohl es für Sie natürlich so aussehen muß. Oder aussehen könnte. Aber das ist mir alles erst klargeworden, nachdem ich in der Zeitung die Meldung über den Mord an dieser Frau gelesen habe.«

Einen Augenblick lang war es sehr still. Dann räusperte Kiefer sich. Er spuckte aus. Der Sheriff sagte: »Laß das, Charly. Erzählen Sie uns mehr von diesem Mord.«

Lauterbach starrte auf seine Hände. »Ich nehme an, daß Sie keinen Hinweis auf die Täter gefunden haben. Es waren zwei Männer und ein Mädchen, schwarz. Die Männer weiß. Jedenfalls einer von ihnen. Den anderen habe ich nie genau gesehen. Der eine hatte lange blonde Haare, ziemlich ungepflegt. Bleiches Gesicht, teigig, würde ich sagen. Er trug eine Jeansjacke. Und Jeans. Und braune Stiefel.« Er rieb sich die Stirn.

Der Sheriff räusperte sich. »Und diese drei, sagen Sie, haben einen Mord begangen? Den Mord, von dem Sie gesprochen haben?«

Lauterbach nickte. »Sie sind jedenfalls zu ihr gekommen, alle drei, während der Nacht.«

»Wann? Und wo?«

»Wo?« Lauterbach sah den Sheriff verwundert an. An Pete's Motel. Sie sind kurz vor Mitternacht gekommen. Und sie sind sofort zu ihr gegangen, in ihr Apartment. Apartment eins.« Er sah wieder auf seine Hände.

Der Sheriff bewegte sich ein wenig in seinem Sessel. Er sagte: »Namen wissen Sie nicht?«

Lauterbach sah den Sheriff an. »Nein.« Dann sagte er: »Ich weiß nur den Namen der Frau, Sally.«

»Sie meinen die Frau, die ermordet worden ist?«

»Ja, natürlich.«

Hewitt rührte sich plötzlich. Er ging an einen Aktenbock, auf dem ein paar Zeitungen lagen. Er suchte eine der Zeitungen heraus, überflog die Titelseite.

Lauterbach sagte: »Und ich weiß die Nummer des Autos, in dem sie mich verfolgt haben. *TENN 5-T 2237.* Sie haben mich nach dem Mord verfolgt, verstehen Sie?«

Der Sheriff sagte: »Schreib das auf, Charly.«

Kiefer fragte: »Wie war das?«

»TENN 5-T 2237.«

Hewitt legte die Zeitung vor den Sheriff. Er wies mit der Hand auf eine Meldung der Titelseite: »Hier.«

Der Sheriff zog aus der Jackentasche eine Brille, setzte sie auf, beugte sich über die Zeitung und las. Er nahm die Brille ab, legte die Zeitung vor Lauterbach, wies mit dem Finger darauf und sagte: »Ist das die Meldung über den Mord, die Sie gelesen haben?«

Lauterbach sah auf die Zeitung: »Ja.«

Kiefer beugte sich über seine Schulter. Er sah auf die Meldung, und dann sagte er: »Er lügt doch. Ich weiß nicht, warum, aber er lügt, daß sich die Balken biegen.«

Der Sheriff sagte: »Kannst du vielleicht mal deine Klappe

halten, Charly?« Er sah Lauterbach an: »Sie wollen also sagen, daß Sie Zeuge dieses Mordes geworden sind, in diesem ...«, er griff nach der Zeitung, setzte die Brille wieder auf, »in diesem Motel in Rutherford County, nahe des Interstate-Highway 24?«

»Ja. Das heißt, ich habe ja nicht viel beobachten können. Ich habe gesehen, daß die beiden Männer und das Mädchen angekommen sind, aber ich habe sie nicht erkennen können, es war ja dunkel. Und dann habe ich gehört, daß sie mit der Frau, mit dieser Sally, meine ich, gestritten haben, oder alle vier haben miteinander gestritten, die Wände sind ja dünn wie Papier. Mitten in der Nacht habe ich einen schweren Schlag gehört, und ein Splittern. Aber worum es ging und was dabei passiert ist, den Mord, meine ich, das habe ich erst begriffen, als ich diese Zeitung gelesen habe.« Er schüttelte den Kopf.

Der Sheriff sah ihn schweigend an.

Kiefer sagte: »Warum haben Sie denn in Pete's Motel eine falsche Autonummer eingetragen?«

»Es war keine falsche Nummer. Ich hab sie nur verwechselt. Es ist die Nummer, die auf der Rückseite des Schlüsselanhängers steht.«

»Wieso war sie dann nicht falsch?«

Der Sheriff sagte: »Das bringt uns nicht weiter jetzt, Charly.« Er sah Lauterbach an. Wieder Stille.

Hewitt sagte: »Wollen Sie nicht mal von Anfang an erzählen?«

Lauterbach nickte: »Ja.« Er dachte eine Weile nach, atmete tief. Dann erzählte er ihnen, wer er war und was er tat und warum er nach Nashville gekommen war. »Ich kann Ihnen das alles aus den Unterlagen, die ich mit mir führe, beweisen. Und ich wäre Ihnen sehr dankbar, wenn Sie darauf verzichten wollten, bei meinen Geschäftsfreunden in Nashville Erkundigungen einzuziehen. Es wäre wirklich sehr unangenehm für mich, wenn man erfahren würde, in welche Geschichte ich hier verwickelt worden bin.«

Der Sheriff sagte: »Natürlich.«

Lauterbach erzählte ihnen, wie er in Pete's Motel geraten war und wie Sally sich ihm aufgedrängt hatte, daß er sie abgewiesen und daß sie danach die Beute wahrscheinlich in dem Apartment elf versteckt hatte. Er berichtete über die Verfolgung, über den Hinterhalt auf der Straße nach Jasper, das Mädchen, das ihn anzuhalten versucht, und den Mann, der in Chattanooga nach ihm gefragt hatte, über die offene Zimmertür, und daß das Auto der Verfolger immer wieder aufgetaucht war, am Allatoona Lake und vielleicht auch in Atlanta, er war sich nicht sicher, aber dann unzweifelhaft wieder hinter Rome.

Er erwähnte Minnies Namen nicht, und nicht, wie er sie kennengelernt hatte.

Er sagte, er habe das schwarze Mädchen, das mit den beiden Männern zu Sally gekommen sei, nur flüchtig gesehen.

Er verschwieg, daß Minnie ihn in Chattanooga angesprochen und daß er sie am nächsten Morgen mitgenommen hatte. Er sagte ihnen den Namen des Motels am Allatoona Lake, aber er sagte ihnen nicht, daß er Minnie dort weggeschickt hatte und daß sie wiedergekommen war und daß er die Nacht mit ihr verbracht hatte.

Er verschwieg, daß Minnie ihn durch den Dschungel von Atlanta geführt hatte.

Er sagte ihnen, daß er die Nacht zum Dienstag in Rome verbracht hatte, aber er sprach nicht von dem Motel, in dem er sich mit Minnie eingetragen und in dem sie an seinem Bett gestanden hatte, als er nachts aus seinem Alptraum erwachte. Er sagte, er habe Angst bekommen, in ein Hotel zu gehen, in dem die Verfolger ihn hätten aufspüren können, und deshalb sei er spät abends in Rome auf einen Parkplatz gefahren und habe die Nacht im Auto verbracht.

Er sagte auch kein Wort von dem Blockhaus am Guntersville Lake, das Minnie aufgebrochen und in dem er sich von Minnie hatte zudecken und wärmen lassen. Er sagte, er sei den ganzen Dienstag ziellos herumgefahren, auf der Flucht vor den Verfolgern. Und auf der Flucht vor der Polizei. Er habe verzweifelt überlegt, wie er diesem Dilemma habe entrinnen können.

Er sagte, sobald ihm der Gedanke gekommen sei, daß seine einzige Chance darin bestehe, die Beute zu finden und sie der Polizei zu übergeben, habe er sich auf den Weg zurück zu Pete's Motel gemacht.

Er sagte nicht, daß er Minnie vergewaltigt hatte.

Er sagte nicht, daß er sie auf der Straße, im Dunkeln, im Regen, hatte stehen lassen.

Er sagte: »Ich weiß, daß das alles ganz fantastisch klingt. Und ziemlich töricht. Ich weiß, daß ich mich viel früher hätte an die Polizei wenden müssen. Aber bedenken Sie bitte, unter welchem Schock ich stand. Dieser Mord, der mir auf einmal klarwurde. Und die Verfolgung. Es war ja sicher nicht falsch, anzunehmen, daß ich mich in Lebensgefahr befand. Und natürlich auch in der Gefahr, von Ihnen als Mörder verhaftet zu werden. Es war mir ja doch klar, was das für mich bedeuten würde. Beruflich. Und menschlich. Die Beute schien mir tatsächlich die einzige Chance, Ihnen zu beweisen, daß ich mit dem Mord und mit dem Bankraub nichts zu tun hatte. Ich habe tatsächlich keinen anderen Ausweg mehr gesehen, als die Beute zu finden und sie Ihnen zu übergeben.«

Er schwieg. Er sah den Sheriff an, hob die Schultern, versuchte zu lächeln. Der Sheriff sah ihn an.

Kiefer sagte: »Wenn das stimmen soll, was Sie uns da erzählt haben, dann haben Sie aber einen schweren Fehler gemacht.«

Lauterbach sah Kiefer an.

»Dann hätten Sie nämlich schon heute nacht Hewitt oder mir sagen müssen, wir sollten einen Mann in dieses Apartment elf setzen.« Kiefer lächelte: »Was tun Sie denn, wenn Ihre Bankräuber mittlerweile da waren und das Geld kassiert haben? Haben Sie sonst noch einen Beweis dafür, daß Ihre Geschichte stimmt? Und wie wär's, wenn Sie selbst das Geld beiseite geschafft und versteckt haben? An einem anderen Platz, meine ich, nicht in diesem merkwürdigen Apartment?«

Der Sheriff sagte: »Wenn du hier herumquatschen willst, Charly, gehst du besser nach Hause.« Er nahm den Telefonhörer ab, wählte zwei Nummern, sah auf den Schreibtisch. Er hob den Kopf: »Mike? Schick sofort einen Mann rauf zu Pete's Motel. Er soll dieses Apartment filzen, Nummer elf. Von oben bis unten. Und er soll sich beeilen. Und sobald er fertig ist, soll er mich anrufen.«

Er legte den Telefonhörer auf, ließ die Hand einen Augenblick darauf liegen. Dann sah er Lauterbach an: »Wie sind Sie an das Einbruchswerkzeug gekommen?«

Lauterbach sagte: »An einer Tankstelle. Irgendwo unterwegs. Ich habe dem Tankwart gesagt, ich wohnte im Blockhaus eines Freundes. Ich hätte den Schlüssel liegen lassen und die Tür zugeschlagen. Der Tankwart hat mir diese Haken verkauft. Für drei Dollar.«

Kiefer lachte.

Der Sheriff sagte: »Können Sie uns sagen, wo diese Tankstelle liegt?«

Lauterbach hob die Schultern. »Irgendwo zwischen Rome und Fort Payne. An einer Seitenstraße. Aber wo genau das war, das kann ich Ihnen nicht sagen. Ich war zu aufgeregt.«

Kiefer lachte.

Hewitt sagte: »Würden Sie diese Tankstelle wiedererkennen?«

Lauterbach sah Hewitt an: »Ja, das glaube ich schon.«

Der Sheriff sah auf die Zeitung. Er schob sie ein wenig hin und her. Dann sagte er: »Mr. Lauterbach, ich muß mit den Deputys einiges besprechen. Sie werden so lange draußen warten. Bring ihn nach vorn, Jeff.«

Hewitt brachte ihn hinaus. Auf dem Flur sagte er: »Glauben Sie wirklich, daß das alles stimmt, was Sie uns da erzählt haben?«

Lauterbach sagte: »Ich schwör's Ihnen.«

Er saß fast eine Stunde hinter dem Tresen, auf einem Stuhl in der Ecke. Der schwarze Polizist und das schwarze Mädchen in Uniform waren nicht mehr da. Ein junger, blonder Mann in Uniform, den Stern auf der Brust, sortierte Papiere, sah ihn ab und zu von der Seite an.

Lauterbach versuchte, noch einmal die Geschichte zu durchdenken, die er ihnen erzählt hatte. Ihm wurde heiß. Es war unwahrscheinlich, daß sie die schwachen Punkte nicht bemerkt hatten. Sie würden sie abklopfen. Dieser Sheriff sah nicht so aus, als ob er lockerließe, wenn er einmal eine Fährte aufgenommen hatte. Hewitt auch nicht. Und Kiefer ganz bestimmt nicht.

Das Einbruchswerkzeug.

Er wischte sich den Schweiß von der Stirn. Er fragte den jungen Deputy, ob er ein Glas Wasser haben könne. Der Deputy führte ihn zum Trinkhahn im Flur, blieb neben ihm stehen, während er trank, führte ihn wieder zurück.

Zwei Männer in Uniform kamen von der Straße herein. Sie stellten sich an den Tresen, einen Ellbogen aufgestützt, schwatzten mit dem jungen Deputy. Einer der beiden schob den breitrandigen Hut mit der Fingerspitze aus der Stirn. Er musterte Lauterbach, deutete auf ihn und sagte: »Was ist mit ihm?«

Der junge Deputy sagte: »Keine Ahnung. Williams hat ihn sich vorgeknöpft.«

Die beiden Männer gingen weiter.

Lauterbach spürte einen neuen Schweißausbruch. Ihm war, als

schlössen sich jetzt erst die Gefängnismauern um ihn. Sie rückten immer dichter heran, steinhart, undurchdringlich, kahl, düster.

Der Montagabend. Die Nacht in Rome.

Es war ein Fehler gewesen, ihnen das Stichwort Rome zu geben.

Angst hat er gehabt, sagt er. Und dann übernachtet er ausgerechnet auf einem Parkplatz, mutterseelenallein?

Sie brauchten nur die Polizei in Rome anzurufen. Wie viele Hotels mochte es in Rome geben? Wahrscheinlich brauchte der Mann da unten keine Viertelstunde, um ihm auf die Spur zu kommen.

Hi, Rosalie, wie geht's? Sieh doch mal nach, ob bei euch am Montag ein Kerl mit dem Namen Lauterbach übernachtet hat. Aus Deutschland. In der Nacht vom Montag zum Dienstag.

Lauterbach?

Ja. Dr. Lauterbach. L-a-u-t-e-r-b-a-c-h.

Hab ihn schon. Dr. Wolfgang Lauterbach. Und Minnie Dysart.

Minnie Dysart? Und wer ist das?

Weiß nicht. Ich hab keinen Dienst gehabt am Montagabend. Aber er hat sich mit ihr eingetragen. Ein Doppelzimmer.

Dysart, sagst du?

Ja. Soll ich's buchstabieren?

Nicht nötig. Danke dir, Rosalie.

Die ganze Geschichte würde zusammenbrechen. Und dann würden sie nicht mehr lockerlassen. Sie würden ihn festhalten. Kaution, ja. Vielleicht war sie aufzubringen. Aber dann würde er die Bank benachrichtigen müssen. Und es konnte Tage dauern, fünf Tage, zehn Tage vielleicht, bis das Geld einging.

Es würde Dutzende von Menschen geben, hier und drüben, die von der Geschichte erfahren würden. Dutzende? Hunderte. Er würde Wallrat und der halben Firma ja erklären müssen, warum er nicht pünktlich zurückkommen konnte.

Und Eva. Er würde Eva eine halbwegs plausible Erklärung geben müssen.

Eine Erklärung, in der dieses Negermädchen nicht auftauchte?

Wenn sie Minnie auf die Spur kamen, wenn sie Minnie faßten, dann gab es kein Halten mehr, keine Auffanglinie, nichts mehr.

Minnie würde auspacken.

Und dann war es aus. Aus mit allem. Dann war es aus mit der Hochzeit. Und aus mit dem Job. Und mit jedem halbwegs vergleichbaren Job, in alle Ewigkeit.

Er fragte den jungen Deputy, ob er noch einmal Wasser trinken könne. Der Deputy zog die Augenbrauen zusammen: »Sie haben aber mächtig Durst, Mann.« Er führte ihn zum Trinkhahn.

Als Lauterbach sich den Mund abwischte, erfüllte ihn jäh der Gedanke mit Hoffnung, daß er alle kritischen Punkte bestreiten könne. Sie würden ja doch die Aussage dieser Herumtreiberin mit spitzen Fingern anfassen.

Sie steckte mit den Bankräubern, mit den Mördern unter einer Decke. War es nicht klar, daß sie versuchen würde, ihn zu belasten, um sich selbst reinzuwaschen? Kein vernünftiger Mensch würde ihr glauben.

Sie konnten ihr ganz einfach nicht glauben.

Als er sich wieder auf den Stuhl in der Ecke setzte, brach die Hoffnung zusammen.

Wenn das so ist, wie Sie sagen, Mr. Lauterbach: Warum haben Sie uns dann nichts von diesem Mädchen erzählt? Sie hätten uns doch eine genaue Personenbeschreibung geben können. Sie hätten dazu beitragen können, daß wir sie fassen, und diese beiden Männer. Das wäre doch in Ihrem eigenen Interesse gewesen, oder nicht?

Warum haben Sie versucht, dieses Mädchen totzuschweigen? Vielleicht doch, weil Sie sie zu dem Einbruch in das Blockhaus angestiftet haben? Oder weil Sie sogar selbst das Fenster und die Schuppentür aufgebrochen haben?

Und vielleicht doch, weil Sie sie vergewaltigt haben?

Welche anderen Gründe können Sie uns nennen, Mr. Lauterbach? Warum haben Sie uns von ihr nichts erzählt?

Während er noch sein Gehirn zermarterte, um eine Antwort zu finden, kam Hewitt und holte ihn ab. Hewitt sagte kein Wort, als er ihn zum Büro des Sheriffs führte.

Kiefer stand am Fenster. Der Sheriff hatte die Brille aufgesetzt. Er las ein Blatt Papier, das er mit beiden Händen vor die Augen hielt. Dann legte er das Blatt ab, nahm die Brille ab und sah Lauterbach an. »Mr. Lauterbach, wir haben die wesentlichen Punkte Ihrer Aussage protokolliert.« Er schob ihm das Blatt hinüber. »Lesen Sie das durch, und dann unterschreiben Sie es bitte.«

Lauterbach nahm das Blatt und las. Sie hatten die wesentlichen Punkte exakt wiedergegeben. Er legte das Blatt ab, rieb sich die Stirn, sah den Sheriff an. Dann sagte er: »Ich möchte mit einem Anwalt sprechen, bevor ich das unterschreibe.«

Der Sheriff hob die Augenbrauen: »Haben wir irgend etwas falsch protokolliert?«

»Nein, nein. Das nicht.« Lauterbach zog sein Taschentuch und rieb sich den Nacken, die Wangen. Er sah den Sheriff an. »Ich möchte jedenfalls vorher mit einem Anwalt sprechen. Das werden Sie sicher verstehen.«

»Natürlich.« Der Sheriff nahm das Blatt an sich, sah auf die Uhr. »Vielleicht haben Sie jetzt Glück.« Er öffnete eine Schreibtischschublade, suchte, nahm ein Blatt Papier heraus. »Das ist die Liste der Strafverteidiger, die hier am Gericht zugelassen sind. Suchen Sie sich einen aus. Die ersten beiden Gespräche haben Sie frei. Alle weiteren müssen wir Ihnen leider in Rechnung stellen.«

Kiefer sagte: »Das weiß er schon. Das hab ich ihm schon vergangene Nacht erklärt.«

»So, hast du.«

Lauterbach starrte auf die Liste. Er sah auf: »Kann ich von diesem Apparat telefonieren?«

»Natürlich.« Der Sheriff rückte das Telefon vor ihn. »Oder möchten Sie ungestört sein?«

»Nein, nein. Nicht nötig.« Er raffte sich auf. Er begann mit dem ersten Namen. Das Mädchen, das sich meldete, sagte, Mr. Atkinson habe vormittags am Gericht zu tun. Er werde erst nach dem Lunch ins Büro kommen.

Der zweite Anwalt wurde in seinem Büro erwartet, aber er war noch nicht eingetroffen. Der dritte war krank. Als Lauterbach den Hörer auflegte, sagte der Sheriff: »Es tut mir leid, Mr. Lauterbach, aber wir müssen unserer Arbeit nachgehen.«

Lauterbach schluckte. Er sagte: »Ich habe das Recht, mit einem Anwalt zu sprechen.«

»Das haben Sie. Aber wenn Sie keinen Anwalt erreichen, ist das nicht meine Schuld.«

Hewitt sagte: »Es bringt Ihnen nichts ein, Doktor, wenn Sie auf Ihren Rechten herumpochen. Wir kennen Ihre Rechte.«

Kiefer lachte: »Laß ihn doch noch den nächsten versuchen, Craig.«

Der Sheriff sagte: »Okay. Versuchen Sie's noch einmal.«

Mr. Harding war in seinem Büro, aber er besprach sich mit einem Klienten. Lauterbach sagte dem Mädchen, das sich gemeldet hatte, es sei sehr dringend. Er sei Rechtsanwalt aus Deutschland. Er zögerte, dann sagte er, er rufe aus dem Gefängnis an, er werde in Haft gehalten.

Mr. Harding war offensichtlich unwillig, als das Gespräch zu ihm durchgestellt wurde. Lauterbach sagte, er sei Rechtsanwalt aus Deutschland. Er sei in eine sehr dumme Geschichte hineingeraten. Er bitte dringend um Mr. Hardings Rechtsbeistand.

Mr. Harding fragte, was das denn für eine dumme Geschichte sei. Wenn er einen Verkehrsunfall verschuldet habe, möge er doch Mr. Lewis, Mr. Milton P. Lewis anrufen, der sei spezialisiert auf solche Fälle. Er selbst verstehe davon nicht viel, sagte Mr. Harding.

Lauterbach sagte, die Geschichte sei leider viel komplizierter. Er könne sie am Telefon nicht erklären, zumal Mr. Harding, wie er gehört habe, gerade einen Klienten bei sich habe.

Mr. Harding sagte, das sei in der Tat so. Ob es denn nicht möglich sei, wenigstens einen Hinweis auf den Charakter dieser sehr dummen Geschichte zu geben.

Lauterbach zögerte. Dann sagte er, ihm werde ein Einbruchsversuch vorgeworfen.

Ein Einbruchsversuch?

Ja.

Aber doch wohl nicht zu Recht?

Lauterbach zögerte. Dann sagte er: »Doch.«

Mr. Harding schwieg einen Augenblick. Dann sagte er, nun gut, er werde versuchen, am Nachmittag ins Gefängnis zu kommen. Aber er könne es nicht fest zusagen, er habe den ganzen Tag bereits voller Termine. Es sei leider nicht auszuschließen, daß er erst morgen Zeit finden werde, ins Gefängnis zu kommen. Und ob es unter diesen Umständen nicht vielleicht doch ratsam wäre, einen anderen Anwalt zu bemühen.

Lauterbach sagte, er wundere sich, daß der Rechtsbeistand unter Kollegen offenbar so schwierig sei.

Mr. Harding sagte, es tue ihm leid, aber es sei sicher verständlich, daß er sich nun wieder seinem Klienten widmen müsse. Und ob er nun ins Gefängnis kommen solle oder nicht.

Lauterbach zögerte. Dann sagte er, Mr. Harding möge bitte zum frühestmöglichen Termin kommen.

Mr. Harding sagte: »Guten Morgen, Sir.« Und legte auf.

Kiefer spie aus. Der Sheriff sagte: »Laß das, Charly.« Er sah Lauterbach an: »Wann will er kommen?«

»Heute nachmittag.«

Kiefer sagte: »Das können Sie sich abschminken, Lauderbeck. Auf Harding war noch nie Verlaß.«

Der Sheriff sagte: »Hab ich dir nicht schon mal gesagt, du sollst hier nicht dauernd herumquatschen?«

Kiefer lachte: »Ich hab doch nur gesagt, daß er im Lotto die falsche Nummer gezogen hat.«

Der Sheriff sagte: »Es tut mir leid, Mr. Lauterbach, aber ich muß Sie in die Zelle zurückbringen lassen. Sie verstehen, daß wir Ihre Aussage überprüfen müssen.« Er steckte die Brille ein. »Und leider können wir uns jetzt nicht einmal mehr auf Ihre Aussage verlassen.«

»Wieso nicht?«

Hewitt bewegte sich: »Weil Sie sie nicht unterschrieben haben.«

Der Sheriff sagte: »Bring ihn zurück, Jeff.«

20

Es war gegen sieben Uhr am Abend, als die Hölle ausbrach. Louis hatte die Eßnäpfe eingesammelt. Lauterbach, auf der Pritsche liegend, hatte gefragt: »Wie spät ist es?« Louis hatte gesagt: »Geht auf sieben.« Dutch hatte gelacht und gesagt: »Dein Anwalt geht jetzt zum Dinner, Doktor. Er holt seine Puppe ab, und dann fahren sie in ein Restaurant. Und dann gehen sie tanzen. Und danach nimmt er sie mit nach Hause, und dann ficken sie. Ich wette, die ficken die ganze Nacht. Und morgen muß er erst mal ausschlafen. Ich wette, der kommt auch morgen nicht. Der wird verdammt müde sein morgen. Und morgen abend –«

Lauterbach schrie: »Halt's Maul, du Hurensohn!« Seine Stimme brach.

Dutch lachte. Jimmy kroch von seiner Pritsche, der weiße Haarschopf tauchte neben Lauterbachs Schulter auf. Jimmy sagte: »Das war das letztemal, Freundchen. Wenn du noch mal so schreist, schlag ich dir die Zähne ein.«

Dutch stand auf. Er sagte: »Das ist mein Job, Jimmy. Verschwinde. Das mach ich allein. Er hat mich Hurensohn genannt.«

Jimmy trat ans Gitter, spähte hinaus. Er sagte: »Warte, bis Louis weg ist. Ich sag dir Bescheid.«

Der Neger richtete sich auf seiner Matratze auf. Er saß da, den Kopf unter die Decke gebeugt, verdrehte die Augäpfel. Er sagte: »Wenn ihr ihn anrührt, schlag ich euch mausetot. Und dich schlag ich mausetot, Dutch, wenn du noch mal von seinem Anwalt sprichst.«

Dutch verschränkte die Finger, zog daran, ließ die Knöchel knacken. »Ich sprech von seinem Anwalt, solange es mir Spaß macht.«

»Das tust du nicht.«

Jimmy, beide Hände am Gitter, sagte: »Was mischst du dich ein, Spade? Was hast du mit ihm zu tun und mit seinem Anwalt? Der hat überhaupt keinen Anwalt. Sonst wäre er schon längst raus hier.«

Der Neger sagte: »Sein Anwalt wird kommen und ihn hier rausholen. Und bis dahin werdet ihr beide ihn nicht anrühren.«

»Das werden wir sehen.« Dutch trat an die Klosettschüssel. Er sah über die Schulter: »Wie sieht's aus, Jimmy?«

»Er ist noch vorn. Warte. Ich sag dir Bescheid.«

Der Neger sagte: »Ich hab euch gewarnt.«

Dutch sagte: »Was willst du eigentlich? Die Geschichte geht dich überhaupt nichts an. Er hat mich Hurensohn genannt.«

»Das bist du.«

»Was bin ich?«

»Ein Hurensohn bist du.«

Jimmy sagte: »Warum mischst du dich ein, Spade? Der Kerl hat eine Abreibung nötig. Wenn er seine Abreibung nicht bekommt, wird er uns weiter auf die Nerven gehen. Laß Dutch das machen, Spade. Halt dich da raus.«

»Ich hab dir gesagt, daß ich mich da nicht raushalte. Darauf kannst du deinen Arsch wetten.«

Dutch sagte: »Du kommst dir wohl mächtig stark vor, wie? Du glaubst wohl, daß dieser Scheißkerl dir helfen wird? Sieh ihn dir an, wie er daliegt. Er hat ja jetzt schon die Hosen voll bis obenhin.« Er schnüffelte. »Ich kann's riechen. Der Kerl riecht nach Scheiße. Riecht ihr es nicht?«

»Kümmer dich nicht um seine Hosen. Nach Scheiße riechst du, du Hurensohn.«

Dutch sagte: »Du nimmst das Maul mächtig voll, Spade.«

Jimmy sagte: »Ich möchte wissen, was du mit diesem Kerl zu tun hast, Spade. Der wird uns noch wochenlang auf die Nerven gehen, wenn er nicht seine Abreibung bekommt.«

»Er wird keinen Tag länger hier sein. Sein Anwalt wird ihn rausholen.«

Jimmy sagte: »Du spinnst doch wirklich, Spade. Ich möchte wissen, was du mit seinem Anwalt hast. Der hat doch überhaupt keinen Anwalt.«

Der Neger sagte: »Halt's Maul. Sein Anwalt wird ihn herausholen. Und bis dahin werdet ihr beide ihn nicht anrühren, ich schwör's euch.«

Dutch sagte: »Du kommst dir mächtig stark vor, Spade. Glaub nur nicht, daß du mir Angst einjagen kannst.«

Jimmy, beide Hände am Gitter, sagte: »Er ist weg.« Er nahm die Hände vom Gitter, drehte sich um. Er ließ beide Arme hängen.

Lauterbach glaubte zu spüren, daß sich sein Nackenhaar sträubte. Er sah den Neger an. Der Neger saß gebückt auf seiner Pritsche, ließ die Augäpfel rollen.

Dutch lachte. Er verschränkte die Finger, ließ die Knöchel knacken. Er trat einen Schritt auf Lauterbachs Pritsche zu, blieb stehen. Der Neger schwenkte langsam ein Bein über den Rand der Pritsche.

Jimmy räusperte sich. Er flüsterte: »Halt dich da raus, Spade.«

Dutch machte noch einen Schritt. Er ließ den Neger nicht aus den Augen. Sein Gesicht war wie eine Maske, bleich, lächelnd. Die Lippen entblößten die Zahnlücke.

Der Neger hob langsam das andere Bein über den Rand der Pritsche. Er blieb gebückt sitzen, beide Hände auf dem Rand der Pritsche.

Lauterbach lag wie gelähmt auf dem Rücken, lang ausgestreckt, den Kopf ein wenig angehoben. Ein paar Sekunden lang regte sich nichts. Nur Jimmys rasselnder Atem war zu hören, und wie aus großer Ferne eine undeutliche, dumpfe Stimme aus der Zelle nebenan. Lauterbachs Nackenmuskeln begannen zu zittern.

Er sah im Augenwinkel die blitzschnelle Bewegung, als Jimmys Hände das Bein des Negers packten. Dutch sprang vor und packte den Arm des Negers. Der Neger kam von der Pritsche herunter, stürzte zu Boden. Jimmy warf sich über ihn, umklammerte von hinten mit beiden Armen die Oberarme und die Brust des Negers.

Vor Lauterbachs Gesicht erschien die bleiche, grinsende Maske, die Zahnlücke. Dutch faßte mit beiden Händen nach Lauterbachs Hals, die Daumen gruben sich ein, Lauterbach stieß mit den Händen nach der Maske, er wurde an den Rand der Pritsche gezogen, schlug um sich und versuchte, sich festzuhalten. Als er schon glaubte hinunterzustürzen, tauchte hinter der Maske das dunkle Gesicht des Negers auf, weiße Augäpfel. Der Neger hob eine Faust und schlug sie in Dutchs Nacken, Dutchs Gesicht prallte auf den Rand der Pritsche, er ließ Lauterbach los. Jimmy kam vom Boden hoch, er rammte den eingezogenen Kopf gegen die Brust des Negers, der Neger fiel gegen die Gitterstäbe, er griff im Fallen nach Jimmys Haarschopf und riß Jimmy mit sich zu Boden. Dutch, eine breite Blutspur von der Nase bis zum Kinn, trat nach dem Neger, der Neger fing das Bein und drehte es herum, Dutch schrie auf, stürzte über den Neger. Jimmys Faust traf den Neger am Kinn, die Faust des Negers traf Jimmys Auge.

Sie wälzten sich in dem engen Gang zwischen den Pritschen. Dumpfe Schläge, keuchender Atem, abgerissene, unartikulierte Laute. Lauterbachs Pritsche schwankte hin und her, er lag ausgestreckt auf dem Rücken, krallte beide Hände in die Matratze. Er wollte rufen, aber er brachte keinen Laut heraus.

Ein breiter, zischender Wasserstrahl fuhr durch die Gitterstäbe. Louis rief: »Hört auf, hört auf, ihr verdammten Hunde, oder ich hole die Jungs! Hört auf, sage ich euch! Ihr sollt aufhören, ihr verdammten Hunde!«

Jimmy kam als erster aus dem Wasserschwall empor, er schwankte, stieß heftig gegen Lauterbachs Pritsche, versuchte, sein Gesicht mit beiden Armen gegen den scharfen Strahl zu schützen, verkroch sich hinter der Pritsche. Dutch erhob sich, drehte sich um die eigene Achse, wurde von dem Strahl im Gesicht getroffen, taumelte rückwärts, fiel und rollte sich auf dem Boden zusammen. Als letzter stand der Neger auf. Er stand aufrecht, den Kopf ein wenig eingezogen, fing den Strahl mit dem Nacken und mit dem Rücken auf. Er schwankte ein wenig. Er wischte sich mit beiden Händen das Gesicht ab, schleuderte das Wasser von den Fingern.

Louis stellte das Wasser ab. Er sagte: »Warum macht ihr solche Scheiße? Geht's euch noch nicht dreckig genug?« Er rollte den Schlauch auf.

Jimmy kam hinter der Pritsche hervor. Er hustete, hob das nasse Hemd hoch, betastete seine Brust: »Hol den Doktor, Louis. Der verdammte Nigger hat mir eine Rippe eingeschlagen.«

Louis sagte: »Das geschieht dir recht. Leg dich hin. Morgen wird's besser sein.« Er verschwand mit dem Schlauch.

Der Neger zog Hemd und Hose aus, wrang sie über der Klosettschüssel aus.

Dutch erhob sich. Er betastete sein Gesicht, betrachtete das Blut auf den Fingern, kroch auf seine Matratze.

Der Neger schwang sich hoch und rollte sich nackt in die Decke ein.

Jimmy sagte: »Dieser Hurensohn würde einen glatt verrekken lassen, ich sag's euch.« Er schrie: »Louis, du Hund, du gottverdammter, hol den Doktor!« Er bekam einen Hustenanfall. Mit ersterbender Stimme sagte er: »Ich verrecke, bei Gott, ich verrecke.«

Dutch sagte: »Wenn du schon verreckst, dann halt wenigstens die Schnauze dabei.«

Jimmy kroch auf seine Matratze.

Louis kam mit einem Eimer, einem Lappen und einem Schrubber. Er schloß die Zelle auf, stellte den Eimer mit dem Lappen hinein, schloß wieder ab. »Seht zu, daß ihr das Wasser weghabt, ehe einer von den Jungs raufkommt.« Er nahm den Schrubber und schob das Wasser, das auf den Flur gelaufen war, in die Zelle zurück.

Der Neger sagte: »Wisch's auf, Buddy.«

Lauterbach hob den Kopf. Er sah den Neger an. Der Neger sagte: »Wisch's auf. Sie werden dir nichts tun.«

Lauterbach stieg von der Pritsche hinunter. Er nahm den Lappen und begann zu wischen. Jimmy hatte sich zur Wand gedreht, er preßte seine Hand in die Seite. Dutch befingerte seine Wunde, betrachtete die Finger, wischte sie an der Matratze ab. Er sah Lauterbach an.

Louis streckte einen Arm durchs Gitter, zeigte auf den Eimer: »Du mußt den Lappen zwischendurch auswringen, Mann. Wie willst du es denn sonst wegbekommen?«

Jimmy sagte in die Armbeuge hinein: »Ich hab's euch doch gleich gesagt, der Kerl ist zu blöd zum Scheißen. Ich möchte wissen, warum wir ausgerechnet den hier reinbekommen haben.«

»Halt's Maul!« sagte der Neger.

Louis verschwand mit dem Schrubber.

Nachdem Lauterbach zweimal den Eimer in die Klosettschüssel geleert hatte, war der Boden trocken. Dutch richtete sich auf, wies in die Ecke: »Da drüben ist noch was. Meinst du, ich will mir deinetwegen nasse Füße holen?«

Lauterbach wischte noch einmal durch die Ecke, stellte dann den Eimer an die Tür und stieg auf seine Matratze. Er drehte sich zur Wand und ließ die Tränen fließen.

Nach einer Weile sagte der Neger: »Mach dir nichts draus, Buddy. Das nächstemal schlage ich sie mausetot.«

Dutch sagte: »Pscht! Sei mal still, Spade. Ich hab was gehört.« Er flüsterte: »Ich hab die Tür gehört.« Dann flüsterte er: »Louis hat uns verpfiffen. Ich wette, er hat uns verpfiffen, die Sau.«

Jimmy stöhnte: »Den Doktor sollte er holen, der Hund, der gottverdammte.«

Dutch flüsterte: »Ja, Scheiße. Den Doktor kenn ich. Kiefer wird's sein. Doktor Kiefer und ein paar von seinen Assistenten.«

Schritte näherten sich. Das Gitter wurde aufgeschlossen. Lauterbach drehte sich um, hob den Kopf. Er sah im Halbdunkel Louis, daneben einen Deputy mit dem breitrandigen Hut. Der Stern schimmerte. Der Deputy trug Handschellen in der Hand.

Er sagte: »Lauderbeck?«

»Ja?«

»Kommen Sie runter.«

Lauterbach stieg von der Pritsche. Der Deputy sagte: »Ihre Hände.« Lauterbach zögerte. Der Deputy sah ihn an: »Was ist los, Mann? Ihre Hände, hab ich gesagt.«

Lauterbach hielt ihm die Hände hin. Der Deputy legte ihm die Handschellen an. Er stutzte, wies auf den Eimer: »Warum steht der Eimer in der Zelle?«

Louis sagte: »Einer von ihnen hat neben die Schüssel gepißt.«

»Wer?«

»Weiß nicht. Ist doch scheißegal.«

Der Deputy sagte: »Ich werd wiederkommen, Freunde. Und

überlegt euch bis dahin, wer von euch neben die Schüssel gepißt hat. Oder ich ziehe euch allen miteinander die Schwänze lang.«

Louis sagte: »Mach doch nicht so ein Theater, Willie. Sie haben's doch aufgewischt.« Er schob Lauterbach aus der Zelle hinaus, nahm den Eimer, schloß die Zelle ab.

Der Deputy sagte: »Was quatschst du da? Ist das hier ein Gefängnis oder ein Pissoir?«

»Ja, ja.« Louis ging mit dem Eimer voran. Der Deputy legte die Hand in Lauterbachs Rücken, schob ihn. »Worauf warten Sie noch? Soll ich Sie tragen, Mann?«

21

Der Deputy führte Lauterbach hinaus auf die Straße. Er öffnete die Tür eines Streifenwagens, der vor der Tür stand, »Steigen Sie ein.« Zwei junge Mädchen blieben stehen und sahen zu, wie Lauterbach einstieg.

Der Deputy schaltete das Blinklicht und die Sirene ein, wendete über Main Street und fuhr hinauf zum Public Square.

Lauterbach fragte: »Wohin bringen Sie mich?«

»Können Sie's nicht abwarten?« Der Deputy fuhr um den Public Square herum. Die Scheinwerfer auf dem Rasen waren schon eingeschaltet, die weißen Doppelsäulen des kleinen alten Gebäudes inmitten des Platzes schimmerten. Der Deputy bog in eine Seitenstraße ein, die Leute auf dem Gehsteig blieben stehen, ein Kind mit einer Eiswaffel in der Hand, es hob die Waffel und schleckte die Tropfen, die über die Spitze ablaufen wollten, schleckte und sah dem Streifenwagen nach.

Der Deputy nahm die nächste Straße zur Rechten, bog in die Einfahrt einer Garage, hob den Handsender aus dem Ablagefach und richtete ihn gegen die Garagentür. Die Tür fuhr langsam hoch. Der Deputy schaltete die Sirene und das Blinklicht erst aus, als die Garagentür sich wieder zu senken begann. Er führte Lauterbach durch eine Seitentür in ein Treppenhaus.

Sie stiegen die Treppe empor. Ein langer, breiter Flur, ausgestorben. Breite Doppeltüren. Lauterbach las die Schilder.

Der große Gerichtssaal.

Der Deputy legte ihm die Hand auf die Schulter, führte ihn weiter. Sie kamen in einen anderen, langen, breiten Flur. Der

Deputy öffnete eine Tür, schob Lauterbach hinein. Lauterbach las im Vorübergehen das Schild. *Lamar B. Alexander jr., Bezirksstaatsanwalt.*

Ein großer Raum, hell erleuchtet. Ein breiter Tresen, dahinter an einem Schreibtisch eine Frau mittleren Alters, Hornbrille, an einer Schreibmaschine. Ein Schwarzer, buntgemustertes Hemd, offener Kragen, kurze Ärmel, vor einer Schublade mit Hängemappen. Die Frau und der Schwarze sahen auf.

Der Deputy nahm Lauterbach die Handschellen ab. Er sagte: »Das ist Lauderbeck. Geben Sie ihm Bescheid?«

Die Frau nickte. Sie hob den Telefonhörer ab, drückte eine Taste. Sie musterte Lauterbach. Sie wandte den Kopf ab, als sie sprach.

Lauterbach sah sich um. An der Wand hing ein Poster. Eine klotzige Überschrift: *Klasse X = Gefängnis.* Darunter: *Nach dem neuen, unerbittlichen Gesetz Tennessees gegen Straftaten der »Klasse X« werden Gewaltverbrechen schnell und schonungslos verurteilt.* Folgte die Aufzählung von elf Straftaten, die der Gesetzgeber des Staates Tennessee in die Klasse X eingestuft hatte. Darunter, klotzig: *Klasse X bedeutet: Festgesetztes Urteil. Kurzer Prozeß. Keine Berufung.*

Die Frau sagte: »Sie können ihn reinbringen.«

Der Deputy faßte Lauterbach an der Schulter, schob ihn zu einer Tür, auf deren Milchglasscheibe in schwarzen Lettern der Name und der Titel des Bezirksstaatsanwaltes standen, klopfte an.

»Herein.«

Der Deputy schob Lauterbach durch die Tür, schloß die Tür von außen.

Hinter einem breiten Schreibtisch saß ein Mann in Lauterbachs Alter. Schlank, aber kräftig, dichtes, dunkelblondes Haar, braune Augen. Dunkelbrauner, leichter Anzug, cremefarbenes Hemd, Krawatte. In einem Sessel neben dem Schreibtisch saß der Sheriff. Er hatte die Beine übereinandergeschlagen, die schwarzen Stiefeletten schauten hervor.

Der junge Mann stand auf, reichte Lauterbach über den Schreibtisch die Hand. »Ich bin Bezirksstaatsanwalt Lamar Alexander. Dr. Lauterbach?«

»Ja.«

»Setzen Sie sich, bitte.«

Lauterbach setzte sich in den Sessel vor dem Schreibtisch.

Der Bezirksstaatsanwalt sah auf seine Armbanduhr. Er sah Lauterbach an. »Sheriff Williams und seine Beamten haben hervorragende Arbeit geleistet, Mr. Lauterbach. Aber ein paar Punkte möchte ich doch noch mit Ihnen besprechen, bevor ich Ihren Fall dem Richter vortrage.«

Lauterbach sah den Sheriff an. Der Sheriff rührte sich nicht.

Der Bezirksstaatsanwalt fragte: »Sie sind über Ihre Rechte informiert worden, Mr. Lauterbach?«

»Ja.«

»Ich möchte Ihnen noch einmal sagen, daß Sie nicht aussagen müssen und daß Sie die Aussage jederzeit abbrechen können.«

Lauterbach sah den Bezirksstaatsanwalt an: »Sie wissen, daß ich mit einem Anwalt Kontakt aufgenommen habe?«

»Ja, natürlich.«

»Bedauerlicherweise ist er bisher nicht erschienen. Aber Sie werden verstehen, daß ich nichts mehr aussagen werde, bevor ich mich mit ihm beraten habe.«

»Natürlich, natürlich. Es geht im Grunde auch gar nicht um eine Aussage. Ich denke, daß es mehr eine Unterhaltung sein wird.« Er lächelte. »Wahrscheinlich werden Sie den Anwalt gar nicht mehr brauchen.« Er hob die Hände: »Womit ich Ihnen natürlich nicht davon abgeraten haben möchte, einen Anwalt zu nehmen.«

Lauterbach sagte: »Ich verstehe nicht, was Sie meinen.«

»Sie werden mich sofort verstehen, hoffe ich.« Der Bezirksstaatsanwalt nahm ein Blatt Papier auf, sah darauf, legte es wieder ab: »Sie sind einem Irrtum erlegen, Mr. Lauterbach. Und es ist sehr bedauerlich, daß Sie nicht sofort zur Polizei gegangen sind. Sie hätten sich eine Menge Ärger ersparen können. Sie dürfen sich nicht wundern, daß Sie in diese unangenehme Situation geraten sind.«

Lauterbach starrte ihn an.

Der Bezirksstaatsanwalt lächelte: »Der Mord, über den Sie in der Zeitung gelesen haben, ist nicht in Ihrem Motel passiert. Nicht in Pete's Motel. Der Sheriff und seine Beamten waren sehr verwundert, als Sie ihnen davon erzählten. Und natürlich mußten sie der Sache zunächst einmal nachgehen. Aber das haben sie sehr effektiv getan. Zu Ihrem Glück, Mr. Lauterbach.«

Lauterbach sagte: »Ich verstehe Sie noch immer nicht.«

Der Sheriff sagte: »Dieser Mord, über den Sie in der Zeitung gelesen haben, ist in einem anderen Motel passiert. Gut dreißig Meilen von Pete's Motel entfemt. Wir haben den Täter noch nicht, aber wir wissen schon seit Samstag, wer es war. Wir haben seine Fingerabdrücke.«

Er stand auf, nahm eine Zeitung vom Schreibtisch des Bezirksstaatsanwalts, hielt die Titelseite Lauterbach entgegen. »Die Zeitung hat doch den Namen des Motels gar nicht genannt, nicht wahr? Sie hat nur geschrieben, daß es in Rutherford County liegt, nahe der Interstate 24. Mehr wußten sie nicht, als sie das veröffentlichten.«

Der Bezirksstaatsanwalt lächelte. »Ihre Fantasie hat Ihnen einen Streich gespielt, Mr. Lauterbach.«

Lauterbach sagte: »Aber das ist doch unmöglich.«

Der Sheriff legte die Zeitung ab, setzte sich, lächelte. »Es sieht nicht so aus, Doktor. Ihre Nerven waren vielleicht ein bißchen strapaziert.«

»Sie wollen mir doch nicht einreden, daß ich mir das alles nur eingebildet habe? Diese Sally und ihre Freunde und den Streit, den sie mit ihnen hatte?«

»Nein, nein, es gibt sie. Das ist schon richtig.« Der Sheriff setzte sich, schlug die Beine übereinander. »Wir haben sie aufgetrieben.«

Der Bezirksstaatsanwalt sagte: »Sie sollten dem Sheriff und seinen Beamten dankbar sein, Mr. Lauterbach.«

Der Sheriff winkte ab: »Mit dieser Sally, das war nicht so schwer. Wir hatten ja ihren Namen und die Autonummer auf dem Anmeldeformular. Wir haben sie schon heute mittag gefunden. Sie ist munter und fidel. Ja, es stimmt, es hat eine kleine Prügelei gegeben in Pete's Motel. Sie hatte Streit mit ihrem Freund gehabt, und dann ist sie ihm ausgerissen und in Pete's Motel abgestiegen, und da hat sie sich vollaufen lassen. Und dann hat sie Angst bekommen oder einen Moralischen, weiß der Teufel, und da hat sie dann ein paar andere Freunde angerufen, und die sind auch gekommen, gegen Mitternacht, zwei Männer und ein Mädchen. Das Mädchen ist übrigens nicht schwarz. Es sind lauter Weiße.«

Lauterbach hob die Hand. Sie schwebte den Bruchteil einer Sekunde in halber Höhe. Dann fuhr er sich damit übers Haar.

Der Sheriff fuhr fort: »Und dann haben sie zusammen weiter gesoffen und sonst noch was, und am frühen Morgen haben sie Streit bekommen und sich geprügelt. Ihre Sally hat eins abbekommen, sie hat noch eine Beule am Kopf. Aber sonst ist sie ganz munter.«

Lauterbach schluckte. Er starrte den Sheriff an: »Aber warum sollten diese Leute mich dann verfolgt haben? Ich bin verfolgt worden, daran gibt es gar keinen Zweifel.«

Der Bezirksstaatsanwalt sagte: »Sind Sie sicher?«

Der Sheriff lehnte sich zurück: »Wissen Sie, das passiert hier schon mal, daß ein paar Jungs mit dem Auto unterwegs sind, und dann macht es ihnen Spaß, anderen Leuten einen Schreck einzujagen. Es waren jedenfalls nicht Sallys Freunde. Es waren irgendwelche verrückten Jungs, nehme ich an. Als sie merkten, daß Sie Angst bekamen, sind sie auf der Autobahn neben Ihnen hergefahren, und als Sie dann wegzukommen versuchten, haben sie sich erst recht an Sie gehängt. Und auf der Straße nach Jasper wollten sie Sie überholen, und dabei sind sie aus der Kurve geflogen, und das Auto hat sich quergestellt.« Der Sheriff schüttelte den Kopf. »Ich glaube nicht, daß diese Jungs Sie überfallen wollten.«

Er lächelte. »Und das Mädchen, das Sie hinter Jasper anhalten wollte, das hatte mit diesen Jungs wahrscheinlich nichts zu tun. Es war irgendein schwarzes Mädchen, sie stehen hier dutzendweise am Straßenrand und heben den Daumen. Mit Ihrer Sally hatte die jedenfalls überhaupt nichts zu tun. Das Mädchen, das Sally besucht hat, war weiß. Das wissen wir.«

Lauterbach starrte auf seine Schuhe. Nach einer Weile hob er die Augen, sah den Sheriff an: »Und wie erklären Sie sich, daß einer von diesen Männern, ich meine, daß irgend jemand in dem Hotel in Chattanooga nach mir gefragt hat?«

Der Sheriff zuckte die Schulter, lachte. »Wissen Sie, vielleicht werden Sie's nicht für möglich halten. Aber manchmal passiert so etwas.« Er sah Lauterbach an. »In dem Hotel in Chattanooga hat in derselben Nacht wie Sie ein Mr. Lauderbeck gewohnt.« Er lächelte: »L-a-u-de-r-b-e-c-k.«

Lauterbach sagte: »Das ist doch nicht möglich.«

Der Bezirksstaatsanwalt hob ein Papier hoch. »Melvyn D. Lauderbeck. Aus Wichita, Kansas. Der Sheriff hat seine Kollegen in Chattanooga gebeten, diesen Punkt aufzuklären. Und das haben sie besorgt, sehr schnell.«

Der Sheriff sagte: »Das Mädchen an der Rezeption hat Sie mit ihm verwechselt, als dieser Mann nach Mr. Lauderbeck fragte. Klingt ja auch genau so. Und in das Zimmer übrigens, in dem Sie zuerst gewohnt haben, ist nicht eingebrochen worden. Der Mechaniker war drin, früh morgens, um den Kühlschrank zu reparieren.«

Lauterbach schwieg. Nach einer Weile rieb er sich die Stirn. Er schüttelte den Kopf. Dann sah er auf: »Und die Autonummer? Ich habe Ihnen doch die Nummer dieses Autos gesagt. Ich hab sie mir doch notiert, am Allatoona Lake.«

»Ja. Eben.« Der Sheriff lächelte. »Dieses Auto gehört einem Ehepaar aus Atlanta. Ältere Leute. Sie haben das Wochenende am Allatoona Lake verbracht. Und den ganzen Montag noch.«

Lauterbach starrte den Sheriff an.

Der Bezirksstaatsanwalt schob die Papiere auf seinem Schreibtisch zusammen, sah auf die Uhr.

Lauterbach räusperte sich. Nach einer Weile sagte er: »Und Sie sind sicher, daß Sally und ihre Freunde mit dem Bankraub nichts zu tun haben?«

Der Sheriff nickte: »Absolut sicher. Sie waren alle vier ziemlich weit weg von Nashville, am vergangenen Mittwoch. Wir haben ihre Alibis überprüft.«

Lauterbach starrte aus dem Fenster.

Der Sheriff sagte: »Wissen Sie, diese Sally. Sie hat Durst gehabt. Sie hatte noch nicht genug. Und deshalb ist sie mitten in der Nacht da herumspaziert. Sie haben gedacht, sie wollte die Beute verstecken.« Er lachte. »Wissen Sie, was sie wollte? Sie wollte bei dem Burschen in der Rezeption noch einen Drink kaufen. Der Bursche hat keine Schankerlaubnis, aber er verkauft scharfe Sachen. Wir haben aus seiner Bude einen ganzen Karton Whisky herausgeholt.«

Der Bezirksstaatsanwalt sah auf die Uhr: »Mr. Lauterbach, wir haben morgen früh um neun Uhr einen Termin bei Richter Murfrees. Er wird die Gründe für Ihre Inhaftierung prüfen.«

Lauterbach sah ihn an.

Der Bezirksstaatsanwalt sagte: »Ja, es tut mir leid. Sie werden die Nacht noch in der Zelle verbringen müssen.«

Lauterbach schluckte. Seine Stimme war angespannt: »Steht das in Einklang mit den gesetzlichen Vorschriften?«

»Das tut es, Mr. Lauterbach. Wir sind nach dem Gesetz verpflichtet, Sie ohne unnötige Verzögerung einem Richter vorzuführen. Aber von einer unnötigen Verzögerung kann hier nicht die Rede sein. Das würde, wenn ich das richtig sehe, auch der gerissenste Anwalt nicht geltend machen, den Sie finden könnten. Sie haben ja doch selbst den Verdacht verursacht, Sie könnten einen Mord begangen haben oder in irgendeiner Form in diesen Bankraub verwickelt sein.«

»Aber dieser Verdacht ist doch ausgeräumt.«

»Richtig, Mr. Lauterbach. Aber dazu waren die Nachforschungen erforderlich, die Sheriff Williams angestellt hat, in Ihrem eigenen Interesse. Ziemlich komplizierte und zeitraubende Nachforschungen, das werden Sie einräumen.« Er räusperte sich: »Und jetzt möchte ich gern den entscheidenden Punkt mit Ihnen besprechen, Mr. Lauterbach.«

Lauterbach hob die Hand, ließ sie wieder sinken und schwieg.

»Wir sollten nicht vergessen, Mr. Lauterbach, daß Sie immerhin versucht haben ..., nun, sagen wir: daß Sie in diesem Motel mit einer Ausrüstung bestimmter Werkzeuge angetroffen worden sind. Für mich liegt der Fall hinlänglich klar. Aber ich weiß natürlich nicht, wie der Richter Ihre Motive beurteilen wird.«

Lauterbach schluckte. »Was wollen Sie damit sagen?«

Der Bezirksstaatsanwalt zuckte die Schulter. »Denken Sie doch einmal nach. Der Richter könnte ja zum Beispiel die Überlegung anstellen, daß Sie bis zu dem Augenblick, als Sie gefaßt wurden, nein, sogar noch länger, der Meinung waren, die Beute aus dem Bankraub sei in diesem Apartment Nummer elf verborgen. Das ist doch richtig, nicht wahr?«

Lauterbach nahm das Taschentuch, rieb sich die Stirn und den Nacken.

»Und aufgrund dieser Überlegung könnte der Richter die Frage stellen, ob Sie die Absicht hatten, die Beute an sich zu bringen. Ich meine, nicht, um sie der Polizei zu übergeben. Sondern, um sie beiseite zu schaffen.«

»Aber das wäre doch absurd.«

»Das wäre keineswegs absurd, Mr. Lauterbach. Es geht hier nur um ein Motiv, das Sie gehabt haben könnten.«

Lauterbach sagte: »Kann ich ein Glas Wasser haben? Es ist sehr heiß hier.«

Der Bezirksstaatsanwalt drückte auf einen Knopf der Sprechanlage: »Helen? Ein Glas Wasser, bitte.«

Er sah Lauterbach an. »Ich will Sie nicht erschrecken, Mr. Lauterbach. Ich weise Sie, da Sie zur Zeit noch keinen Anwalt haben, nur auf gewisse Möglichkeiten hin, mit denen Sie rechnen müssen.«

Lauterbach sagte: »Ich finde Ihr Verfahren ..., ich finde es nicht fair. Dieser Anwalt, mit dem ich telefoniert habe, wird sich doch mit Sicherheit bis morgen früh um neun nicht gemeldet haben. Warum haben Sie diesen Termin so früh angesetzt?«

»Nicht ich habe diesen Termin angesetzt, sondern der Richter. Allerdings auf meinen Vorschlag. Ich möchte den Fall so schnell wie möglich abschließen. In Ihrem Interesse, Mr. Lauterbach. Und deshalb muß ich den Vorwurf, wir behandelten Sie nicht fair, zurückweisen. Sehen Sie, vorhin haben Sie sich noch darüber beklagt, daß wir Sie nicht schon heute abend dem Richter vorführen. So habe ich Sie jedenfalls verstanden. Oder habe ich mich geirrt?«

Die Frau mit der Hornbrille kam herein. Sie trug ein Glas Wasser. Sie sah den Bezirksstaatsanwalt an. Er wies mit der Hand auf Lauterbach: »Für Dr. Lauterbach, bitte.«

Lauterbach trank das Glas leer. Der Bezirksstaatsanwalt wartete, bis die Frau das Zimmer verlassen hatte.

»Sie mißtrauen uns, Mr. Lauterbach. Ich habe sogar ein gewisses Verständnis dafür. Ihre Lage ist unangenehm. Aber Sie werden, wenn Sie uns vertrauen, nicht mehr lange in dieser Lage stecken.«

Er lächelte. »Sie werden diesen Anwalt vermutlich gar nicht brauchen.« Er lehnte sich zurück. »Wir können nämlich solche Überlegungen und Fragen, wie ich sie angedeutet habe, vermeiden. Ich meine, wir können die Frage nach Ihren Motiven vermeiden. Die Voraussetzung ist allerdings, daß Sie mit uns zusammenarbeiten.«

Lauterbach sagte: »Wie?«

Der Bezirksstaatsanwalt sah auf die Uhr. Er beugte sich vor. »Gesetzt den Fall, ich beschuldige Sie nur eines minderen Vergehens. Ich könnte nach Lage der Dinge die Beschuldigungen zum Beispiel darauf reduzieren, daß Sie sich in Pete's Motel ohne die Einwilligung des Eigentümers oder seines Beauftragten aufgehalten haben. Der Richter würde Ihnen dann diese Beschuldigung erläutern und Sie fragen, ob Sie sich schuldig oder nicht schuldig erklären. Gesetzt den Fall, Sie würden sich schuldig erklären, könnte der Richter sofort das Beweismaterial würdigen und ein Urteil fällen. Es würde schlimmstenfalls auf eine

Geldstrafe lauten, eine nicht sehr hohe, vermutlich. Tatsächlich stehen Ihre Chancen aber noch sehr viel besser. Denn ich würde, wenn Sie mit uns zusammenarbeiten und sich dieses minderen Vergehens schuldig erklären, Ihnen entgegenkommen. Ich würde dem Richter darlegen, daß Sie nach unseren Ermittlungen in gutem Glauben gehandelt haben, nämlich in der Absicht, bei der Aufklärung einer Straftat mitzuwirken. Und wenn der Richter mir in dieser Argumentation folgt, dann kann er den Fall sogar niederschlagen. Er würde Sie sofort freisetzen, und Sie hätten keinerlei Konsequenzen zu tragen.«

Lauterbach schwieg eine Weile, dann sagte er: »Und wenn der Richter Ihnen nicht folgt?«

»Ich sagte Ihnen doch, daß Sie schlimmstenfalls mit einer Geldstrafe rechnen müssen. Unter den Voraussetzungen, die ich Ihnen genannt habe.« Er sah Lauterbach an. »Vielleicht habe ich mich nicht klar genug ausgedrückt. Das ist ein Angebot, verstehen Sie?«

Lauterbach schwieg. Nach einer Weile sagte er: »Welche anderen Möglichkeiten gibt es?«

Der Bezirksstaatsanwalt ließ sich in seinem Sessel zurücksinken. Er fuhr sich mit der Hand übers Gesicht. Er sah auf die Uhr. Er beugte sich vor, stützte beide Arme auf den Schreibtisch, sah Lauterbach an: »Mr. Lauterbach, ich bin nicht Ihr Rechtsberater. Und selbst wenn ich es wäre, möchte ich nicht den ganzen Abend mit einem Klienten verbringen, der offensichtlich nicht einsehen will, daß ihm ein sehr günstiges Angebot gemacht worden ist. Es gibt Dutzende von Möglichkeiten, Mr. Lauterbach, Ihren Fall zu behandeln und zu entscheiden. Ich will Ihnen nur eine davon nennen: Ich beschuldige Sie nicht eines minderen Vergehens, sondern des versuchten Einbruchs. Als Rechtsanwalt müßten Sie wissen, daß das Beweismaterial dazu ausreicht. Auch in diesem Fall hätten Sie wieder die Wahl, sich morgen früh vor dem Richter für schuldig oder nicht schuldig zu erklären. Nehmen wir einmal an, Sie erklären sich nicht schuldig. Dann haben Sie das Recht auf eine gerichtliche Voruntersuchung, und wenn Sie auf diesem Recht bestehen, muß der Richter die Voruntersuchung auf einen Termin innerhalb der nächsten zehn Tage ansetzen. Bis dahin bleiben Sie allerdings in Haft. Es sei denn, der Richter setzte Sie gegen Kaution frei. Aber das bezweifle ich. Ich müßte jedenfalls starke Bedenken dagegen anmelden, weil Sie Ihren Wohnsitz im Ausland haben und schon am Samstag, wenn ich richtig informiert bin, nach Deutschland zurückfliegen möchten.«

Er packte die Papiere in eine Mappe, legte sie in ein Fach des Schreibtischs, schloß den Schreibtisch ab. »Haben Sie noch mehr Fragen?« Er stand auf, öffnete einen Wandschrank. Hinter der Tür war ein Waschbecken. Er kämmte sich, fuhr mit beiden Händen über die Schultern, wusch sich die Hände.

Der Sheriff sagte: »Der D. A. meint es gut mit Ihnen, Doktor. Sie sollten sich sein Angebot nicht zu lange überlegen.«

Lauterbach atmete tief. Nach einer Weile sagte er: »Okay. Wenn Sie mich dieses minderen Vergehens beschuldigen und wenn Sie darauf hinweisen, daß ich in gutem Glauben gehandelt habe, werde ich mich für schuldig erklären.«

Der Bezirksstaatsanwalt hängte das Handtuch auf, schloß den Wandschrank. Er kam zu Lauterbach, legte ihm die Hand auf die Schulter: »Es tut mir leid. Ich war wahrscheinlich ein bißchen ungeduldig.« Er sah auf die Uhr. »Sie werden sehen, daß ich Sie nicht schlecht beraten habe. Es wäre wirklich gefährlich für Sie, wenn diese Sache auf unnötige Weise kompliziert würde. Richter Murfrees ist manchmal ein bißchen unberechenbar. Aber wenn Sie mir helfen, alle Komplikationen zu vermeiden, werden Sie morgen früh gegen halb zehn ein freier Mann sein.« Er gab Lauterbach die Hand. Er winkte dem Sheriff. »Wir sehen uns morgen, Craig.« Er ging hinaus.

Der Sheriff stand auf. Er reckte die Schultern, lächelte, berührte Lauterbach am Arm. »Kommen Sie.«

22

Es war halb acht am nächsten Morgen, als Kiefer ihn aus der Zelle holte. Jimmy saß auf der Klosettschüssel. Dutch lag regungslos, in seine Decke eingerollt. Der Neger richtete sich halb auf, stützte sich auf einen Arm. Er sagte: »Mach's gut, Buddy. Vergiß dieses Loch, hörst du? Vergiß es für immer. Und wenn du ein Mädchen siehst, sag ihr, ich denke an sie.«

Kiefer lachte: »Nicht so hastig, Jigaboo. Vielleicht habt ihr ihn schneller wieder hier, als er glaubt.« Er legte die Hand in Lauterbachs Rücken, schob ihn voran: »Nur Mut, Doktor. Was kommt, das kommt. Es hilft nichts, wenn Sie stehenbleiben.«

Der Sheriff saß an seinem Schreibtisch. Hewitt stand neben der Tür, an die Wand gelehnt. Der Sheriff hatte die Brille aufgesetzt, las ein Papier. Niemand forderte Lauterbach zum Sitzen auf. Kiefer trat ans Fenster, sah hinaus. Er wandte sich um, kreuzte die Arme über der Brust. Er spuckte aus.

Der Sheriff sagte, ohne die Augen von dem Papier zu heben: »Laß das, Charly.«

Nach einer Weile nahm der Sheriff die Brille ab und steckte sie in die Brusttasche. Er sah Lauterbach an.

Lauterbach schluckte. Seine Kehle war eng.

Der Sheriff sagte: »Morgen. Wie war die Nacht?«

»Danke.« Lauterbach räusperte sich. »Es war ruhig.«

»Das höre ich gern.« Der Sheriff sah auf das Papier. Er zog die Brille wieder hervor, setzte sie auf, beugte sich über das Papier. Er legte das Papier ab, steckte die Brille wieder ein.

»Mr. Lauterbach, wir haben Sie etwas früher geholt, weil wir Sie noch um einen Gefallen bitten möchten, bevor wir Sie zum Gericht bringen.«

»Einen Gefallen?«

»Ja. Es geht um die Aufklärung eines anderen Falles. Wir möchten Sie um Ihre Hilfe bitten.«

»Ich verstehe nicht. Meine Hilfe? Wie soll ich Ihnen denn helfen?«

Der Sheriff stand auf: »Wir werden Sie jetzt vor eine Zelle führen. Wir werden Ihnen eine bestimmte Person zeigen. Sie sehen sich diese Person bitte ganz genau an. Wir möchten Ihnen später zu dieser Person ein paar Fragen stellen. Ist das klar?«

Lauterbach nickte.

Sie führten ihn zu der Stahltür. Der Sheriff klingelte. Louis schaute durch den Spion, öffnete die Tür. Kiefer ging voran. Er ging an der Treppe vorbei in einen Seitengang hinein, blieb vor einer Tür stehen.

Louis schloß die Tür auf. Lauterbach hörte eine dunkle Frauenstimme singen. *I bet there's rich folks eatin' in a fancy dining car.*

Ein schmaler, kurzer Gang, zur Linken die Wand mit den Schießscharten, helle, scharf umrissene Lichtbalken. Zur Rechten das Gitter einer breiten Zelle. Rechts und links in der Zelle je zwei Doppelpritschen übereinander.

Auf einer der unteren Doppelpritschen saßen zwei Frauen,

beide schwarz. Die eine der beiden war dabei, der anderen das Haar in kleine Zöpfchen zu flechten. Sie hielt ein, wandte den Kopf zum Gitter, ohne das Zöpfchen loszulassen, das sie zwischen den Fingern hielt. Hinter den beiden Frauen lag eine andere Frau, schwarz. Sie richtete sich auf, sah über die Schulter der Frau, die das Zöpfchen zwischen den Fingern hielt.

Auf der unteren Doppelpritsche gegenüber kauerte eine weiße Frau, Rücken an der Wand, die Beine angezogen. Eine andere Frau, weiß, blondes strähniges Haar, Jeans, Bluse, bloße Füße, stand zwischen den Pritschen. Sie hielt die Hände an den Knöpfen der Bluse, regungslos.

Auf der Pritsche über der Frau, die an der Wand kauerte, lag eine schwarze Frau. Sie beugte den Kopf über den Rand der Pritsche, sah durch die Gitterstäbe, legte sich wieder auf den Rücken und sang weiter. *They're prob'ly drinkin' coffee and smokin' big cigars.*

Kiefer rief: »Halt's Maul, Süße. Wo ist sie?«

Die blonde Frau sagte: »Halt's Maul, Fettsack. Wer ist sie?«

»Ich werd dir die Titten langziehen, wenn du hier frech werden willst.«

Der Sheriff sagte dazwischen: »Ruhe jetzt.«

Die blonde Frau sprach weiter: »Das könnte dir so passen, Fettsack, mir die Titten langziehen. Willst du sie mal sehen?« Sie hob die Bluse, zeigte ihre Brüste, zog die Bluse wieder hinunter. »So, und jetzt hau ab und spiel fünf gegen einen. Mehr gibt's nicht für dich.«

Der Sheriff sagte: »Hören Sie auf. Wo ist das Mädchen, das heute nacht hier reingekommen ist?«

Die schwarze Frau auf der oberen Pritsche sang. *But I know I had it comin', I know I can't be free.*

Die weiße Frau auf der unteren Pritsche sagte: »Sie ist nicht mehr da, verstehst du, Großmaul?« Sie fing an zu lachen, ließ die erhobene Hand auf und ab pendeln, wischte sich mit der anderen Hand über die Augen und lachte. »Sie ist ganz einfach durch dieses Gitter gegangen und dann durch das Fenster, und weg war sie. Was sagst du jetzt, Großmaul?«

Kiefer wedelte mit der Hand: »Schließ die Tür auf, Louis. Das hat so keinen Zweck. Ich hol sie raus.«

Die blonde Frau sagte: »Ich kratz dir die Augen aus, Fettsack, wenn du reinkommst. Du hast hier drin überhaupt nichts zu suchen. Wir kennen unsere Rechte.«

Louis hob den Schlüssel. Der Sheriff sagte: »Moment mal. Weiß denn niemand mehr, wie dieses Mädchen heißt, verflucht und zugenäht?«

Hewitt sah Lauterbach an.

Die schwarze Frau auf der oberen Pritsche sang. *But those people keep a-movin', and that's what tortures me.*

Hewitt sagte: »Sie heißt Minnie. Minnie Dysart.«

»Richtig«, sagte der Sheriff. Er rief: »Minnie. Komm runter. Komm ans Gitter.«

Hinter der schwarzen Frau auf der oberen Pritsche tauchte der krause Haarschopf auf, das kleine Gesicht. Die großen, dunklen Augen, die kleine, breite Nase. Die aufgeworfenen Lippen. Sie standen offen, die weißen Zähne schimmerten.

Der Sheriff sagte: »Komm runter. Komm ans Gitter.«

Die blonde Frau hob die Hand. »Bleib da oben. Was soll der Mist. Wir sind doch nicht im Zoo hier.«

Der Sheriff wiederholte: »Komm runter, Minnie.«

Minnie hob das Bein über die schwarze Frau. Die abgetragenen Jeans. Der schlanke, dunkle Fuß. Die Frau rückte zur Seite. Minnie ließ sich von der Pritsche herunter. Sie hielt sich mit den dünnen, dunklen Armen fest. Das T-Shirt rutschte nach oben. Die dunkle, glatte Haut des Rückens.

Minnie trat auf bloßen Füßen ans Gitter. Sie sah Lauterbach nicht an. Sie sah den Sheriff an.

Der Sheriff sagte: »Bleib so stehen.« Minnie senkte die Augen. Sie fuhr sich mit zwei Fingern über die Wange, kratzte sich.

Der Sheriff sah Lauterbach an: »Alles klar?«

Lauterbach schluckte. Er schluckte noch einmal. Dann sagte er: »Ich kenne sie nicht. Ich habe sie noch nie –«

Kiefer schrie: »Sie sollen das Maul halten, Sie Hurensohn! Was fällt Ihnen ein?«

Der Sheriff starrte Lauterbach an.

Hewitt drehte sich herum und ging zur Tür.

Minnie rührte sich nicht. Sie stand regungslos, den Blick gesenkt.

Der Sheriff sagte: »Okay. Das war's. Gehen wir.« Er faßte Lauterbach am Arm und führte ihn zur Tür. In der Tür drehte er sich um und sagte: »Knöpf sie dir vor, Charly.«

Kiefer sagte: »Das werd ich. Darauf kannst du dich verlassen.«

»Aber du nimmst dir Elsie dazu. Hast du das verstanden? Ich möchte, daß Elsie dabei ist.«

»Aber klar. Hab ich verstanden.«

Der Sheriff brachte Lauterbach zurück. Hewitt war schon im Büro des Sheriffs. Er stand am Fenster, sah hinaus.

Der Sheriff sagte: »Setzen Sie sich.«

Lauterbach setzte sich. Der Sheriff setzte sich hinter den Schreibtisch. Er suchte in seinen Papieren, nahm die Brille heraus, begann zu lesen.

Lauterbach sagte: »Es tut mir leid.« Er räusperte sich. »Es war unbedacht, daß ich gesagt habe, ich kenne sie nicht.«

Der Sheriff schwieg, las in den Papieren.

»Aber Sie haben mir auch nicht gesagt, daß ich mich nicht äußern sollte. Bei dieser Gegenüberstellung, meine ich.«

Der Sheriff nahm ein anderes Papier. »Ja, das ist richtig.«

Hewitt sagte, ohne sich umzudrehen: »Er hat Ihnen gesagt, wir würden Ihnen nachher unsere Fragen stellen.«

Lauterbach sagte: »Ja, ich weiß. Es war wirklich unbedacht von mir. Es tut mir leid.«

Nach einer Weile sagte er: »Kann ich, ich meine ... Kann ich Ihnen in irgendeiner anderen Weise behilflich sein? Bei der Aufklärung dieses Falles, meine ich?«

»Schon möglich.«

Der Sheriff las weiter.

»Aber wie? Wissen Sie, es ist ein bißchen schwierig für mich. Ich kenne dieses Mädchen nicht, ich weiß nicht, warum Sie sie in Haft genommen haben ... Ich möchte Ihnen wirklich gern helfen, aber ich weiß nicht, wie, verstehen Sie?«

Der Sheriff legte die Papiere zusammen, sah Lauterbach an: »Sind Sie völlig sicher, daß Sie dieses Mädchen noch nie gesehen haben?«

Lauterbach spürte, wie Kälte sich in seinem Nacken, über die Schultern, den Rücken hinab ausbreitete. Er schüttelte den Kopf: »Absolut sicher.«

Der Sheriff sagte: »Haben Sie auf Ihrer Reise irgend jemandem etwas von der Geschichte in Pete's Motel erzählt? Von Ihrem Verdacht, meine ich? Von dem Mord und von der Beute?«

Lauterbach lächelte. »Natürlich nicht. Das wäre doch lebensgefährlich gewesen. Ich meine, nach den Vorstellungen, die ich hatte. Ich habe doch ganz im Gegenteil alles getan, um unerkannt zu bleiben. Verstehen Sie? Es wäre doch lebensgefährlich gewesen, irgend jemandem zu erzählen, ich wüßte etwas über diesen, diesen Mord. Und über den Bankraub.«

Der Sheriff schwieg.

»Warum stellen Sie mir diese Frage? Ich meine, es ist doch klar, daß ich mich gehütet habe, irgend jemandem etwas davon zu erzählen?«

Der Sheriff schwieg eine Weile, dann sagte er: »Der Bursche in Pete's Motel hat sie erwischt, vergangeneNacht. Ungefähr um Mitternacht. Sie hat eine Fensterscheibe eingedrückt.« Er sah Lauterbach an. »Sie hat das Fenster von diesem Apartment elf eingedrückt.«

Lauterbach schluckte. Er starrte den Sheriff an: »Das ist doch nicht möglich.«

Hewitt sagte: »Warum soll das nicht möglich sein?« Er drehte sich herum, sah Lauterbach an.

Der Sheriff sagte: »Sie verstehen, Mr. Lauterbach, daß wir uns wundern. Zweimal hintereinander versucht jemand, in diese Bruchbude einzubrechen. In eine Bruchbude, in der normalerweise niemand etwas anderes suchen würde als Wanzen oder Kakerlaken. Zweimal hintereinander dasselbe Apartment.«

Lauterbach sagte: »Das ist ja wirklich ganz unglaublich.« Er schüttelte den Kopf. »Hat sie denn nicht, ich meine, was sagt sie denn, warum sie ausgerechnet in dieses Motel, ich meine, in dieses Apartment hineinwollte?«

Der Sheriff sah ihn an. »Kein Wort. Sie hat uns gesagt, wie sie heißt. Und danach nichts mehr. Nicht ein einziges Wort. Und der Name ist wahrscheinlich falsch. Diese Mädchen geben meist einen falschen Namen an. Wahrscheinlich ist sie von zu Hause ausgerissen. Sie hatte natürlich keinen Ausweis bei sich. Sie geben meist einen falschen Namen an, weil sie eine ganze Latte auf dem Kerbholz haben.«

Lauterbach schüttelte den Kopf. Er rieb sich die Stirn. »Ist es denn nicht möglich, daß sie nur übernachten wollte? Ich meine, daß sie ein Bett gesucht hat und daß sie kein Geld gehabt hat und deshalb versucht hat, in dieses Apartment hineinzukommen?«

Hewitt stieß die Luft durch die Nase. »Wollen Sie uns auf den Arm nehmen? Diese Art Mädchen findet immer ein Bett. Sie müssen dafür nicht einbrechen. Außerdem hatte sie über zwanzig Dollar bei sich. Sie hätte das Zimmer sogar bezahlen können.«

Der Sheriff sagte: »Wir werden sehen, ob Kiefer etwas aus ihr herausholt.«

Lauterbach spürte einen jähen Schweißausbruch. Er wollte das Taschentuch herausziehen, ließ die Hand auf dem Schenkel liegen.

Hewitt sagte: »Ja. Und auf jeden Fall werden wir sie diesem Mann aus Knoxville vorführen.«

Der Sheriff nickte. »Ja. Das werden wir.«

Hewitt sagte: »Dann wird sie wohl reden, denke ich.«

»Ja. Denke ich auch.«

Lauterbach schluckte. Nach einer Weile sagte er: »Wer ist das? Ich meine, dieser Mann aus Knoxvllle?«

Der Sheriff blätterte in seinen Papieren. »Ach, nur eine von diesen üblichen Geschichten.« Er zog ein Blatt heraus, setzte die Brille auf. »Am Montagabend hat ein Mann aus Knoxville in Smyrna ein Mädchen mit ins Hotel genommen. Ein Reisender. Er hat in einer Bar ein schwarzes Mädchen aufgegabelt und hat sie mit auf sein Zimmer genommen. Während der Nacht ist sie abgehauen. Mit seiner Brieftasche und mit sechshundert Dollar. Die Beschreibung paßt auf unsere Kleine.«

Lauterbach zog das Taschentuch, wischte sich die Stim. »Sie meinen, es war diese Minnie hier?«

»Ja. Schon möglich. Natürlich hat sie sich in Smyrna nicht so genannt.« Der Sheriff hob das Blatt, las. »Dieses Mädchen in Smyrna hat sich Peaches genannt.« Er schüttelte den Kopf. »Was für Namen diese Mädchen sich nur einfallen lassen.« Er legte das Blatt ab. »Aber die Beschreibung paßt haargenau.« Er steckte die Brille ein. »Okay. Wir werden unsere Minnie irgendwann diesem Mann in Knoxville vorführen. Oder wir warten, bis er wieder in diese Gegend kommt. Die Sache eilt ja nicht.«

Lauterbach wischte sich den Nacken.

Der Sheriff fragte: »Sie verstehen, warum wir Sie gefragt haben, ob Sie dieses Mädchen kennen?«

»Natürlich. Natürlich verstehe ich das.«

Hewitt sagte: »Wenn Sie ihr unterwegs begegnet wären und ihr die Geschichte von dem Mord und dem Bankraub erzählt hätten, dann wäre klar gewesen, warum sie in diese Bruchbude hineinwollte.«

Lauterbach sah Hewitt an: »Sie meinen, dann wäre sie hinter dem Geld hergewesen?«

»Na klar.« Hewitt sah ihn an. »Oder fällt Ihnen dazu noch was anderes ein?«

»Nein. Nein, natürlich nicht. Was Sie sagen, klingt logisch.«

Hewitt sagte: »Und vielleicht hätten Sie dann auch etwas zu dem Fall in Smyrna beitragen können.«

»Das verstehe ich nicht.« Lauterbach rieb sich mit dem Taschentuch über die Hände. »Wie meinen Sie das?«

»Ich meine, daß Sie ihr für den Montagabend vielleicht ein Alibi hätten liefern können. Wenn Sie ihr am Montag irgendwo auf Ihrer Reise begegnet wären, dann hätte sie ja nicht gleichzeitig in Smyrna sein können.«

Lauterbach nickte: »Ja, natürlich. Ich verstehe.«

Hewitt sagte: »Wirklich?«

Der Sheriff sagte: »Aber das war ja nun nicht so.« Er sah Lauterbach an: »Sie kennen dieses Mädchen nicht. Sie sind ihr noch nie begegnet. Das ist richtig, nicht wahr?«

Lauterbach räusperte sich. »Das ist richtig, ja.«

Hewitt spuckte aus und wandte sich ab.

Der Sheriff sagte: »Was soll das, Jeff? Fängst du jetzt auch schon damit an?« Er sah auf die Uhr. »Geh und hol Charly. Es wird Zeit, wir müssen rüber. Ich muß vorher noch mit dem D. A. sprechen.«

Hewitt verließ das Zimmer. Der Sheriff setzte die Brille wieder auf und vertiefte sich in die Papiere.

Die Stille legte sich auf Lauterbachs Ohren. Sie drang in seine Ohren ein, ein dichter Nebel, der in seinem Kopf immer höher stieg, den Kopf immer mehr ausfüllte, bis unter die Schädeldecke. Lauterbach glaubte zu spüren, daß sein Kopf sich zu weiten begann, daß er immer weiter aufgetrieben wurde von diesem dichten, lautlos sich ausbreitenden Nebel.

Er räusperte sich. Es klang wie ein Krächzen.

Der Sheriff sah auf: »Wollten Sie etwas sagen?«

»Nein.« Seine Stimme war heiser. Er versuchte zu lächeln, spürte den Krampf in seinen Wangenmuskeln. »Nein, ich wollte nichts sagen.«

Die Tür öffnete sich, Hewitt und Kiefer kamen herein. Lauterbachs Herz begann heftig zu schlagen, er spürte die Herzschläge bis in die Fingerspitzen.

Auf Kiefers Stirn, auf seinen Wangen stand der Schweiß. Der Sheriff sah ihn an: »Nun?«

Kiefer zeigte mit dem Daumen auf Lauterbach: »Willst du ihn nicht vorher raussetzen?«

»Nein. Das bringt nichts, Charly. Also, was ist?«

Kiefer sah Lauterbach an. Dann sah er den Sheriff an: »Dieses Miststück ist der härteste Knochen, den ich jemals in der Mangel gehabt habe. Sie tut, als ob sie taub wäre.«

»Hat sie gar nichts gesagt?«

»Doch.« Er sah Lauterbach an. »Sie hat gesagt, sie kennt ihn nicht. Hat ihn noch nie gesehen.« Er sah den Sheriff an. »Und dann nichts mehr. Nicht ein Wort.«

Der Sheriff sagte: »Okay. Gehen wir.«

23

Der Richter war ein großer, breiter Mann, Mitte fünfzig vielleicht. Graues, struppiges Haar, darunter eine zerfurchte Stirn, Wülste über den Augen. Schwarze buschige Augenbrauen. Ein breiter Mund, sehr volle Lippen. Schwarze, weite Robe.

Er setzte sich in den schwarzen Ledersessel mit der hohen Lehne. Der Sheriff zupfte Lauterbach am Ärmel: »Sie können sich setzen.« Lauterbach setzte sich. Er starrte wie gebannt auf den Richter.

Der Richter setzte eine dicke Hornbrille auf, öffnete eine Akte, warf einen flüchtigen Blick hinein. Er senkte den Kopf, sah über den Rand der Brille, die Augen streiften Lauterbach. Der Richter ließ sich gegen die Lehne zurücksinken, schwenkte den Sessel ein wenig zur Seite, bettete den Kopf an die Lehne, sah zur Decke. Er sagte: »Sie können anfangen, Mr. Alexander.«

Der Vortrag des Bezirksstaatsanwalts schwamm an Lauterbachs Ohren vorüber. Er war unfähig, sich zu konzentrieren. Wie gelähmt saß er auf seinem Platz. Er spürte eine unüberwindliche Schwäche in Armen und Beinen. Er brachte es nicht fertig, seine Augen von dem Gesicht des Richters zu lösen, dem halb nach oben gekehrten Profil, der zerfurchten Wange, dem ausgeprägten Kinn, der buschigen Augenbraue. Er sah, daß der Richter die Augen schloß.

Er fuhr zusammen, als der Richter den Sessel zurückschwenkte. Ihm wurde klar, daß er nicht einmal wußte, ob der Bezirksstaatsanwalt sich an die Abmachung von gestern abend gehalten hatte. Er hatte nicht zugehört.

Der Richter sah über den Rand der Brille: »Dr. Lauterbach?«

Der Sheriff berührte Lauterbach am Arm. Lauterbach stand auf. »Ja.«

Der Richter sagte: »Sagen Sie: Ja, Euer Ehren. Und nehmen Sie wieder Platz.«

»Ja, Euer Ehren.« Lauterbach setzte sich.

Der Richter lächelte. »Ich weiß, daß es bei Ihnen zu Hause nicht ganz so förmlich zugeht. Wie sagt man doch?« Er sagte auf deutsch: »Herr Vorsitzender.« Er lächelte: »Sagt man nicht so bei Ihnen?«

»Ja. Ja, Euer Ehren.«

Der Richter schlug die Akte auf, schlug sie wieder zu, sah über den Rand der Brille: »Nun, Dr. Lauterbach, Sie haben gehört, was der Bezirksstaatsanwalt Ihnen vorwirft. Ich nehme an, ich muß Ihnen das nicht noch einmal im einzelnen erläutern.« Er lächelte: »Oder legen Sie Wert darauf, daß wir uns damit aufhalten?«

Lauterbach schluckte. Das Schluckgeräusch war sehr laut.

Der Richter sagte: »Nun, ich verstehe, Dr. Lauterbach, daß Sie unter einer großen nervlichen Anspannung stehen. Es ist in der Tat eine scheußliche Situation, in die Sie da hineingeraten sind.« Er schüttelte den Kopf. »Ein höchst absonderlicher Fall, weiß Gott.« Er schwenkte den Sessel zur Seite, bettete den Kopf an die Lehne, sah auf zurdecke. Nach einer Weile lachte er, schüttelte den Kopf. Er sagte, zur Decke gewandt: »Semper homo bonus tiro est.«

Der Bezirksstaatsanwalt räusperte sich unterdrückt. Der Sheriff schlug die Beine übereinander, setzte dann wieder beide Füße auf den Boden.

Der Richter schwenkte den Sessel zurück. Er sah über die Brille, lächelte: »Nun, Dr. Lauterbach, natürlich bin ich bereit, Sie ausführlich zu belehren, wenn Sie darauf bestehen. Bestehen Sie darauf?«

Lauterbach räusperte sich. »Nein, danke Danke, Euer Ehren.«

»Sehr gut, sehr gut.« Der Richter nahm die Brille ab, legte sie auf den Tisch. Er rieb sich die Augen, beugte sich vor und sah Lauterbach an: »Dann muß ich Sie fragen, Dr. Lauterbach, ob Sie sich dessen, was der Bezirksstaatsanwalt gegen Sie vorgebracht hat, für schuldig erklären oder für nicht schuldig.«

Lauterbach schluckte.

Der Richter sagte: »Es genügt, wenn Sie schuldig sagen.« Er lächelte. »Oder nicht schuldig, natürlich.«

Lauterbach sagte: »Schuldig.«

Der Richter sagte: »Sehr gut, sehr gut. Sie erklären sich also für schuldig.« Er setzte die Brille auf, öffnete die Akte, blätterte ein wenig, klappte die Akte zu, schaute hoch. »Haben Sie sich schon einmal mit den Besonderheiten des amerikanischen Rechts beschäftigt?«

»Noch nicht. Nicht sehr eingehend, Euer Ehren.«

»Gehören internationale Rechtsvergleiche nicht zu Ihrer Ausbildung?«

»Doch, schon. Aber mehr oder weniger peripher. Nur peripher, Euer Ehren.«

»Ich verstehe.« Er schlug die Akte auf, sah wieder über den Rand der Brille, lächelte. »Wie würden Sie Ihren Fall nach deutschem Recht entscheiden?«

»Nun, Euer Ehren ...«

»Würden Sie zu einem Freispruch gelangen?«

Der Bezirksstaatsanwalt atmete tief.

Lauterbach sagte: »Nun, zu einem Freispruch wohl nicht. Ich meine, da ich mich für schuldig erklärt habe. Aber ...«

Der Richter winkte ab, ließ sich zurücksinken, lächelte. »Schon gut, schon gut, Dr. Lauterbach. Ich muß einräumen, das war eine sehr absonderliche Frage, und mit der Aufgabe dieses Gerichts hatte sie nichts zu tun. Oder allenfalls ein wenig.« Er nahm die Brille ab, rieb sich die Augen. »Sehr wenig.« Er setzte die Brille wieder auf, sah über den Rand. »Ich muß Sie um Ihr Verständnis bitten, Dr. Lauterbach. Ich habe mich zu dieser Frage versucht gefühlt, weil ich mich seit sehr langer Zeit schon für das deutsche Recht interessiere.« Er lächelte. »Und für die deutsche Literatur übrigens auch.«

Lauterbach sagte: »Oh, ja. Oh ja, ich verstehe, Euer Ehren.«

Der Richter nickte. Er nahm die Brille ab, drehte sie in beiden Händen, sah darauf nieder. Er lächelte.

Es war einen Augenblick sehr still. Dann begann das Sprechfunkgerät des Sheriffs zu quäken. Der Sheriff fuhr mit beiden Händen an den Gürtel, stellte das Gerät ab.

Der Richter saß starr. Nach einer Weile holte er Luft. Er beugte sich vor, stützte beide Ellbogen auf den Tisch. Er sagte nicht sehr laut, aber überaus deutlich: »Was ist das für ein unglaublicher Vorfall? Es kann sich doch wohl nur um eine Sinnestäuschung gehandelt haben?«

Der Sheriff sagte: »Euer Ehren –«

Der Richter schrie: »Ich verbitte mir solche Störungen! Sie befinden sich hier nicht in einer Polizeistation, sondern vor Gericht! Hier wird die Schuld eines Menschen gewogen und ein Urteil über ihn gesprochen! Und ich bestehe darauf, daß diese Verhandlung in einer Weise geführt werden kann, die der Würde des Ortes angemessen ist!«

Der Sheriff sagte: »Es tut mir leid, Euer Ehren. Ich möchte mich entschuldigen.«

Der Richter sagte: »Daran tun Sie gut, Sheriff. Wenn ein solcher Vorfall sich wiederholt, werde ich Sie wegen Mißachtung des Gerichts mit einer Strafe belegen.«

Lauterbach wischte sich die Stirn.

Der Richter ließ sich zurücksinken. Er richtete die Augen zur Decke. Nach einer Weile sagte er: »Ich hatte nur erklären wollen, was mich zu meiner absonderlichen Frage veranlaßt hat.«

Er beugte sich vor, sah Lauterbach an. »Sie müssen wissen, Dr. Lauterbach, daß ich eine gewisse Zeit in Deutschland gelebt habe. Unmittelbar nach dem Krieg als Soldat. Und später als Student.« Er setzte die Brille auf, sah über den Rand, lächelte. »Sie müssen wissen, daß ich zwei Semester an der Universität Tübingen studiert habe.«

Lauterbach sagte: »Oh, ja. Ich verstehe, Euer Ehren.«

»Von daher rührt mein Interesse für das deutsche Recht. Und meine Liebe zur deutschen Literatur. Ich spreche Ihre Sprache nicht sehr gut, Dr. Lauterbach. Aber ich bin mit einigen Epochen Ihrer Literatur wohl vertraut.«

Der Bezirksstaatsanwalt stöhnte unterdrückt.

Der Richter sprach weiter: »Sie kennen Friedrich Hölderlin?«

Lauterbach sagte:. »Oh ja, natürlich. Natürlich, Euer Ehren.«

»Und Eduard Mörike?«

»Natürlich, Euer Ehren.«

Der Richter faltete die Hände. Er senkte den Blick auf die Hände.

Nach einer Weile räusperte sich der Bezirksstaatsanwalt. Er sagte: »Entschuldigen Sie, Euer Ehren ...«

Der Richter sagte, ohne den Blick zu heben: »Unterbrechen Sie mich nicht, Mr. Alexander. Ich werde weitere Ungehörigkeiten nicht hinnehmen, von wem auch immer.«

Der Bezirksstaatsanwalt schlug die Arme übereinander.

Nach einer Weile beugte sich der Richter vor. Er sah über den Rand der Brille, er war sehr ernst. Dann sagte er auf deutsch, sehr deutlich, sehr akzentuiert:

Früh, wann die Hähne krähn,
Eh die Sternlein verschwinden,
Muß ich am Herde stehn,
Muß Feuer zünden.
Schön ist der Flammenschein,
Es springen die Funken;
Ich schaue so drein,
In Leid versunken.

Er nahm die Brille ab. »Kennen Sie dieses Gedicht, Dr. Lauterbach?«

»Oh, ich glaube, ja.«

»Was heißt das: ich glaube? Kennen Sie es oder kennen Sie es nicht?«

»Doch, ich kenne es. Natürlich, Euer Ehren.«

»Wissen Sie, wie es weitergeht?«

Lauterbach rieb sich die Stirn. »Ich weiß nicht ... Ich müßte nachdenken, Euer Ehren.«

»Tun Sie das. Denken Sie nach, Dr. Lauterbach.«

Nach einer Weile sagte Lauterbach: »Es tut mir leid, Euer Ehren. Ich komme nicht darauf. Es ist mir entfallen.«

»So, es ist Ihnen entfallen.« Der Richter ließ sich zurücksinken. Er bewegte stumm die Lippen. Plötzlich sah er Lauterbach an: »Aber Sie wissen, wer dieses Gedicht geschrieben hat?«

»Oh, ich denke schon.« Lauterbach schluckte. Dann sagte er: »Ist es nicht von Friedrich Hölderlin?«

Der Richter saß eine Weile still, bevor er die Brille wieder aufsetzte. Er beugte sich vor, schlug die Akte auf. Er las. Er sah über den Rand der Brille: »Ich höre, daß Sie als Justitiar in der Wirtschaft arbeiten?«

»Ja, Euer Ehren.«

»Im Schallplattengeschäft, ist das richtig?«

»Das ist richtig, Euer Ehren.«

»Sie haben in Nashville Verhandlungen geführt, mit Leuten, die Country Music produzieren?«

»Das ist richtig, Euer Ehren.«

»Ich finde das sehr interessant.«

»Oh ja, Euer Ehren, das ist es.«

Der Richter legte die Brille ab, ließ sich zurücksinken. »Ich frage mich, was einem halbwegs gebildeten Menschen an dieser Art von Musik gefallen kann.«

Lauterbachs Lippen verzerrten sich. Er versuchte zu lächeln. »Nun, um die Wahrheit zu gestehen, Euer Ehren ...« Er räusperte sich, lächelte angestrengt: »Ich bin kein Freund dieser Musik. Aber die Beschäftigung damit, ich meine, die rein juristische Beschäftigung, zum Beispiel mit Lizenzen und Verträgen, das gehört nun einmal zu meinem Beruf. Euer Ehren.«

Einige Sekunden lang rührte der Richter sich nicht. Dann schwenkte er den Sessel zur Seite. Er bettete den Kopf an die Lehne, richtete den Blick zur Decke. Er fing an, die Lippen stumm zu bewegen.

Der Bezirksstaatsanwalt legte vorsichtig seinen Schreibstift ab. Der Sheriff schob mit einem Finger die Manschette hoch und sah auf die Uhr.

Lauterbach spürte, daß Rinnsale von Schweiß seinen Rükken hinunterliefen. Seine Kehle zog sich immer mehr zusammen. Er wollte sich räuspern, ließ es. Er zog sein Taschentuch, rieb sich verstohlen den Nacken. Er fuhr zusammen, als der Richter den Sessel herumschwenkte.

Der Richter sagte: »Das Verfahren wird wegen Geringfügigkeit eingestellt. Die Kosten trägt der Staat Tennessee.«

24

Als Hewitt den Streifenwagen vor dem Büro des Sheriffs anhielt, sagte Lauterbach: »Ich nehme an, ich kann jetzt abreisen?«

Der Sheriff sagte: »Natürlich. Sie müssen uns nur noch bescheinigen, daß Sie Ihre Sachen und das Auto zurückbekommen haben.«

Lauterbach stieg mit dem Sheriff aus. »Wo steht das Auto?«

Der Sheriff sagte: »Wo steht das Auto, Jeff?«

»Auf dem Hof.« Hewitt ging an Lauterbach vorbei, ohne ihn anzusehen. In der Tür wandte er sich um, spuckte auf den Gehsteig. Er verschwand durch die Tür.

Lauterbach sagte: »Ich müßte ein dringendes Telefongespräch führen.«

Der Sheriff hob den Daumen. »An der Ecke ist eine Zelle.«

»Aber ich habe wahrscheinlich nicht genug Wechselgeld. Es ist ein Ferngespräch. Das heißt, ich habe ja überhaupt kein Geld bei mir. Es ist noch bei meinen Sachen.«

Der Sheriff sagte: »Sie werden alles zurückbekommen, was Sie abgegeben haben. Und Wechselgeld bekommen Sie in jedem Laden.« Er wandte sich ab. Lauterbach ging hinter ihm her.

Vor dem Tresen sagte der Sheriff im Vorübergehen: »Gebt ihm seine Sachen zurück. Er kann gehen.« Der schwarze Deputy sah Lauterbach an. Lauterbach zögerte einen Augenblick, dann ging er hinter dem Sheriff her. »Sheriff Williams?«

Der Sheriff blieb stehen, drehte sich um.

Lauterbach sagte: »Ich möchte Ihnen danken.« Er streckte die Hand aus.

Der Sheriff ließ die Arme hängen. »Keine Ursache.« Er wandte sich ab und ging.

Während Lauterbach die Sachen, die ihm der schwarze Deputy gegeben hatte, mit der Liste verglich und abhakte, trat Kiefer an den Tresen. Er hielt ein Streichholz zwischen den Lippen, kaute darauf herum. Lauterbach überflog den Rest der Liste, unterschrieb.

Kiefer sagte: »Haben Sie's eilig, Doktor?«

Lauterbach steckte seine Sachen ein.

»Ich an Ihrer Stelle hätt's verdammt eilig. Wer weiß, vielleicht fängt sie ja doch noch an zu singen.«

Lauterbach zog die Uhr an.

Kiefer sagte: »Ich weiß nicht, was Sie ihr versprochen haben. Es muß eine Menge sein.«

Lauterbach nahm den Autoschlüssel.

»Aber ich hab's noch nicht aufgegeben. Ich nehme sie mir gleich noch mal vor. Sie sollten sich beeilen, Doktor.«

Lauterbach nickte dem schwarzen Deputy zu. »Vielen Dank.« Der Deputy sah ihn stumm an. Kiefer sagte: »Keine Ursache, Doktor. Bedanken Sie sich nicht zu früh. Wir sind noch nicht am Ende.«

Lauterbach ging auf den Hof. Er saß schon hinter dem Lenkrad, wollte den Motor starten, als er einhielt. Er stieg wieder aus, schloß den Kofferraum auf. Der Koffer und die Reisetasche lagen im Kofferraum. Er überlegte einen Augenblick, ob er den Inhalt prüfen sollte. Er schlug den Kofferraumdeckel zu, stieg ein und fuhr ab.

In einem Drugstore am Public Square bestellte er eine Limonade. Er bezahlte mit einem Fünf-Dollar-Schein, ließ sich den Rest in Münzen herausgeben. Er ging ans Telefon, holte sein Flugticket hervor und rief das Büro der Fluggesellschaft auf dem Flughafen von Nashville an. Er sagte: »Mein Name ist Lauterbach. Dr. Wolfgang Lauterbach. Soll ich buchstabieren?«

»Oh, bitte, Sir.«

Lauterbach buchstabierte seinen Namen. Dann sagte er, er habe für übermorgen, Samstag, den Flug um 13.00 Uhr von Nashville nach New York, La Guardia, gebucht und für den gleichen Tag um 17.15 Uhr den Flug von New York, John F. Kennedy, nach Frankfurt.

Das Mädchen sagte: »Sekunde, Sir«, und nach einer Weile: »Das geht in Ordnung, Doktor. Ich habe Sie auf beiden Flügen.«

Lauterbach sagte, er möchte schon heute fliegen, wenn möglich mit den gleichen Flügen. »Sekunde, Doktor. Ich werde nachsehen, ob ich Sie unterbringen kann.« Es dauerte ein bißchen länger. Dann sagte sie: »Doktor Lauderbeck? Ich kann Sie auf beiden Flügen unterbringen. Soll ich Sie buchen?«

Es war kurz nach elf, als Lauterbach das Hotel an der Autobahn-Abfahrt zum Flughafen Nashville erreichte. Er nahm ein Zimmer, ließ den Koffer und die Reisetasche hinaufbringen. Er ließ ein Vollbad einlaufen. Er musterte den Inhalt des Koffers und der Reisetasche. Es schien nichts zu fehlen.

Er legte die braunen Jeans heraus, ein braunes, kleingemustertes Hemd, hellbraune Socken; die dunkelblauen Jeans, das blaue Wollhemd, die blauen Socken und die schmutzige Unterwäsche packte er ein. Er schnüffelte an dem Wollhemd, zog angewidert die Nase zurück. Er warf das Hemd, die Unterwäsche und die Socken in den Papierkorb.

Er badete, wusch sich die Haare, rasierte sich und zog sich an. Um zwölf gab er auf dem Flughafen den Leihwagen zurück. Er meldete den Schaden, die Delle und die Kerbe vor dem rechten hinteren Kotflügel. Das Mädchen ließ ihn eine Erklärung unterschreiben und setzte ihm einhundert Dollar Selbstbeteiligung auf die Rechnung.

Während er die Erklärung las, sah er sich zweimal um.

Er sah sich auch noch um, als er New York erreicht hatte und auf dem Flughafen von La Guardia ins Taxi stieg. Er sah sich während der Fahrt quer über Long Island immer wieder um. Er schloß die Augen, hielt das Gesicht in den warmen, unruhigen, flatternden Wind, der durch den Fensterspalt hereinwehte. Aber der Krampf in seinem Magen, in seinen Schultern wollte nicht weichen. Er öffnete die Augen und sah durchs Rückfenster. Dutzende, Hunderte von Autos im Kielwasser des Taxis, sie überholten einander, wechselten die Fahrbahnen, kamen näher, blieben zurück. Er schloß die Augen.

Der Krampf löste sich erst auf der Startbahn des Kennedy-Flughafens. Als der Donner der Triebwerke anschwoll, als die Beschleunigung ihn in den Sitz drückte, als die Maschine abhob, das Fahrwerk rumpelnd hereinkam, als er sah, daß der Horizont aus funkelndem Wasser sich schrägstellte, spürte er, daß die Angst ihn verließ, daß alles, was ihn bedrückt hatte, von ihm abfiel.

Er rückte sich in seinem Sitz zurecht, bettete den Kopf an die Nackenlehne, gab sich entspannt dem Steigflug hin. Er schloß die Augen.

Ein kleiner Gedanke meldete sich. Er ließ sich nicht verdrängen. Er wuchs. Er wuchs sich aus zu einer Frage.

Warum hatte sie ihn nicht verraten?

Die Frage nagte ein wenig. Er öffnete die Augen. Dann stieß er die Luft durch die Nase.

Angst, was denn sonst. Sie hatte Angst gehabt. Sie hatte offensichtlich versucht, das Geld an sich zu bringen.

Sie mußte eine beachtliche Energie entwickelt haben, um in vierundzwanzig Stunden von dieser verlassenen Straße da unten in Georgia bis zu Pete's Motel zu kommen. Sie hatte Autos angehalten, wahrscheinlich.

Sie hatte natürlich gewußt, daß er einen Vorsprung hatte. Aber sie hatte es wenigstens versuchen wollen. Einhundertzehntausend Dollar, eine fantastische Summe für so ein Mädchen. Und deshalb hatte sie so viel Energie entwickelt.

Aber als sie dann gefaßt worden war, hatte sie Angst bekommen. Sie hatte nicht zugeben wollen, daß sie hinter dem Geld hergewesen war. Und deshalb hatte sie abgestritten, daß sie ihn kannte.

Er bettete sich ein wenig bequemer. Er schloß die Augen wieder.

Nach einer Weile runzelte er die Stirn. Ein anderer kleiner Gedanke begann ihn zu belästigen.

Sie mußte doch einen schrecklichen Zorn auf ihn haben. Er hatte sie nicht sehr gut behandelt, da unten auf dieser dunklen Landstraße in Georgia. Und sie wußte ja nicht einmal, warum er sie so schlecht behandelt hatte. Sie hatte mit diesen beiden Männern nichts zu tun gehabt, und nichts mit dem Bankraub.

Warum hatte sie sich nicht gerächt?

Sie hätte sagen können, daß sie in seinem Auftrag versucht hatte, in Pete's Motel einzubrechen. Sie hätte sagen können, daß er sie vorgeschickt hatte. Und zum Beweis hätte sie ihnen von dem Haus am Guntersville Lake erzählen können. Und von der Nacht, die er in dem Motel in Rome mit ihr verbracht hatte.

Sie hätte ihre Lage dadurch nicht verschlechtert, im Gegenteil.

Der Anmeldezettel des Hotels in Rome: Das war ja doch ein Alibi für die Nacht, in der in Smyrna dieser Reisende ausgeraubt worden war. Sie hätte ihnen beweisen können, daß sie nicht das Mädchen gewesen sein konnte, das mit den 600 Dollar verschwunden war.

Warum hatte sie nicht nach diesem Alibi gegriffen?

Er bewegte sich auf seinem Sitz. Er brachte den Kopf in eine andere Lage, mit geschlossenen Augen. Er begann, an der Unterlippe zu nagen. Er öffnete die Augen nicht.

Warum hatte sie ihn nicht verraten?

Er fuhr sich mit der Hand ins Haar, kratzte sich. Er öffnete die Augen, richtete sich auf. Er beugte sich vor und wandte den Kopf zum Fenster. Dünne Wolkenfetzen flogen vorüber.

Wer konnte sich auskennen im Kopf eines solchen Mädchens? Wer konnte wissen, was in diesem kleinen, schwarzen, krausen Kopf vorging? Wer konnte in diesen großen, unsteten Augen lesen? Wer konnte erkennen, wann sie die Wahrheit sprach und wann die Lüge?

Eine Herumtreiberin. Liebe für zehn Dollar.

Er schüttelte den Kopf. Vielleicht war sie nicht einmal sechzehn. Ein ausgebufftes Kind, mit allen Wassern gewaschen.

Eine Stewardess kam den Gang herunter. Sie stemmte sich mit gespreizten Füßen gegen die Schräge. Die Maschine war noch immer im Steigflug.

Lauterbach sah auf die gespreizt voranschreitenden Füße in den hellgrauen Seidenstrümpfen, den grauen Pumps. Er hatte die Stewardess schon beim Einsteigen bemerkt. Sie war blond, mittelgroß. Sie hatte dunkle Augenbrauen, lange, dunkle Augenwimpern. Sie erinnerte ihn an Eva.

Er hielt die Hand in den Gang. Die Stewardess blieb vor der Hand stehen, lächelte. »Yes, Sir?«

Er las das Namensschild auf der Bluse. *D. Wellington.*

Er sagte: »Miss oder Mistress Wellington?«

Sie lächelte. »Miss Wellington.«

»Und wofür steht das D.?«

Sie schüttelte den Kopf, lachte. Dann sagte sie: »Für Dinah.«

Lauterbach sagte: »Lachen Sie nicht, Ich meine es ernst. Darf ich Dinah sagen?«

»Wenn es sein muß.«

»Es muß sein. Ich heiße Wolfgang. Hören Sie, Dinah, können Sie heute vielleicht einmal eine Ausnahme machen? Ich brauche dringend einen kleinen Doppelten. Bourbon am besten. Ich verspreche Ihnen, daß ich mich nicht betrinken werde. Aber diesen kleinen Doppelten brauche ich jetzt schon, und bevor Sie mit Ihrem Wagen kommen. Ich hab ein Problem, verstehen Sie?«

Die Stewardess lachte. »Ich will sehen, was sich machen läßt.«

Er nahm die Hand zurück, nickte. »Danke, Dinah. Ich hab's Ihnen angesehen, daß Sie ein Herz haben.«

Als sie ihm den Whisky brachte, berührte er mit den Fingerspitzen ihre Hand. Er zog seine Hand sofort wieder zurück. »Dinah, das werde ich Ihnen nie vergessen. Fliegen Sie öfter nach Frankfurt?«

»Ab und zu.«

Er sagte: »Ich hab oft in Frankfurt zu tun. Ich werd mich revanchieren, Dinah. Natürlich nur, wenn Sie wollen. Ich bin die nächsten beiden Tage frei. Ich würde Sie gern zum Essen einladen. Es liegt ganz bei Ihnen.«

Sie schüttelte den Kopf, lachte.

Er sagte: »Meine Freunde nennen mich Wolf.«

»Oh, wirklich?«

»Ja, wirklich. Aber deshalb sollten Sie sich vor mir nicht fürchten. Fürchten Sie sich etwa vor mir?«

Sie lachte. »Warum sollte ich mich vor Ihnen fürchten?«

Hans Werner Kettenbach im Diogenes Verlag

»Schon lange hat niemand mehr – zumindest in der deutschen Literatur – so erbarmungslos und so unterhaltsam zugleich den Zustand unserer Welt beschrieben.«
Die Zeit, Hamburg

»Hans Werner Kettenbach erzählt in einer eigenartigen Mischung von Zartheit, Humor und Melancholie, aber immer auf erregende Art glaubwürdig.« *Neue Zürcher Zeitung*

»Dieses Nie-zuviel-an-Wörtern, diese unglaubliche Leichtigkeit und Selbstverständlichkeit... ja, das ist in der zeitgenössischen Literatur einzigartig!« *Visa Magazin, Wien*

»Ein beweglicher ›Weiterschreiber‹ nicht nur der Nachkriegsgeschichte, sondern der Geschichte der Bundesrepublik ist Hans Werner Kettenbach. Seine Romane aus dem bundesrepublikanischen Tiergarten sind viel unterhaltsamer und spitzer als alle Weiterschreibungen Bölls.«
Kommune, Frankfurt

Minnie oder Ein Fall von Geringfügigkeit
Roman

Hinter dem Horizont
Eine New Yorker Liebesgeschichte

Sterbetage
Roman

Schmatz oder Die Sackgasse
Roman

Davids Rache
Roman

Die Schatzgräber
Roman

Grand mit vieren
Roman

Glatteis
Roman

Die Konkurrentin
Roman

Kleinstadtaffäre
Roman

Zu Gast bei Dr. Buzzard
Roman

In der Reihe sind bereits erschienen:

Martin Suter:
Die dunkle Seite des Mondes

„Ich halte Martin Suter im Moment für einen der besten deutschsprachigen Autoren."

Wolfgang Herles

224 Seiten
ISBN-10: 3-86615-260-4
ISBN-13: 978-3-86615-260-1

Stanislaw Lem:
Der Schnupfen

„Das mentale System des Menschen ist der Drehpunkt, an dem Lem immer neu ansetzt, um die stupide Selbstverständlichkeit einer Zeit, die noch die unsere ist, spekulativ aus den Angeln zu heben."

Georg Klein

160 Seiten
ISBN-10: 3-86615-261-2
ISBN-13: 978-3-86615-261-8

Eric Ambler:
Topkapi

„Ambler ist phänomenal."
Alfred Hitchcock

208 Seiten
ISBN-10: 3-86615-262-0
ISBN-13: 978-3-86615-262-5

Jakob Arjouni:
Kismet

„Kismet ist ein rasanter, spannender Krimi mit liebevoll gezeichneten Charakteren und pointierten Dialogen."
Cem Özdemir

192 Seiten
ISBN-10: 3-86615-263-9
ISBN-13: 978-3-86615-263-2

Dan Kavanagh:
Duffy

„Einer der komischsten Romane."
Michael Krüger

176 Seiten
ISBN-10: 3-86615-264-7
ISBN-13: 978-3-86615-264-9

John le Carré:
Der Spion, der aus der Kälte kam

„Das ist die beste Spionagegeschichte, die ich jemals gelesen habe.“
Graham Greene

232 Seiten
ISBN-10: 3-86615-265-5
ISBN-13: 978-3-86615-265-6

Joan Aiken:
Die Kristallkrähe

„Joan Aiken ist eine jener erzählerischen Naturbegabungen, denen es gelingt, dem Leser den Atem stocken zu lassen.“
The New York Times Book Review

256 Seiten
ISBN-10: 3-86615-266-3
ISBN-13: 978-3-86615-266-3

Doris Gercke:
Weinschröter, du mußt hängen

„Lesen!“
Tom Stromberg

104 Seiten
ISBN-10: 3-86615-267-1
ISBN-13: 978-3-86615-267-0

Ian McEwan:
Unschuldige

„In der im geteilten Berlin spielenden Liebesgeschichte ‚Unschuldige' hat McEwan demonstriert, wie man der Genremischung von Liebes- und Spionageroman Charaktere mit Relief abgewinnt."

Lothar Müller

256 Seiten
ISBN-10: 3-86615-268-X
ISBN-13: 978-3-86615-268-7

Ingrid Noll:
Die Apothekerin

„Ingrid Noll gelingt es meisterhaft, die nahe liegenden Erklärungen für das Verhalten rätselhafter Zeitgenossen als ‚leider falsch' zu entlarven."

Nina Ruge

176 Seiten
ISBN-10: 3-86615-269-8
ISBN-13: 978-3-86615-269-4

Liaty Pisani:
Der Spion und der Schauspieler

„Liaty Pisani sorgt mit ihren Spionageromanen für Furore. Mit ihrer Ogden-Serie hat sie die Form des Spionageromans nach dem Abflauen der Le-Carré-Welle zu neuem Leben erweckt."

Henning Klüver

248 Seiten
ISBN-10: 3-86615-270-1
ISBN-13: 978-3-86615-270-0